봄 속의 가을

 피닉스문예 5

봄 속의 가을 Aŭtuno en la Printempo

지은이 바진, 율리오 바기
옮긴이 장정렬

펴낸이 장민성, 조정환
책임운영 신은주 편집부 오정민 마케팅 정현수

용지 화인페이퍼 인쇄·제본 한영문화사 출력 경운출력
펴낸곳 도서출판 갈무리 등록일 1994. 3. 3. 등록번호 제17-0161호
초판 1쇄 2007년 11월 11일
초판 2쇄 2008년 11월 20일

주소 서울 마포구 서교동 375-13호 성지빌딩 101호
전화 02-325-1485 팩스 02-325-1407
website http://galmuri.co.kr e-mail galmuri@galmuri.co.kr

ISBN 978-89-6195-000-8 04810 / 978-89-86114-58-4(세트)
도서분류 1. 문학 2. 중국소설 3. 에스페란토어

값 9,500원

이 도서의 국립중앙도서관 출판시도서목록(CIP)은 e-CIP 홈페이지(http://www.nl.go.kr/cip.php)에서 이용하실 수 있습니다
(CIP제어번호: CIP2007003078).

봄 속의 가을

Aŭtuno en la Printempo

바진(巴金), 율리오 바기(Julio Baghy) 지음

장정렬(Ombro) 옮김

차례

- 『봄 속의 가을』 한국어판에 드리는 몇 가지 말씀 리스진
- 한국 독자들에게 드리는 축하 메시지 이슈트반 네메레

1부 봄 속의 가을

1932년 작가의 말 25
1978년 작가의 말 29
1980년 작가의 말 39

봄 속의 가을 바진 41

2부 가을 속의 봄

작가의 말 139

가을 속의 봄 율리오 바기
장터의 천막 141
전나무 숲에서 158
한밤의 소야곡 181

가을 속의 봄 211
　　두 사람은 모두 버려진 아이 222
　　시월 열하루날 235

　　중국어판 역자 후기 245

부록

　　바진과 한국인 이영구 253
　　우리의 바진, 우리의 언어 츠언 유안 259
　　바진과 20세기 리스쥔 267
　　에스페란토와 율리오 바기의 삶 271

■ 역자 후기

추천사

『봄 속의 가을』 한국어판에 드리는 몇 가지 말씀

소설 『봄 속의 가을(Aŭtuno en la Printempo)』의 한국어판에 몇 말씀을 드리기 위해서는 저는 두 가지 에피소드를 말씀 드려야겠습니다.

먼저 1993년 봄, 저는 장정렬 씨가, 제가 에스페란토로 번역한, 바진(Bakin) 선생님의 『봄 속의 가을』과 『한야(寒夜; Frosta Nokto)』 두 작품을 한국어로 번역하고 싶다고 하여, 저자로부터 번역 허락이 필요하다는 소식을 들었습니다. 나는 곧장 바진 선생님에게 편지를 썼고, 당시 그분께서 89세의 나이로 병중이셨습니다만, 번역 허락 요청 소식을 전했습니다. 그러나 제가 보낸 편지는 무슨 이유인지 분실되고 저는 회신을 받지 못했습니다. 그 때문에 저는 다시 그분에게 3월 4일자로 편지를 보냈습니다. 그리고 이번에는 그분께서 8일자로 회신을 곧 해주셨습니다. 그 회신에서 그분께서는 병으로 고생하느라 우편물을 소홀히 다뤄 제가 보낸 첫 편지를 보지 못했다고 하셨습니다. 그분께서는 두 번째 편지에 고마워하면서 이렇게 말씀하셨습니다. "이 소식을 장정렬 동지에게 전해 주십시오. 나는 『봄 속의 가을』과 『한야』를 장정렬 씨가 번역하는 것에 동의합니다. 또한 그 작품들이 에스페란토로 발간된 것을 그가 번역하는 것에 동의합니다."

다른 에피소드는 바진 선생님이 소설 『봄 속의 가을』을 일주일 만에 완성했다는 것입니다. 또 이 소설 제목은 헝가리의 유명한 에스페란티스토이자 작가인 율리오 바기(Julio Baghy)가 일주일 만에 완성한 에스페란토 원작 『가을 속의 봄(*Printempo en la Aŭtuno*)』에 감명을 받고 바진 선생님이 이 율리오 바기의 작품을 중국어로 일주일 만에 번역해 내면서 떠오른 것이었습니다. 1980년, 저는 이 소설을 마찬가지로 일주일 만에 에스페란토로 옮겼습니다. 아마도 이 네 가지 '일주일 만에'는 우연에 지나지 않습니다. 하지만 이 두 소설을 독자가 함께 읽는다면, 독자 여러분도 저자인 그분들이나 번역자인 저희들과 똑같은 감정을 느낄 수 있을 것입니다. 한번은 제가 그 애틋한 감정이나 그 마음의 열정에 대해 스스로 물어보기도 했습니다. 제가 얻은 대답은 이러했습니다. '우리에게는 똑같은 휴머니즘, 사랑, 상호 이해, 더불어 사는 조화로운 삶과, 인류의 행복과 발전에의 염원이라는 똑같은 인간의 감정이 고동치고 있었구나.'라고.

바진 선생님은 위대하고 진보적인 중국 작가일 뿐 아니라, 충실하고 열렬한 에스페란티스토입니다. 그분은 청년기에 10개 이상의 에스페란토 작품을 중국어로 번역하셨고, 중국에스페란토우정협회 회원이기도 하셨습니다. 그분은 76세의 나이에도 불구하고 스톡홀름에서 열린 세계에스페란토대회에 참석하셨습니다. 북경에서 열린 제89차 세계에스페란토대회에서는 이 대회의 이름으로 그동안 에스페란토를 지지해 준 것에 대해 앞으로 백세의 장수를 누리시라고 하는 인사서신을 특별히 보냈습니다. 왜 그분은 그렇게 에스페란토를 사랑하셨을까? 그분은 "에스페란토는 배우기가 쉽다. 그러니 이 세계의 모든 민족이 이 언어를 알고 말할 수 있다면, 누구나 쉽게 서로 이해할 수 있다. 그래서 에스페란토는 전망이 밝다"(Esperanto estas facile lernebla; se ĉiuj popoloj de la mondo scipovos Esperanton, ili povos facile interkompreni, tial Esperanto havas vastan perspektivon)고 하셨습니다. 바로 그런 견해를 가진 그분은 자신의 작품을 에스페란토를 통해 한국어로 번역하는 것을 쉽게 동의하셨습니다.

제가 1930년대 중국의 불행한 사랑을 적은 소설 『봄 속의 가을』에 대해 말씀드릴 필요는 없습니다.

왜냐하면 독자여러분이 이 소설을 읽어나가면 곧 이 모든 것을 알게 될 것이기 때문입니다. 그러나 제가 국제보조어 에스페란토에 대해 약간 말씀드린 것은 바진 선생님의 작품 『가(家; La Familio)』, 『한야』를 포함하여 수많은 중국문학을 세계에 널리 알리는데 에스페란토가 중요한 역할을 했기 때문입니다. 또한 루쉰(魯迅; Lu Sin), 마오뚠(茅盾; Mao Dun), 꿔머로(郭沫若; Guo Muoruo), 라오서(老舍; Lao She)의 산문체의 시(詩) 작품과, 다른 저작물은 물론이거니와, 중국고전 대하소설 『홍루몽(Ruĝdoma Sonĝo)』, 『수호지(Ĉe Akvorando)』, 『랴오자이의 놀라운 이야기(Mirrakontoj de Liaozhai)』, 『고대 중국 고전소설 작품선(El Novelo de Antikva Ĉinio)』, 이백(李白; Li Bai)과 두보(杜甫; Du Fu)의 시집 등의 주요 작품은 에스페란토로 번역되었습니다.

저는 바진 선생님의 작품 『봄 속의 가을』이 한국어로 번역되어 기쁩니다. 그리고 이 작품이 한국의 독자이자 친구들로 하여금 양국 국민의 상호이해를 더 넓히고, 더불어 사는 조화로운 삶, 협력과 발전을 위하여 중국문학에 관심을 갖는 계기가 되기를 희망합니다.

2007년 6월 19일
베이징
리스쥔 (Li Shijun)

* 편집자주 : 리스쥔은 중국 최고령 84세 에스페란티스토로 2006년 『삼국지』를 에스페란토로 번역했다. 현재 『서유기』를 에스페란토로 번역중이다.

에스페란토 원문

KELKAJ VORTOJ POR LA KOREA VERSIO DE AŬTUNO EN LA PRINTEMPO

Por diri kelkajn vortojn por la korea versio de la romano *Aŭtuno en la Printempo*, mi prezentu al vi du epizodojn:

Printempe de 1993, mi informiĝis, ke s-ro JANG Jeong-Ryeol deziras koreigi la romanojn *Aŭtuno en la Printempo* kaj *Frosta Nokto* de s-ro Bakin el miaj Esperantaj versioj kaj bezonas konsenton de la aŭtoro. Mi tuj skribis al s-ro Bakin, tiam jam 89-jara en malsano, pri tio, sed ial la letero perdiĝis kaj mi ne ricevis respondon, tial mi denove skribis al li en la kvara de marto, kaj ĉifoje li tuj respondis je la 8-a kaj diris, ke li ne vidis la unuan leteron pro manko de necesa prizorgo dum lia malsano pri la korespondaĵoj. Li dankis min pro la dua letero kaj diris: "Bonvole transdiru al samiedano JANG Jeong-Ryeol: Mi konsentas lian tradukon de *Aŭtuno en la Printempo* kaj *Frosta Nokto;* mi ankaŭ konsentas lian tradukon el la Esperantaj versioj."

Alia epizodo estas, ke s-ro Bakin verkis la romanon *Aŭtuno en la Printempo* en unu semajno, kaj la titolo de tiu ĉi romano estis inspirita de la romano *Printempo en la Aŭtuno* verkita originale en Esperanto de la hungara fama esperantisto-verkisto Julio Baghy en unu semajno, kiun Bakin ĉinigis same en unu semajno. En 1980, mi esperantigis tiun ĉi romanon same en unu semajno. Ŝajne la 4 unu semajnoj estas nur hazardo. Tamen se oni legos ambaŭ romanojn, oni povas senti saman emocion de la aŭtoroj kaj tradukintoj. Foje mi demandis min pri tiu sentebla emocio aŭ ardiĝo de la koroj. Mia respondo estas, ke impulsis en ni la sama humanismo, la sama homa sento de amo, interkompreno, sopiro al harmonia kunvivo, feliĉo kaj progreso de la homaro.

S-ro Bakin estas ne nur granda progresema ĉina verkisto, sed ankaŭ fidela kaj fervora esperantisto. Li ĉinigis pli ol 10 literaturajn verkojn el Esperanto en sia juneco kaj estis membro de la Ĉina Asocio de Esperantaj Amikoj; li partoprenis la Universalan Kongreson en Stokholmo en sia granda aĝo de 76 jaroj; la 89-a Universala Kongreso de Esperanto en Pekino speciale sendis salutan leteron al li okaze de lia centjarigo pro lia subteno de Esperanto. Kial li tiel amis Esperanton? Li opiniis, ke Esperanto estas facile lernebla kaj se ĉiuj popoloj de la mondo scipovos Esperanton, ili povos facile interkompreni, tial Esperanto havas vastan perspektivon. Ĝuste kun tiu opinio li facile konsentis pri la koreigo de sia romano pere de Esperanto.

Ne necesas, ke mi parolu pri la romano *Aŭtuno en la Printempo* pri malfeliĉa amo en la tridekaj jaroj en Ĉinio, ĉar la legantoj tuj vidos ĉion dum sia legado. Mi iom parolis pri la internacia helpa lingvo Esperanto, pro tio, ke ĝi ludis sian rolon en la diskonigo de la ĉina literaturo, inkluzive de la aliaj verkoj de Bakin *La Familio, Frosta Nokto* kaj pluraj poemoj en prozo, kaj multaj aliaj verkoj de Lu Sin, Mao Dun, Guo Muoruo, Lao She kaj la klasikaj romanoj *Ruĝdoma Sonĝo, Ĉe Akvorando, Mirrakontoj de Liaozhai* kaj *El Noveloj de Antikva Ĉinio*, kaj poemoj de Li Bai, Du Fu k. a. Mi ĝojas pro la eldono de tiu ĉi romano en la korea lingvo kaj esperas ke ankaŭ ĝi altiros atenton de koreaj amikoj pri la ĉina literaturo por pli bona interkonpreno, harmonia kunvivo, kunlaboro kaj progreso de niaj popoloj.

En la 19a de Junio, 2007
Pekino
Li Shijun

한국 독자들에게 드리는 축하 메시지

여름 캠프에서

　제가 에스페란토를 배우기 시작한 것은 벌써 아주 오래 전의 일입니다. 1960년대 초, 유럽의 중부에 자리 잡은, 바다가 없는 작은 나라에는 공산주의라는 암흑이 지배했고, 우리들 중 아무도 언젠가 우리가 자유롭게 될 것이라는 희망이라고는 갖지 못했습니다. 국민은 외국에 여행할 권리가 없었고, 외국 텔레비전 채널도 시청할 수 없었고, 외국잡지를 구독할 권리도, 외국의 책을 구입해 볼 권리도 없었습니다. 만일 누군가 이전부터 영어로나 독일어로 자주 말할 줄 알고 사용했다면, 그 사람은 마치 "간첩"으로 인식될 정도였고, 그래서 우리는 거의 공포 속에서 살아 왔습니다. 마치 한국의 북한 동포들이 그러하듯이 말입니다.
　그래서 우리는 바로 그 당시에 국제어 에스페란토 교육이 재개되어 이 국제어를 배우게 되었습니다. 이를 통해 우리는 세계의 여러 나라에 편지교환을 통해 친구들을 사귈 수 있었습니다.

외국에서 온 편지를 검열하는 사람들 가운데는 에스페란토를 알고 이해하는 이가 많지 않아, 우리는 그런 편지를 통해 서방의 자유세계에 대한 소식을 어느 정도 얻을 수 있었습니다.

1964년 여름 저는 당시 20세의 나이였을 때였습니다. 당시 발라톤(Balaton) 대호수에서 헝가리뿐만 아니라 여러 나라 에스페란티스토 청년들이 참석한 여름 캠프가 열렸습니다! 그래도, '물론' 서방에서는 아무도 오지 않았고, 오로지 동유럽의 나라에서만, 소련이 모두 점령하고 있던 나라들에서만 많은 청년들이 참석하였습니다. 청년들은 기꺼이 풍광이 아름다운 호수에서 두 주일을 머물게 되었습니다. 우리는 호수에서 헤엄도 치고, 이곳저곳으로 배를 타고 다니기도 했고, 많은 이야기를 서로 나누었습니다.

그 캠프에서 사랑이, 연애감정이 시작되었습니다(하지만 급히 끝났습니다).

우리들 중 수많은 사람은, 저도 마찬가지로, 그곳에 가서야 이 언어를 아주 정확하게 배우게 되었습니다. 이보다 앞서, 더 일찍 우리는 에스페란토 강습소에서 여러 달에 걸쳐 낱말을 배우고, 서로 대화를 해보기도 했지만, 우리를 만나러 온 외국 사람은 한 사람도 없었습니다. 그러니 우리는 우리가 배우고 있는 언어지식을 시험해볼 외국 사람을 만날 기회가 없었습니다. 저도 그때서야, 또 그곳에 가서야 처음으로 외국 사람과 대화를 나누었습니다. 처음 몇 분간의 서먹함과, 몇 시간의 당황스러움이 지난 뒤, 그 캠프의 둘째 날부터 저는 이미 이 언어로 유창하게 말할 수 있었습니다.

어느 날이었습니다. 아마 주말이었을 겁니다. 저는 호수에서 한나절 수영을 하며 지내다가, 장시간의 수영에 지쳐 물가로 나왔을 때는 이미 어두운 저녁이었습니다.

캠프의 한 가운데, 바깥에는 캠프파이어를 위해 불을 여럿 피워 두었습니다. 캠프가 조용한 것이 좀 수상했습니다. 물가에서 숙소까지 나를 쫓아 온 모기들 때문에, 나는 그 불이 있는 곳을 지나, 숙소로 곧장 뛰어 가, 젖은 몸을 말렸습니다. 나는 옷을 입으면서도 어째 그 캠프가 조용하지 하며 다시 놀랐습니다. 내가 없는 사이에 무슨 일이 있었나? 왜 전에는 저녁마다 일백 명 이상의 청년이 그렇게 떠들썩하게 지냈는데 오늘은 왜 이리 조용할까?

그래서 나는 밤에 그 큰 불이 있는 곳으로 나가 보았습니다. 그 불의 주변에는 내가 새로 사귄 모든 남녀 친구들, 헝가리 사람과 다른 나라사람들이 앉아 있었습니다. 그 친구들은 오로지 한 사람을 바라보고 있었습니다.

그분은 나이가 많았고, 작은 키였고, 불 가까이에 앉아서는 자신을 모두가 잘 볼 수 있도록, 잘 들을 수 있도록 했습니다. 그분이 말씀하고 계셨고, 처음에는 내 귀를 믿지 않으려 하였습니다. 그분은 에스페란토로 유머를 이야기하고 있었습니다! 그 이야기를 듣고 있던 청중은 점차 큰 소리로 웃었고, 또 경청했습니다. 그분이 다시 어떤 유머가 담긴 이야기를 하자, 청중은 다시 살짝 웃기도 하고, 그냥 웃기도 하고, 박장대소하기도 하고, 어떤 이들은 너무 웃다가 눈물을 흘릴 정도였습니다. 그 만큼 그 청중은 그 "연사"에 매료되었습니다.

왜냐하면 공식적으로 그 자리는 '가장 유명하면서도, 세계적으로 유명한 헝가리 에스페란티스토이자 작가인 율리오 바기 선생의 강연'이었던 것입니다. 사람들은 나중에 그 만남을 그렇게 이름 지었습니다.

솔직하게 말씀드리자면, 당시 저는 평생 처음으로 그분의 성함을 듣게 되었고, 그날 저녁까지 그런 성함을 가진 분이 우리나라에 생존해 계신 줄도 몰랐습니다. 정말로 바기 선생은 한 번도 헝가리어로 저술활동을 하지 않았고, 그분이 종이 위에 한 줄의 내용도 헝가리어로 쓴 적이 전혀 없었습니다.

오로지 예외적으로 국제어 에스페란토로만 작품 활동을 하셨습니다.

그 여름날 밤에 선 채로 저는 당시 스무 살의 나이로 그분의 강연을 들었습니다. 저는 국제어를 사용하는 언어대중에게 정말 아름답게 또 정말 쉽게 이해될 수 있도록 강연하는 그분의 말씀을 듣고 있었습니다. 그리고 여러 나라에서 온 사람들이자 동시에 여러 언어를 가진 사람들은 그분이 하시는 말씀 한 마디 한 마디를 가장 잘 이해했습니다 …….

이제, 그때서야 저는 알아차리게 되었습니다. 이 국제어에는 진실의 힘이 숨겨져 있구나. 또 이 언어를 말하고 쓰는 사람들은 수많은 사람에게, 이 지구상의 어디에 그들이 사는 지와는 무관하게, 그 수많은 사람에게 말을 할 수 있겠구나, 앞으로도 그렇게 되겠구나 하는 확신을 제가 가지게 된 순간이 왔습니다.

저는 그 당시, 글쓰기 활동은 이미 더 일찍 하려고 했고, 제가 제 민족어인 헝가리어로 작가가 될 것임을 확고히 하고 있었던 때였습니다. 그러나 그 순간에, 호수가의 여름날, 하늘 아래서, 제가 에스페란토로도 작품 활동을 할 수 있겠구나 하는 가능성을 갖기 시작했습니다. 왜냐하면 이 언어가 저에게 온 세계의 독자들과 서로 이해하는 좋은 도구가 될 것을 알았기 때문이었습니다.

율리오 바기는, 제가 그분과 한 번도 대화를 나눈 적은 없지만, 제가 국제어 에스페란토를 사용하는 작가의 길로 들어서는 결정적 계기를 마련해 주셨습니다.

2007년 6월
헝가리
이슈트반 네메러

에스페란토 원문

Gratul-mesaĝo al la koreaj legantoj

En somera tendaro

Jam tre malnove okazis, ke mi eklernis Esperanton. Komence de la jaroj 1960-aj, meze de Eŭropo, en senmara, eta lando, kie regis la malhelo de komunismo kaj neniu el ni eĉ havis esperon, ke iam ni liberiĝos. Oni ne rajtis veturi eksterlanden, ne povis rigardi eksterlandajn televidkanalojn, ne rajtis aboni eksterlandan gazeton, ricevi librojn. Se iu de malnove parolis angle aŭ germane, estis suspektata kiel 'spiono' do ni vivis preskaŭ tiel terure, kiel viaj nord-koreaj sampatrujanoj.

Ni do eklernis la internacian lingvon, kiun ĝuste ekde tiuj jaroj oni permesis instrui, kaj ni ekhavis korespondamikojn el la tuta mondo.

Cenzuristoj de leteroj eksterlandaj ne multe komprenis Esperanton, de ni tiumaniere ekhavis iom da informojn pri la okcidenta, libera mondo.

Somere de 1964 mi havis tiam preskaŭ 20 jarojn ĉe la granda lago Balaton oni organizis someran tendaron por gejunuloj esperantistaj ne nur hungaraj, sed ankaŭ eksterlandaj! Do 'kompreneble" el Okcidento neniu alvenis, nur el la aliaj orienteŭropaj landoj, ĉiuj okupitaj de Sovetunio alvenis multaj gastoj. La gejunuloj volonte pasigis du semajnojn en la pitoreska ĉirkaŭaĵo, ni banis nin en la lago, ŝipadis ien-tien kaj multe interparolis. Amoj kaj amoroj komenciĝis (kaj rapide finiĝis) en la tendaro.

Multaj el ni kiel ĝuste ankaŭ mi vere nur tie eklernis la lingvon. Pli frue ni sidis monatojn en la kursejoj kaj lernis la vortojn, diradis ilin unu al la alia sed ni eĉ ne vidis iun homon, kiu alvenus el alia lando kaj kun kiu ni scipovus elprovi nian lingvoscion. Ankaŭ mi nur tiam kaj tie parolis la unuan fojon kun ekstelandano, kaj post la unuaj minutoj kaj horoj de embaraso, jam de la dua tago mi flue parolis la lingvon.

Iutage, verŝajne fine de semajno, mi longe banis sin en la lago kaj laca pro naĝado mi eliris surborden jam estis malhela vespero. Meze de la tendaro oni bruligis grandaj fajron sub la ĉielo. Suspekte silenta estis la tendaro. Pro kuloj, kiuj min pelis de la bordo ĝis la loĝdomo, mi trakuris kaj rapide sekigis sin. Vestiganta min, mi denove miris, kiel silentas la tendaro. Ĉu io okazis dum mia foresto? Kial tiel silentas la pli ol cent gejunuloj, kiuj antaŭe ĉiuvespere estis tiele bruaj?

Do mi iris en la nokto al la fajrego. Ĉirkaŭ ĝi sidis ĉiuj miaj novaj geamikoj, hungaraj kaj eksterlandaj, kaj rigardis al unu homo. Li estis maljuna kaj malgrandstatura, sidis proksime al la fajro, por ke ĉiu bone vidu kaj aŭdu lin. La viro parolis komence mi ne volis kredi al la oreloj: li rakontis humuraĵojn en Esperanto! La publiko iom post iom ridegis, kaj aŭskultis, kaj kiam li denove diris iun humuraĵon, de oni denove ridetis, ridis, ridegis, kelkiuj eĉ preskaŭ ploris pro la rido, tiel plaĉis al ili la 'preleganto".

Ĉar oficiale tio estis 'prelego de Julio Baghy, la plej konata kaj mondfama hungara esperantisto, verkisto" kiel oni poste nomis la renkontiĝon. Por ke mi estu sincera: la unuan fojon en la vivo mi aŭdis lian nomon, ĝis tiu vespero mi eĉ ne sciis, ke homo kun tiu nomo ekzistas en nia lando. Ja Baghy neniam verkis hungare, ĉiun linion de teksto, kiun li iam ajn surpaperigis, estis nure, ekskluzive nur en la Internacia Lingvo.

Mi, preskaŭ-dudekjarulo, staris en la somera nokto kaj aŭskultis tiun homon, kiel belege kaj kompreneble parolis al sia internacia publiko. Kaj homoj, venintaj el diversaj landoj kaj lingvoteritorioj, pleje komprenis ĉiun lian vorton...

Jen, alvenis la momento, kiam mi jam sciis: en tiu lingvo kaŝiĝas vera forto, kaj kiuj tiun parolas kaj skribas, povas kaj povos ekparoli al multe da homoj, sendepende de tio, kie ili vivas sur tiu Tero. Verki mi jam pli frue volis kaj estis certa, ke mi estos verkisto en mia nacia lingvo. Sed en tiu momento, sub la somera ĉielo lagborda, mi komencis konjekti, de ankaŭ Esperante mi verkos, ĉar jen, la lingvo helpos min interkompreniĝi kun legantoj el la tuta mondo.

Tiumaniere helpis min Julio Baghy, kun kiu neniam mi parolis, ekiri sur la vojo de verkisto en la Internacia Lingvo.

Junio 2007
Hungario
István Nemere

봄 속의 가을 (바진)

1932년 작가의 말
1978년 작가의 말
1980년 작가의 말
봄 속의 가을

나는 왜 문학을 하는가?
— 바진

인간은 왜 문학을 요구하는 걸까?
그것은 문학이 우리 인간들의 심령에 묻은 먼지와 때를
지워버리고 우리들에게 희망과 용기와 힘을 안겨주기 때문이다.

그럼 나는 왜 문학에 전념하는 것일까?
그것은 내가 문학의 힘을 빌려 나의 삶과 나의 주위 환경
그리고 나의 정신세계를 개변하려고 하기 때문이다.

나의 50년 동안의 문학생활은 내가 인생을 희롱하거나
장식하거나 미화하지 않았고 내가 작품 속에서 생활하고
작품 속에서 분투하고 있다는 것을 설명해 주고 있다.

* 「문학과 예술」 권두언에서

1932년 작가의 말

봄입니다. 누런 들판엔 푸름이 더해 갑니다. 싱싱한 새파란 잎은 새싹처럼 벌거벗은 가지마다 돋아납니다. 태양은 만물에게 웃음을 짓고, 새들은 노래하며 날아다닙니다. 붉은 꽃, 하얀 꽃, 자줏빛 꽃은 서로 뽐냅니다. 붉은 별, 초록별, 하얀 별 들은 반짝입니다. 새파란 하늘, 자유로운 바람, 꿈결 같은 아름다운 사랑.

사람마다 누구나, 독자인 당신이나 나, 저마다의 봄을 지니고 있습니다. 그리고 모두는 기쁨을 가질 수 있고, 사랑을 할 수 있고, 또 영혼에 심취할 수 있습니다.

그러나 가을은 봄에 울음을 터뜨립니다.

그런 봄에 나는 중국 남부의 아름답고도 매력적인 고풍을 자랑하는 어느 도시에서 인생의 한 때를 보낸 적이 있습니다.

가을 같은 비가 내렸지만, 봄바람에 흩날리고 있었답니다.

비가 그친 맑은 어느 날, 나는 친구 두 사람과 함께 진흙길을 지나, 돌다리도 건너고, 논 옆으로 나 있는 좁은 길을 걸어, 전에 한 번도 만난 적이 없는 남중국의 한 여인을, 당시 미쳐 있던 한 아가씨를 만나러 가게 되었습니다.

우리 일행은 마침내 어느 작지 않은 시골 농가의 마당이 보이는 대문 앞에 서게 되었습니다. 한 소녀가 이해가 되지 않는 사투리를 써 가며, 우리에게 검정 울타리문을 열어 주었습니다. 하지만, 그 울타리문은 나의 이야기에 나오는 울타리문과는 다릅니다. 우리가 찾은 그 집은 이 지방의 부잣집이었습니다.

어두컴컴한 방에서 우리 일행은 그 집의 안주인을 만났습니다. 모기장을 칠 수 있는 틀이 갖추어진 대형 침대와 큰 골풀자리, 얇은 솜이불이 놓여 있는 방에서. 그녀가 누워 있다가 자리에 앉자, 나는 그녀의 상체를 보게 되었습니다. 그녀는 한창 꽃 필 나이의 아가씨였습니다.

우리 일행 세 사람은 등받이가 없는 긴 의자에 앉아 그 침대를 마주보게 되었습니다. 우리 일행 중 한 사람은 우리가 이곳을 방문한 이유를 그녀에게 설명해 주었습니다. 그녀는 말없이 살짝 웃어 보였지만, 울음 같은 여린 웃음이었습니다. 나는 몇 번 그녀를 조용히 바라보았습니다. 나는 이제 내 친구가 나에게 말해 준 모든 것을 이해하게 되었습니다. 우리는 그녀와 반시간 이상 같이 있었으나, 우리가 서로 나눈 대화는 열 개의 문장도 채 되지 않았고, 그 아가씨의 열 번 이상의 여린 웃음 속에서 가을이 묻어 나 있었습니다.

나는 가을의 슬픈 마음을 가진 그녀와 작별인사를 하고 밖으로 나왔습니다. 내가 방문하게 된 목적과 그녀를 도울 방법을 생각해 보다 그만 눈물이 핑 돌았습니다.

아가씨……. 한창 꽃처럼 피어날 나이의 아가씨……. 그날 난생 처음으로 나는 "미쳤다"는 말의 의미를 이해하게 되었습니다.

내가 수년간 쌓아 왔던 노력과, 내 삶의 피와 눈물과 목표로 씌어진 내

책들은 독자들을 돕기 위해, 독자들이 봄을 갖도록, 독자들 모두의 마음속에 빛을 주려 했고, 모두가 인생의 행복을 얻도록, 발전 속에서 자유를 누렸으면 하는 목적이 있었습니다. 나는 그들에게 갈증을, 빛을 향한 갈증을 일깨웠습니다. 그래서 나는 그들 앞에 그들이 살아가면서 헌신할 만한 일을 제시하기도 했습니다. 그러나 나의 이런 온갖 노력은 다른 힘에 의해 물거품이 되어 버렸습니다. 나는 읽는 이가 남성이든 여성이든 더욱 참을 수 없는 질곡과 고통을 느껴야 한다고 젊은 영혼을 일깨웠습니다.

그리고 그렇게 그 아가씨는 미쳐 있습니다. 불합리한 사회 제도, 자유롭지 못한 결혼 풍속, 전통적 윤리 규범의 족쇄와 가정 안에서의 전횡은 한창 피어나야 할 젊은 영혼들을 수없이 파괴했으며, 내가 살아 온 스물여덟 해 동안, 내 안에도 그만큼의 그늘이 쌓이게 되었습니다. 그녀의 눈물 같은 가을의 여린 웃음 속에서 나는 과거 전체 청년세대의 시체를 보게 되었습니다. 나에게는 마치 "이젠 그런 것은 끝내야 할 때다"라는 비장한 목소리가 들려오는 것 같았습니다.

『봄 속의 가을』은 온화한 눈물을 흘리게 하는 이야기일 뿐만 아니라, 우리 청년세대 전부의 호소이기도 합니다. 나는 무기처럼 펜을 들어, 이 청년세대를 위해 질풍같이 달려 나가, 죽어 가는 사회를 향해 주저 없이 외칠 것입니다.

"J'accuse(나는 고발한다)"

1932년 5월
바진

1978년 작가의 말

지난 주 나는 스웨덴에서 온 문화계 친구 두 사람을 만날 기회가 있었는데, 그분들이 나에게 스웨덴어로 된 책 한 권을 선물로 주었습니다. 나는 그 책이 나의 단편 소설 『봄 속의 가을』 번역본인 것을 알았습니다. 나로서는 정말 기대하지 못한 일이었습니다. 그 번역본은 1972년에 발간되었는데, 당시 나는 우리 사회로부터 "주변으로 내몰려", 국민으로서의 권리마저 빼앗긴 채 있었습니다. 내가 "이 사회에 방대하고도 독소적인 영향을 끼친" 열 네 권의 "불온서적"을 집필했다는 것이 이유였는데, 그 중 하나가 이 책이었습니다.

나는 그날 선물로 받은 그 책을 들고 집으로 돌아와, 나의 원작품을 꺼내 늦은 밤까지 읽어 보았습니다. 그때 내 방의 온도는 섭씨 33도였습니다. 나는 멀리서 기차가 지나가는 소리도 들을 수 있었습니다. 시끄럽기도 하고, 무덥기도 한 밤이었습니다. 나는 도무지 잠을 이룰 수 없었습니다. 나는 책장을 넘기며, 읽고 또 읽었습니다……. 그리고 46년이 지난 과거를 회상하게 되었습니다.

1932년 봄이었습니다. 그해 1월 28일, 일본군대가 자뻬이(閘北)를 침략한 이후 나는 상하이의 빠오산(寶山) 가(街)에 살던 나의 집을 떠나, 푸지엔성(福建省)의 진지앙(晉江)의 친구들을 만나러 갔습니다. 나는 그곳에서 이주일 가량 지냈습니다. 남중국의 고풍 어린 그 도시엔 많은 친구들이 살고 있었습니다. 그 친구들 중에는 그 지방 사람들도 있었고, 상하이에서 피난 온 사람들도 있었습니다. 친구들은 모두 교사들로, 두 학교에 근무하고 있었습니다. 여명고중(黎明高中)학교와 인민중학교였습니다. 진지앙 서점(書店)의 사장인 선(沈)이라는 사람도 내 친구였습니다. 그는 자주 나를 찾아 와, 그 지역의 문화계 소식을 알려 주었습니다. 여러 번 그는 병석에 누워 있는 어떤 아가씨 이름을 들먹이며, 그녀의 사정을 자세히 말해 주었습니다. 그는 나에게 내 글의 독자인 그 아가씨를 한 번 방문해 주었으면 하는 요청을 해, 나는 동의를 했습니다.

비가 갠 맑은 날, 선과 다른 교사 친구와 함께 나는 농촌의 진흙길을 지나 생면부지의 한 아가씨를 방문하러 갔습니다. 부유한 농장 저택의 어둔 방에서 호감 어린 얼굴의 그녀를 만나게 되었습니다. 그녀는 모기장을 칠 수 있는 틀이 있는 널따란 침대에 얇은 솜이불을 덮고 누워 있다가, 우리가 들어서자 곧 자리에 앉았습니다. 우리 일행은 등받이가 없는 긴 의자에 앉았고, 선 사장은 우리가 그녀를 찾아 온 이유를 그녀에게 설명해 주었습니다.

그 아가씨는 말없이 살짝 웃기만 할 뿐이었습니다. 내가 그녀에게 몇 마디 용기를 북돋우는 말을 하자, 선 선생이 이를 그 지방사투리로 다시 말해 주었습니다. 그녀는 나에게 무슨 말을 하려는 듯 나를 보았지만, "고맙다"는 말만 두 번 할 뿐이었습니다. 우리가 그녀 곁에서 반시간 정도 있었지만, 서로 나눈 대화는 열 개의 문장 정도였습니다. 우리가 작별 인사를 할 때에도 그녀는 물끄러미 살짝 웃음만 보였습니다. 그러나 나는 그녀의 두 눈에서 눈물이 흘러내리는 것을 알아차릴 수 있었습니다.

나는 이미 그녀의 이름은 잊어 버렸습니다. 그녀는 당시 스무 살 남짓 되었고, 그로부터 일이 년 뒤에 세상을 떠났습니다. 그녀는 건강을 다시 회복할 수 없었습니다. 그녀가 미쳐버린 이유는 이러했습니다. 그녀는 아버지로부터 사랑하지도 않는 사람에게 억지로 시집가라고 강요당했고, 아버지는 그녀에게 학교도 계속 다니지 말라고 했습니다.

그 때문에 미쳐 버린 그 아가씨의 이야기는 내 마음을 짓눌렀습니다. 나는 그런 이야기를 너무 자주 들었습니다! 자유롭지 못한 결혼, 전통적 관념의 족쇄, 가정에서의 전횡, 한마디로 말하자면, 불합리한 사회 제도가 수천 명의 젊은 마음을 황폐하게 만들었습니다. 나는 마음속으로 이 젊은이들을 위해 문제제기하기로 다짐했습니다.

상하이로 돌아 온 나는, 단숨에 한 편의 단편 소설을 써내려 갔습니다. 나는 마침내 펜을 놓고 숨을 길게 쉬고 난 뒤에야 마음이 평화로웠습니다. 나는 그제야 그 미쳐버린 아가씨를 대변했다고 느낄 수 있었습니다.

실제로 이 소설은 그 아가씨 이야기를 쓴 것이 아닙니다. 나는 그녀의 가정환경이나 그녀의 내력을 자세히 모르고 있었고, 그에 대해 더 묻지도 않았습니다. 나는 그런 세세한 내용이 필요 없었습니다. 왜냐하면 이미 내 머릿속에 그 이야기에 등장할 인물과 줄거리가 있었기 때문입니다. 나는 그 소설의 배경으로 샤먼(廈門, Xiamen)과 구랑유(鼓浪嶼, Gulangyu)를 취했습니다. 그것은 상하이에서 진지앙으로 가는 길에, 또 귀행길에 나는 간혹 구랑유에 머문 때가 있었기 때문입니다. 그 경치 좋은 작은 섬이 마음에 들었습니다. 나는 자주 보트를 타고 샤먼에 놀러 가, 바다 위에서 밤하늘의 별들을 바라보곤 했습니다. 구랑유의 봄은 나에게 깊은 인상을 남겨 주었습니다. 그곳에서 나는 미치지는 않았지만 서서히 시들어 가는 다른 남중국 아가씨를 떠올리게 되었습니다. 나는 이 소설에서 그 아가씨의 비극을 써 놓았습니다. 이 소설에 나오는 정페이룽(鄭佩溶)이 바로 그 아가씨인 것입니다. 하지만 소설 속의 정페이룽은 아버지의 총에 자신의 연인이 맞아 죽지 않도록 하려고, 아버지가 원하는 대로 복종하는 것으로 되어 있습니다만, 실제로 그 아가씨는 온갖 어려움을 무릅쓰고 자기 연인과 함께 달아나려고 했다는 점만 다릅니다.

그 아가씨의 성씨는 우(吳)였습니다. 그녀는 외국으로 이민을 갔다가 다시 조국으로 돌아 온 중국인이었습니다. 나는 그녀를 만났지만, 잘 알지는 못합니다. 그랬습니다. 나는 그녀의 불행한 체험을 알았고, 내가 47~48년이 지난 뒤 이런 기억을 되살리는 글을 쓰면서도 여전히 나는 그녀를 동정적으로 생각하고 있습니다. 진지앙을 방문한 1930년에 나는 그 아가씨를 처음 만나게 되었습니다. 간혹 나는 여명고중학교에 여름휴가를 보낼 겸 갔습니다. 내 친구가 교장이었고, 그밖에 그곳의 여러 교사들도 내가 아는 사람이었습니다. 학교 인근에는 알찬 열매가 달린 용안(龍眼) 나무 몇 그루가 자라던 공원이 하나 있었습니다. 나는 큰길이나 작은 길을 산책하였고, 때로는 그 친구들과 함께 그 공원으로 산책하기도 했습니다. 그러나 나는 시간의 대부분을 소설쓰기나 번역에 쓰거나 내 친구가 하는 일을 흉내 내며 지내고 있었습니다. 낮에는 현미경 아래로 짚신벌레들과 아메바들의 삶을 관찰하고, 밤에는 언덕에 올라 가을 하늘의 별들을 바라보았습니다. 간혹 나는 교무실에서 여러 가지 잡일을 처리해 주기도 했습니다. 왜냐하면 다음 학기가 시작되는 날이 다가 왔고, 교장은 발진티푸스에 걸렸기 때문입니다. '우'라는 학생이 이 학교로 등록하러 왔을 때, 나는 우연히 교무실에 있다가 그 학생을 만나게 되었고, 그 뒤에 그 학교에서 두어 번 더 보게 되었습니다. 그 학생은 활달하고 예쁜 소녀였습니다.

  그 뒤 곧 교장은 병원에 입원하였고, 나는 상하이로 돌아 왔습니다. 한 학기가 지나갔을 때, 그 학교의 교사로 근무한 한 친구가 상하이로 돌아왔다가, 우리가 함께 대화를 나누던 중에 '우'라는 학생에 대해 말해 주었습니다. '우'라는 학생은 영어 선생님을 사랑했답니다. 그런 사실을 안 그녀의 가족은 그 일에 간섭하였습니다. '우'라는 여학생의 가족은 이미 오래 전부터 그 가족이 사는 지방의 부자이자, 그 학교의 이사(理事) 중 한 사람을 약혼자로 이미 정해두고 있었습니다. 그 영어 교사는 나의 친구였습니다. 그 선생의 성씨는 꾸어(郭)였습니다. 그는 문학을 사랑했고, 수필쓰기도 즐겨했습니다. 당시 그 교사는 23~24세 정도였습니다. 그가 그 열정적인 소녀의 사랑을 일깨우고, 받아들인 것은 정말로 평범한 일입니다. 그 두 사람 서로에게 오로지 그런 감정이 흘렀지만, 그들에게 압력도 있었습니다. 그 여학생은 그런 압력에 굴복하려고 하지 않았습니다. 처음에는 그 영어 교사가 비판을 받았고 나중에는 그 학교에서 쫓겨나 간단한 짐만 꾸려 구랑유로 피신해 어느 친구의 집에 머물게 되었습니다. 그 학교 이사라는 사람이 이겼던 것입니다. 결혼식 날짜가 앞당겨졌습니다. 그러나 그녀는 여전히 굴복하지 않으려 했습니다. 그런데 그녀는 어떻게 그 새장 같은 집에서 빠져 나올 수 있었을까요? 결혼식 바로 전날 그녀는 내 친구를 만나러 폭우에도 불구하고 구랑유까지 몰래 찾아 왔습니다. 그녀는 그 교사에게 말하길, 자신은 이 세상 어디까지라도 선생님을 따라 갈 것이며, 이제 다시는 그를 놓치지 않겠다고 말했습니다. 그러나 내 친구인 그 영어 교사는 그녀가 그와 함께 가난과 고통 속에서 살아가야 될 지도 모른다는 두려움 때문에, 그리고 용기가 부족하여 그 여학생의 뜻을 받아 주지 않았습니다. 그녀는 절망하여 집으로 돌아가서 더 이상 집을 나갈 생각을 하지 않았습니다. 그녀에게는 고독한 죽음만 기다리고 있었습니다.

내가 썼던 사랑이야기는 그러합니다. 나는 그 두 아가씨의 불행한 인생을 엮었습니다. 실제로 내가 정력적으로 소설을 쓰고 있던 동안에 충분히 많은 사람들이 내 머리 속에 떠올랐고, 나는 그들의 많은 이름들을 지어 줄 수 있었습니다. 나의 습관 중 하나는 소설을 써가면서도, 때로는 소설을 완성했지만 적당한 제목은 정하지 못하기도 합니다. 내가 이 단편을 완성했을 때도, 나는 적절한 제목을 정하지 못했습니다. 당시 나는 『가을 속의 봄』이라는 단편을 번역하여 『중학생』이라는 월간지에 조금씩 연재하다가 끝부분을 싣고 있었고, 카이밍서점(開明書店)에서 책으로 출판할 준비를 하고 있었습니다. 나는 내가 완성해 놓은 소설을 다시 한 번 읽어보고는, 갑자기 내 소설 제목을 『봄 속의 가을』로 하면 어떨까 하고 생각하게 되었습니다. 그래서 나는 그 소설은 그 제목과 그 내용으로 서문을 쓸 수 있었습니다. 그해 10월, 나의 번역본과 원작을 각각 카이밍서점에서 발간하였습니다. 『가을 속의 봄』은 헝가리 작가인 율리오 바기가 에스페란토로 쓴 작품입니다.

『봄 속의 가을』에 대한 이야기는 위에 언급한 것으로만 마무리해도 되지만, 나의 이야기는 아직 끝나지 않았습니다. 내 친구 꾸어는 푸지엔성을 떠나, 다른 곳으로 가서 교직을 이어 갔습니다. 당시에는 생계를 위해 고정된 일자리를 찾기란 쉽지 않았습니다. 그리고 보통의 지식인들도 여전히 자신을 위한 일자리를 구하기 어려웠습니다. 누가 강력하게 추천해 주거나, 중요한 사회적 유대관계가 없다면, 일자리를 구하기 위하여 많은 노력을 하거나 많은 도움을 요청해야만 했던 때입니다. 그가 영어를 아무리 잘해도, 수필가라 해도 말입니다. 내가 이 단편소설을 마무리했을 때, 꾸어가 우창(武昌)미술학원에서 교사로 일한다는 소식과, 또 다시 어려운 상황에 빠져 있음을 알게 되었습니다. 그곳에서 그는 어느 여대생을 사랑하게 되었습니다. 아니, 다시 말하자면, 그 두 사람은 서로 사랑하게 되었습니다. 그 여대생은 성씨가 슈(許)였고, 당시 그녀에게는 약혼자가 있었는데, 그 약혼자는 그 미술학원 이사의 남동생으로 외국에 유학중이었습니다. 슈가 다른 남자와 사귄다는 소식을 들은 그 학원 이사는 그 일에 개입했습니다. 그러나 그 여대생은 양보하지 않았습니다. 그러자 그 여대생의 아버지가 그녀를 집에 가두고는 딸에게 노끈과 칼을 내밀어 자결을 하거나, 꾸어와의 관계를 끊으라고 요구했습니다. 그럼에도 여대생은 이에 굴하지 않았고, 아버지 역시 자신의 의지를 꺾지 않았습니다. 그런 위기의 순간에 여대생의 어머니와 오빠가 그녀를 구해, 그 집을 빠져나가게 했습니다. 여대생은 한 손에 배표를 들고, 난징(南京)행 증기선을 탔고, 그곳에서 어느 친척의 집에 머물 계획이었습니다. 그때 꾸어도 그녀를 배웅하러 그 증기선까지 함께 타게 되었습니다. 그 두 사람은 배 안에서 서로 아주 고무되었다. 꾸어는 끊임없는 대화 속에서 그 증기선에서 내리지 않기로 결심하고는 그녀와 함께 난징으로 가기로 마음먹었습니다. 그들은 난징에서 결혼했습니다. 당시 난징에 살던 내 친구 츠언(陳)이 나중에 전한 말에 따르면, 슈와 동행해 난징에 도착한 꾸어가 난징에 살던 자신을 찾아 와서는 슈를 좀 돌봐 주었으면 했다고 말해 주었습니다. 그 두 사람의 전후 사정을 들은 내 친구 츠언은 감동을 받아 자신의 방을 두 사람을 위해 내주고는, 그들의 결혼도 주선해 주었습니다. 그 친구 츠언은 푸지엔의 우의산(武夷山)에서 1941년 초 폐병으로 세상을 하직했습니다. 여러 번 그 친구는 그들의 이야기를 하며, 그들을 존경하였고, 자신이 살던 방을 그들의 행복을 위해 그들에게 제공한 일로 자못 뿌듯해 했습니다.

그러나 이 이야기는 아직 더 해야 합니다. 그 부부는 결혼하여 딸을 두 명 낳았고, 그 두 사람은 부유하진 않았지만, 큰 불화 없이 잘 살았습니다. 그들은 여기저기로 이사하였고, 마침내 상하이에 정착하게 되었습니다. 꾸어는 여러 편의 수필을 발표했고, 몇 편의 외국 소설을 중국어로 번역하기도 했습니다. 그들은 1937년 8월 13일 일본군대의 대포가 그들의 아담한 집을 부술 때까지는 더 안전하게 생활했지만, 그 이후 그들은 다시 피난살이를 해야 했습니다. 해방된 이후 몇 년 뒤 그들은 베이징에 와서는 베이징의 시단구(西單區)에 정착하게 되었습니다. 1950년대에 나는 그들을 방문할 기회가 있었습니다. 늙어버린 꾸어는 젊을 때처럼 말을 많이 하는 편은 아니었지만, 더 많이 웃었습니다. 나는 그들이 끝까지 그렇게 행복한 삶을 누리리라고 생각했습니다. 그러나 사인방(四人幫)의 긴 손톱이 그들의 머리에도 닥쳤습니다. 그날 벼락이 떨어지던 날, 집에 슈 혼자 있었습니다. 당시 꾸어는 광저우(廣州)의 지난(暨南) 대학교에 근무하고 있었고, 그들의 딸들은 다른 곳에서 일하고 있었습니다. 그들이 살던 집은 압류되었고, 그 집에 살던 사람들은 "쓸려 나갔고", 그래서 슈는 광저우로 호송되어졌습니다. 그때 슈의 남편 꾸어는 "귀신들의 감방"에 이미 갇혀 있었고, 광저우에선 아무도 그 여인을 받아 줄 수 없었습니다. 그래서 그 여인은 다시 자신의 고향으로 호송되어졌습니다. 나중에 그 여인은 자신의 딸이 사는 곳으로 가서 살게 되었습니다. 나는 지난해 말, 예기치 않게 그 여인으로부터 편지를 한 통 받았습니다. 그 편지 속에서 그 여인은 1968년 여름, 그 대학교에서 남편이 "아주 무덥던 날에 육체노동을 하던 중에 그만 기절하여 사망했다"는 통지를 받았다고 술회하고 있었습니다. 그래서 꾸어는 1968년 여름에 죽었습니다. 이제 내 이야기를 끝내려고 합니다. 내가 1932년 봄에, "온화하게 눈물 짓던 이야기"를 집필할 때, 그런 결말을 기대하고 있었을까요? 노끈과 칼 앞에서도 자신의 고개를 숙이지 않던 그 여인이 45년이 지난 뒤 나에게 그런 편지를 보내리라고 그녀 자신은 상상할 수 있었을까 하는 생각은 나 혼자만의 생각일까요?

이미 그런 과거도 다 지나 갔습니다. 그러나 이 오래된 작품을 다시 읽으면서, 나는 사십 년 이상이나 지난 그때의 사건을 명확히 다시 보고 있습니다. 내가 세상을 떠난 그 친구의 가족을 위해 무엇으로 위로할 수 있겠습니까? 아마 사람들은 이미 내 친구를 잊었을 겁니다. 그러나 우리나라의 근대수필 발전을 위해 이바지한 그의 업적은 중국 근대문학사를 연구하는 학자들에게는 잊혀지지 않을 것입니다. 나는 그가 1930년대에 저술한 『황혼의 오페라』, 『독수리의 노래』, 『백야(白夜)』 등 세 권의 수필집과 그가 번역한 『귀족의 둥지』와 『전야(前夜)』, 그가 감수한 소설 『로댕(Rodin)』의 번역본도 지니고 있습니다. 나는 그의 작품들을 자주 읽습니다. 그 작품들은 존재할 권리가 있습니다. 그 때문에 그 작품들과 함께 이 착한 사람도 기억 속에 남아 있을 것입니다.

1978년 7월
바진

1980년 작가의 말

『봄 속의 가을』은 40여 년 전에 쓴 단편소설입니다. 이 작품 속에는 아직 나의 젊은 시절의 열정이 남아 있습니다. 나는 이 단편소설 속에 어떤 친구와, 한창 꽃피는 나이의 아가씨의 슬픈 이야기를 써 놓았습니다. 나는 에밀 졸라(E. Zola)의 "J'accuse!(나는 고발한다!)"라는 유명한 말을 언급하며 젊은 세대에 호소했습니다. 그 친구는 나중에 유명작가가 되었지만, 사인방의 전제정치 아래 탄압 받아 비참한 최후를 맞았습니다. 그 이야기는 1978년 발표한 서문에 썼지만, 나의 애석한 동료를 기억하기 위해 이 책에 서문을 추가로 덧붙입니다.

1972년 당시 나도 십 년 동안의 그 탄압을 받고 있을 때, 이 소설은 스웨덴어로 번역 출간되었습니다. 지난 해 베이징의 한 잡지인 『중국문학』에서 이 작품은 영어와 프랑스어로 번역, 발표되기도 했습니다. 이제 이 소설의 에스페란토 번역판이 발간된다는 소식에 나는 특별히 기쁘게 생각합니다. 이 책은 나의 작품들 중에서 에스페란토로 번역되는 첫 작품이기 때문입니다.

나는 20대와 30대에 에스페란토 원작이나 에스페란토로 번역 발표된 문학

작품들을 중국어로 번역하기도 했습니다. 율리오 바기의 소설『가을 속의 봄』은 그 중 하나입니다. 1932년 내가 쓴 이 작품을『봄 속의 가을』로 이름 지은 것은 율리오 바기의 소설을 번역하고 난 뒤, 곧장 내 머리 속에 그 생각이 떠올랐기 때문입니다. 나는 바기의 어조를 흉내 내어 내 소설의 서문을 쓰기도 했습니다. 그 점은 당시 나에게 영향을 미친 그분의 작품 때문입니다. 나는 그분께 감사하고, 에스페란토에 대해서도 고마움을 느낍니다.

　나는 에스페란토를 사랑합니다. 나는 18세 때 에스페란토를 배우기 시작해, 이십대에 가장 많은 관심을 가졌습니다. 그 뒤 약 50년 가까운 기간에 여러 가지 이유로 인해 에스페란토 운동에서 멀어져 있지만, 내가 에스페란토판 서문을 쓰는 지금도 에스페란토가 내게 준 커다란 매력을 여전히 느끼고 있습니다. 나는 때로 나의 여생을 세계 여러 민족의 우애를 위한 일에 바치리라고 말해 왔지만, 바로 그 일 속에 에스페란토 운동도 들어 있습니다.

1980년 3월 24일
바진

봄 속의 가을

1

고향에 사는 여동생은 나에게 형의 사망 소식을 전보로 알려 왔다.

나는 형이 어떻게 죽었는지 몰랐고, 형은, 내가 알기로는, 당시 병도 없었고, 곧 약혼할 예정이었다.

"꿈인가? 어떻게 사람이 그리 쉽게 죽는단 말인가? 더구나 약혼을 앞두고서?" 나는 놀랐다.

그리고 나는 그 일을 더 이상 생각하지 않았다. 내 환경이 변한 건 아무것도 없었다. 형이 죽었다는 것은 전혀 실감나지 않았다.

다음 날 나는 형의 죽음에 대해 똑같은 내용으로 단지 좀 더 상세할 뿐인 34개의 글자로 된 전보를 또 받았다. 형은 스스로 목에 칼을 대어 자살하였다.

내 친구 슈는 내 옆에 선 채 아주 걱정하며 그 전보를 해석해 주려고 애썼다. 그의 두 손은 계속 떨고 있었다.

"어떡할래?" 그가 물었다.

나는 아무 말도 하지 못했다. 나는 내 팔을 세게 누르면서 생각했다. "꿈은 아니고?"

슈는 동정과 연민 어린 눈길로 나를 보고 있었다. 그는 내가 이 세상에서 가장 불행한 사람인 냥 생각하는 것 같았다.

"왜 그런 식으로 나를 보는가?" 나는 그에게 물어볼 작정이었다. 그러나 그는 아무 말 없이 가버렸다.

소파에 앉아서 나는 벽에 걸린 자넷 가이노(Janet Gaynor)의 초상화를 멍하니 바라보고 있었다. 그녀는 나를 향해 미소 짓고 있었다. 저 멍청한 여자는 이미 오래 전부터 나를 향해 웃지도 않더니, 오늘 갑자기 왜 나에게 웃고 있지? 저 여자는 나의 불행을 비웃기라도 하는가? 금발 머리, 얇고 푸른 블라우스와 건강한 살결. 그런데 그것들이 나와 무슨 상관이란 말인가? 저건 그저 종잇조각에 불과하고, 지금 나의 형은 죽었다.

자넷 가이노로부터 나의 눈길은 하얀 벽으로 향했다. 벽은 하얗고, 흠집이라곤 하나도 없다. 그러나 조금씩 그 벽에 거무스름하고 앙상한 얼굴이 하나 나타났다.

그 얼굴엔 특별함이란 없었다. 그 얼굴은 너일 수도, 나일 수도, 그일 수도, 누구나의 모습일 수도 있었다. 그러나 그것이 아니었다. 내 형의 얼굴이었다.

그것은 진짜 내 형의 얼굴이자, 그의 평범한 삶을 대표하는 청년의 평범한 얼굴이었다.

"나는 죽었다." 형은 갑자기 입을 열어 말했다. "나는 내 두 손으로 생명을 끊었어."

"아냐." 나는 확신하듯 반박했다. "형은 여기서 이렇게 말하고 있는데, 난 믿지 못하겠어."

"그 칼, 그 고통, 그 죽음의 발악! 아무도 내 감정을 이해해 주지 않고, 아무도 내가 없다는 것을 느끼지 않을 거야! 그렇게 내 인생은 끝났어." 형은 슬프게 말하더니, 형의 움푹 파인 두 눈에서 굵은 눈물이 흘러 내렸다.

"죽은 사람이 말을 하고 눈물 흘릴 수 있다면, 죽음이란 무서워 할 것이라곤 아무것도 없군. 더구나 누구나 다 죽어야 하는 법인 걸." 나는 내 자신이 겨우 들을 수 있도록 자신에게 말했다.

"난 죽고 싶지 않아!" 형의 꽉 다문 입에서 갑자기 그런 말이 튀어 나왔다. 형의 얼굴은 납빛으로 변했고, 형의 입은 일자(一字)가 되어 버렸으며, 두 눈은 두 줄로 바뀌었다. 나는 놀란 눈으로 그것을 바라보았다. 형의 얼굴은 계속 평평해지더니, 만두 모양처럼 우습게 되어 버렸다.

벽은 다시 하얗게 되었고, 형의 얼굴은 자취도 없이 사라졌다.

"빌어먹을!" 나는 자신을 책망하며 저주했다. "넌 눈을 뜬 채 꿈을 꾸고 있어!"

탁자에는 아직도 34자로 된 전보가 놓여 있었다.

2

"용에게 그 소식을 알린다면, 그녀는 나를 어떻게 위로해 줄까? 아가씨들은 마음이 약하니, 그녀도 나 때문에 울며 슬퍼하겠지. 그녀에겐 말하지 않는 편이 더 낫겠어." 나는 나의 결심이 옳다고 결론을 내리면서 그렇게 생각에 잠겨 있었다.

그런데 바로 그때, 용이 들어 와 내가 알고 있던 사실을 슈를 통해 이미 들었다고 했다.

"만약 앞으로 당신이 날 화나게 하면, 나도 당신 형처럼 하겠어요." 용은 작은 입술을 한 일 자로 다물면서 말했다. 이 여자도 두 입술을 일자로 꽉 다무는구나!

나는 형의 꽉 다문 입술을 생각하며 공포에 사로잡혔다.

"그렇게 말하면 안 돼!" 나는 용의 입을 막으려고 손을 뻗었지만, 용은 그 손을 옆으로 치웠다.

"우리 어디로 산책 가요." 용은 자리에서 일어나면서 이렇게 말하고 난 뒤, 탁자에 놓여 있는 전보를 집어 부채로 썼다.

"석산 아래 있는 공원으로 갈까?" 나는 피곤하게 대답했다.

"아니, 그곳은 싫어요. 난 그 문지기가 미워요!" 용은 그 전보를 바닥에 떨어뜨리면서 화를 내며 고개를 가로저었다.

"마음을 좀 진정해." 나는 조용히 말하고는, 몸을 숙여 용이 떨어뜨린 전보를 주워 내 호주머니에 넣었다. "재스민 향이 나는 그 공원이 산책하기엔 좋아." 나는 자세를 바로 하며 말했다.

"좋아요." 그녀의 얼굴에는 미소가 번졌다. "좋을 대로 하세요."

우리는 밖으로 나갔다. 용은 앞장서고, 나는 뒤에 섰다. 나는 집의 울타리 문을 닫았다.

이웃집 개가 달려와, 나를 보고 몇 번 짖더니, 꼬리를 흔들며 멀어져 갔다.

우리는 이제 나란히 걸었지만, 꼭 붙어 걷진 않았다. 용은 자신과 나 사이 간격을 일정하게 유지하려고 애쓰는 것 같았다. 정말 이상한 여자야! 나는 용이 지금 마음속에서 무슨 생각을 하는지 알 수 없었다.

하늘, 나무들, 건물들과 거리마다 햇살을 즐기고 있었다. 지그재그 식의 위로 향하는 아스팔트길에서 용은 날씬하게 걷고 있었다. 용의 짧은 치마 아래 검정 비단양말을 신은 두 다리는 단단하지 않은 아스팔트길에서 가볍게 춤추고 있었다.

우리는 묘지 옆을 지나고 있었다. 용은 갑자기 멈추어 섰다. 용은 울타리에 기댄 채, 십자가의 열과, 그 십자가들 아래의 묘비들을 쳐다보고 있었다.

젊은 여자가 묘지에 관심을 가지니 얼마나 이상한가!

나는 용의 그런 모습을 보다 못해 재촉하며 말했다. "가자! 묘지에 뭐 볼 게 있다고!"

용은 나의 말을 무시했지만, 갑자기 은은한 목소리로 말했다. "여기에 누우면 얼마나 편할까!"

"용이! …… 용이 이런 곳을 부러워하다니 …… ." 나는 깜짝 놀라 그렇게 말하고는, 내 스스로 뭔가 불길한 생각을 말하게 될까 봐 서둘러 입을 닫았다.

"날 괴롭히지 말아요." 용은 심한 말은 아니지만, 나를 책망하듯 말했다. 용은 자신의 부드러운 손으로 내 손을 잡아 당겨 꼭 쥐었다.

나는 놀라 그녀를 쳐다보았지만 더 이상 아무 말도 하지 않았다.

나는 그때 그녀의 마음속에 무엇이 들어 있는지 알고 싶었으나, 내가 어떻게 그녀의 마음을 헤아릴 수 있었겠는가?

가까운 묘비 두 곳에 화관이 각각 놓여 있었다. 한 곳은 이미 시들었고, 다른 한 곳의 화관은 아직 생기가 있었다.

"이쪽 것은 당신 것이고," 용은 생기가 있는 화관을 가리키며 말했다. "이쪽 것은 내 것이네." 용은 그러면서 시든 쪽을 가리켰다.

"난 당신을 이해할 수 없어." 나는 그녀의 마음속에 뭔가 괴로운 것이 자리 잡고 있구나 하고 느끼면서 솔직하게 말했다.

"당신이 이해할 수 없다구요?" 그녀는 묘한 웃음을 띠며 나를 향해 말했다. 그런 웃음을 나는 전에는 한 번도 본 적이 없었다. 그녀의 웃는 모습은 보통 그러하지 않았는데, 오늘의 웃는 모습은 그러했다. 용은 병자도 아닌데, 오늘의 웃는 모습은 병자의 모습이었다. 그런 웃음 때문에 나는 그저 울고 싶었다.

"용은 내게 진실을 말하지 않고 있어!" 용은 다시 미소 지었다. "당신 같은 지성인이 이해를 못 하다니요! …… 나의 미래는 어두우니, 난 저 꽃이란 말이에요." 용은 다시 시든 화관을 가리켰다. "하지만 당신은 저 꽃이에요. 당신의 미래는 밝으니까요. 두 개의 화관이 서로 저렇게 가까이 놓여 있어도, 저 꽃들은 함께 있지 않아요. 마치 우리처럼요."

나의 미래가 밝다고 — 아마 백 명도 더 그 말을 내게 해주었을 것이다. 하지만 이전에는 아무도 그런 확인으로 나를 눈물짓게 만든 적이 없었다.

"용의 그 비유는 적당하지 않아! 남자를 꽃에 비유하다니, 말이 안 돼." 나는 억지로 웃음을 보이며 끼어들었다. 나는 위로의 말을 하지 않았다. 만약 그러면, 나는 내 스스로 눈물을 흘릴지도 모르기 때문이었다.

"하지만, 난 꽃을 가장 좋아하거든요." 용은 내가 반박할 수 없을 정도로 능란한 혀를 가지고 있었다.

용이 꽃을 좋아하는 것은 사실이었다. 내가 용의 방을 찾을 때마다 생화를 꽂아 둔 화병을 볼 수 있었다. 여러 가지 꽃을 꽂아둔 큰 화병은 탁자에 놓여 있었다. 용의 방 한 쪽 벽에는 중년 부인의 초상화가 걸려 있었다. 용의 어머니였다.

"젊은 여성이 묘지에 오래 있는 것은 어울리지 않아. 그리고 밖에서 기웃

거리는 것도 그렇구." 나는 내 자신의 우울한 생각을 거짓웃음으로 숨기면서 말했다.

"그래요, 가지요."

용은 갑자기 내 손을 놓고는 시장을 향해 몸을 돌렸다.

우리가 공원 입구에 다다랐을 때, 재스민 향이 코를 찔렀다.

"거봐! 내 말이 맞지?" 나는 만족하여 말했다.

"오래 전부터 나도 알고 있었다구요." 용은 살짝 웃었다.

우리는 돌계단을 따라 올라 가, 공원 안으로 들어섰다. 공원 문지기가 주판알 같은 두 눈을 크게 하고서 용을 쳐다보았다. 그는 붉은 줄무늬 손수건으로 손을 닦고 있었다. 그는 입주위에 듬성듬성 난 수염으로, 검게 탄 누런 얼굴을 하고 있었다.

"망측한 작자라구요! 저 사람은 나만 쳐다본다구요." 우리가 그 공원문지기를 지나칠 때, 용이 나에게 작은 목소리로 말했다. "언제나 매번 똑같아요!"

"천부적인 미모가 따라주니 그렇지!" 나는 이렇게 말하면서 살짝 웃음 지었다.

"당신도 그런 말을 해요? 나를 놀리나요? 이젠 당신과 친구도 안 할 거예요." 용은 좀 화가 난 체하고는 나를 뒤로 하고, 앞으로 곧장 나아갔다.

나는 용을 뒤쫓지 않았다. 나는 용의 날씬한 몸매와 출렁거리는 짧은 머리를 바라보며, 요즈음 며칠 간 용의 태도가 생각났다. 나는 의심도 되고, 급기야 걱정도 되었다.

나는 키 작은 재스민 나무들 가까이서 용을 다시 만났다. 용은 무슨 생각에 잠긴 듯이 고개를 숙인 채 벤치에 앉아 있었다. 재스민 나무에서 떨어진 하얀 꽃잎들이 용의 머리 위에 점점이 날려 가 있었다.

용은 내가 다가서는 것도 모른 체 했다.

나는 용의 옆에 앉아, 용의 오른손을 잡으려고 내 손을 뻗었지만, 용은 이를 뿌리쳤다. 내가 다시 그 손을 잡자, 이번엔 이를 뿌리치지 않았고, 반대로 용이 나의 손을 잡았다. 나는 용의 머리 위에서 재스민 향기를 들이마시고, 용의 부드러운 손을 잡고 있었다. 나는 내심 용의 마음을 추측해 보려고 아무 말도 하지 않았다.

온화하면서도 조금 하소연하는 듯한 바이올린의 멜로디가 왼편 나무들 때문에 부분적으로 가려진 어두운 노란색 집에서 들려 왔다. 공원 문지기는 자신의 고향의 연가를 콧노래로 불렀다.

나는 용의 생각이 지금 어디로 방황하고 있는지 몰랐다. 나는 나의 생각도 어디서 방황하는지 몰랐다.

"린(林), 당신 형님이 돌아가셨다는 말이 사실인가요?" 용은 갑자기 고개를 들며 말했다.

"왜 아닌가? 당신은 전보를 이미 읽지 않았어?"

"왜 그분은 자살했나요?" 용은 심문하듯 물었다.

"모르겠어." 나는 솔직하게 대답했다. "왜 이 여자는, 젊은 아가씨라면 몰라도 될 그런 슬픈 일을 생각하고 있는가?" 내 마음이 불편해졌다.

"사람이 제 손으로 목숨을 끊을 수 있는가 하는 점을 생각하고 있다구요." 용은 애써 그렇게 말했지만, 용의 손은 내 손 안에서 약하게 떨고 있었다.

"그런 것은 몰라도 돼." 나는 그렇게 말하며 화제를 바꾸어 보려고 했다.

"하지만, 나는 알고 싶어요." 용은 계속 주장했다.

"그럼, 내가 말해주지. 그건 정말 가능한 일이지. 내 형은 자살했어. 그건 사실이야." 나는 그렇게 단도직입적으로 대답해 용이 더 이상 그 질문을 하지 않도록, 내키진 않았지만 그렇게 말했다.

"죽음과 삶 중에서 어느 쪽이 더 기쁠까?" 용은 자신에게 묻듯이 말했다.

"용, 넌 이제 날 사랑하지 않는구나." 나는 절망감과 괴로움으로 말했다.

"왜요?" 용은 깜짝 놀랐다. "무엇 때문에 그런 생각을 하나요? 내가 언제 당신을 사랑하지 않는다고 하였던가요?"

"네 얼굴이 그렇게 말하고 있어."

"제 얼굴이? 제 얼굴이 평소와 다른가요?" 용은 자신의 뺨을 내 입술로 가만히 밀었고, 나는 용의 입술에 입을 맞추었다. 용의 얼굴로 보아 그녀 자신이 정말 내게 한 말은 차가움이었다······.

"이렇게 아름다운 날에, 이렇게 아름다운 풍경에 두 젊은이가 서로 주고 받는 얘기가 다른 것도 아니고 고작 죽느냐 사느냐, 또 자살이 어쨌느니 한다면 너무 한 것 아닌가?"

그 말에 용은 대꾸하지 않고 잠자코 있다가 말을 꺼냈다 : "제 마음을 의심하진 말아요. 저는 당신 옆에 이렇게 있답니다. 그럼에도 당신은 제가 당신을 사랑하지 않는다고 생각하네요!" 용은 매우 현명한 여자라서, 이런 말로 자신의 솔직한 심정을 숨겼다.

그랬다. 용은 내 옆에 있었다. 하지만 용의 마음은 내 곁에서 아주 멀리 가 있었다. 나는 그 마음이 얼마나 멀리 가 있는지 몰랐다.

"사랑은 아름다워요. 내가 소유하기엔 너무 아름다워요." 용은 자신에게 말하듯이 중얼거렸다. 용의 목소리는 바이올린이 내는 음악처럼 온화하면서도 한편으로 하소연을 담고 있었다.

나는 안개처럼 가려진 용의 얼굴을 바라보았다. 용의 그 모습은 그녀의 얼굴을 더욱 아름답게 만드는, 얇은 천으로 만든 면사포와도 비슷했다. 그러나 그녀는 나의 약혼녀가 결코 될 수 없을 것이다.

나는 용을 가장 귀한 보물처럼 껴안았다. 나는 눈물을 흘렸고, 그 눈물이 용의 머리카락에 떨어져 진주처럼 굴러갔다.

"울고 있군요." 용은 내 생각에 눈물보다 더 감동적인 미소를 머금은 채 고개를 들어 말했다. 용은 자신의 한 손가락으로 내 입술을 누르고는 곧 그 입술에 입을 맞추었다. 그것도 번개처럼 재빨리.

그러나 내가 용에게 키스하려 하자, 용은 고개를 돌려 버렸다.

"용, 오늘은 이상하게 행동하는구나. 변했어." 나는 아주 슬픈 표정으로 말했다. "왜 그렇게 행동하는지 말해 줘!"

"저도 모르겠어요."

"도와 줄 일이라도?" 나는 솔직하게 물어 보았다. "연인사이에 서로 비밀이 있어서는 안 돼!"

"저도 모르겠어요." 용은 천진난만한 어린 아이처럼 숨김없이 말했다.

나는 생각에 잠겼다. "우리 사랑에 틈새가 생긴 걸까?"

태양은 조용히 지고 있었다. 우리는 향기 어린 황혼에 휩싸여 있었다. 공원 문지기가 우리 앞에서 맨발로 왔다 갔다 했다.

"우리 이만 돌아가요!"

용은 내 팔을 잡으면서 일어섰다.

우리는 지그재그로, 아래로 향한 길을 따라 돌아 왔다.

"집에까지 데려다 줘!" 용은 거의 명령조로 말했다.

"그래."

"오늘 아침에 당신을 위해 음식을 좀 준비해 두었어요."

"정말?"

"포도주도 있구요."

"포도주는 싫은데."

"그건 친구가 보내준 좋은 포도주예요. 내가 당신과 함께 마시려고 놔 두었다구요."

나는 말을 하기보다는 눈짓으로 용에게 고마움을 나타내려고 용을 향해 고개를 돌렸다. 용의 얼굴엔 활짝 핀 꽃 같은 웃음이 보였다. 구름은 이제 흩어졌다. 우리는 몇 번 모퉁이를 돌아, 경사진 길을 따라 내려 왔다. 푸른 색으로 칠한 나무대문 뒤의, 용의 집이 보였다. 마당에는 붉은 꽃, 하얀 꽃이 뽐내며 피어 있었다.

우리는 문을 밀쳐 연 뒤, 돌계단으로 올라 가, 용의 방으로, 젊은 아가씨의 침실로 들어섰다.

"여기 앉아요." 용은 내게 소파를 가리키며 말했다.

용은 긴 탁자로 가서, 탁자 위에 놓인 화병을 두 손으로 들고 와, 소파 옆의 등받이 없는 의자에 놓았다. 용은 화병의 꽃에 자신의 얼굴을 한 번 대어보고는, 칸막이 뒤로 사라졌다.

하얀 백합, 보랏빛의 비올라와 노란 칸나.

나도 백합꽃 향기와, 용의 분내음을 맡으려고 그 꽃에 얼굴을 대어보았다. 용은 음식쟁반들을 들고 다시 나타났다.

"내가 도와줄까?" 나는 습관적으로 말했다.

"아뇨. 고맙지만, 당신은 할 줄 몰라요. 조용히 앉아 있기만 하세요." 용은 평소와 다름없이 웃으며 대답했다.

음식은 이미 준비되어 있었다. 음식은 이제 우리가 서로 얼굴을 마주 보고 있는 원탁의 탁자에 놓여 있었다.

"맛있어요?" 용은 평소처럼 말했다.

"맛있어. 아주 맛있네." 나도 평소와 다름없이 말했다.

용은 찬장에서 포도주 한 병을 꺼냈다.

"이 봐요! 피처럼 붉고, 어찌나 반짝이는지!" 용은 나를 위해 한 잔 가득 채웠고, 자신의 잔에도 가득 채웠다.

용은 자신의 잔을, 나는 나의 잔을 들었다.

나는 그 잔을 다 비우자, 얼굴이 화끈거리기 시작했다.

"한 잔이면 충분해!" 나는 내 잔을 치웠다.

용은 내 잔에 말없이 다시 포도주를 채웠다. 용의 반짝이며 빛나기 시작하는 두 눈은 마치 나에게 '마셔요! 당신이 마실 수 있을 만큼 마셔요!'라고 말하는 것 같았다.

그래서 나는 한 잔을 더 마셨다. 그때 나는 용이 네 잔째 마시고 있음을 뒤늦게 알아차렸다. 용의 얼굴은 매력적으로 붉었고, 용의 두 눈은 강한 빛을 내보내고 있었다.

빛나는 저 두 눈은 얼마나 매력적인가!

"난 취하지 않았어요! 난 정말 취하지 않았어요!" 용은 새의 노랫소리와도 비슷한 목소리로 자신을 변호했다.

"제 뺨과 관자놀이를 한 번 만져 봐요. 아직 차갑다고요." 용은 내 손을 잡아서는 자신의 뺨에 가져갔다.

얼마나 따뜻한 손인가! 용의 얼굴은 뜨거웠다! 하지만 용은 얼굴이 차다는 말을 강조했다.

"그래, 차네." 나는 용과 내 자신을 속이며 말했다. 내 손은 용의 뺨에 오래 머물고 싶었다.

"마셔요. 마셔." 용은 내 술잔을 다시 채우기 위해 포도주 병을 들었다.

"이미 많이 마셨어. 더 마시면 취하겠어. 용도 술 더 마시면 안 돼. 예전엔 술을 좋아하지 않았잖아." 나는 술잔을 덮고는 웃으며 용을 쳐다보았다.

"취하는 게 좋아요. 마음이 달아오르고, 더 이상 고통으로 괴롭지도 않고 약간의 평화도 가질 수 있게 해주는 걸요." 용은 말했다.

"왜 아직도 망설이고 있어요? 여기 우리가 이렇게 함께 있고, 온 세상이 우리 것인데." 용은 잔 위에 놓인 내 손을 치우고는 그 잔을 다시 채웠다.

"오늘, 오늘만, 난 이렇게 날씬해……." 용은 낮은 소리로 노래를 불렀다.

"용, 그만 마셔!" 내가 간청했다.

용의 붉은 얼굴에 웃음이 번개처럼 스쳐 지나갔다. 용은 젓가락으로 음식을 조금 집어서는 내 입에 밀어 넣어 주면서 말했다. "먹어 두세요!" 그녀의 목소리는 꿀처럼 달콤했다.

나는 먹었고, 배가 불렀다. 나는 용의 두 눈을 쳐다보았다. 용이 웃자, 나도 따라 웃었다.

"머리가 어지러워요!" 용은 갑자기 젓가락을 놓았다.

"정말 취했어. 왜 그렇게 많이 마셨어?"

"취했다구요? 말도 안 돼요. 나는 바다에 나가 보트를 타면서 별구경도 할 거예요!" 그녀의 큰 눈은 더욱 커졌다.

"냄새 좀 맡아 봐요. 술 냄새 나요?" 용은 내 쪽으로 걸어 와, 입을 벌려 내 얼굴을 향해 입김을 불었다. 용의 입김에는 정말로 술 냄새뿐이었다.

나는 웃음을 참을 수 없었다.

"그렇게 한 번만 더 입김을 불면, 난 토할 것 같아. 그리고도 술 냄새 안 난다고 할래?"

"당신 나빠요!"

용은 내 머리를 쥐어박고는 자신의 의자로 되돌아갔다.

"어디가 나빠?" 나는 장난으로 물었다.

"한 마디로 당신은 나빠요." 용은 단호하게 자신의 입을 일자로 닫아 버렸다. 용은 자신의 의자를 내 쪽으로 밀었다.

"린, 내 심장이 터질 것 같아요." 용은 내 팔에 기대었다. "난 더 이상 못 마시겠어. 아무것도 먹고 싶지 않아."

"취했어. 그리 마시면 취한다고 했는데도." 그리고 나는 용에게 복수하듯이 묻고는 살짝 웃었다. "지금도 보트 타고 별구경 가고 싶어?"

"왜 아니겠어요?" 용은 황급히 자리에서 일어났으나, 곧 풀썩 주저앉았다.

"이젠 용감하다는 말은 소용없네요." 용은 고개를 저으며 말했다. "온 몸이 나른하고 힘이 다 빠졌어요."

3

다음날 아침, 나는 일어나기 싫어 계속 누워 있었다.

창 밖에는 하얀 꽃과 붉은 꽃이 햇살에 살짝 웃고 있었다. 울타리문 쪽에서 찌르릉하는 자전거 소리가 들려 왔다. 용의 집 주인 아주머니의 키 작은 아들이 자전거로 편지를 가져 왔다.

그 내용은 이러했다.

린,
제가 지난밤에 술에 취해, 당신과 함께 바다에 별구경 못간 것이 못내 아쉬웠어요. 취한 사람의 눈으로 별구경하는 것도 훨씬 신비롭고, 재미있을 텐데 말이에요. 왜 저를 그곳으로 데려 가지 않았나요? 우리 오늘 저녁엔 꼭 별 구경하며 바다의 속삭임도 들어 보러 가요. 저는 지금 숨이 막힐 것 같아요. 바다에서 이 마음도 달랠 결 산책해요.

우리 뱃사공에게 더 많이 돌아달라고 말하구요. 당신은 앉고 저는 당신의 가슴에 제 얼굴을 묻고, 별을 보며 당신의 숨소리를 들어보고 싶어요. 그렇게 제가 언제나 당신의 품속에 남아 있을 것임을 느낄 거예요. 아무도 우리를 보지 못할 것이고, 별들도 우리의 비밀을 알리지 않을 거니까요. 바다 위에선, 온 세상이 우리 것일 테니까요.

당신은 제게 별을 가르쳐 주세요. 붉은 별과 푸른 별과, 그 별들에 대한 수많은 아름다운 이야기를 해 주세요.

아, 저는 기억나요.

지난밤에 제가 울었는데, 왠지 이유는 모르겠어요. 소파와 베갯잇에 남아 있는 눈물자국을 보고서 당신과 싸운 것이, 오, 아니에요, 제가 당신에게 눈물로 많이 하소연했다는 것이 기억나요.

자세한 기억은 나지 않아요. 제가 화나게 했지요? 그렇다면, 당신은 이미 저를 용서하였겠지요?

저는 평소 술을 마시진 않는데, 그 포도주는 색깔이 너무 고왔어요! 또 그 포도주는 피처럼 진하더군요. 어찌 제가 그 술을 안마시고 참을 수 있었겠어요? 저는 당신이 저의 집에 오면 한 번 더 마시려고 또 한 병을 남겨 두었어요. 린, 음주가 죄라면 우리 한 번 더 그런 죄를 지어 봐요. 젊은이들은 정말 자주 죄를 짓는답니다. 린, 저를 거절하지 말아 주세요. 심각한 표정의 도덕군자 노릇은 그만 둬요.

그리고 또 다른 쪽지가 있었다.

이 백합 다발은 제 화병에 있던 것을 뽑아 보내는 것이에요. 당신이 꽃을 좋아한다는 것을 알아요. 그래서 특별히 당신을 위해 이 꽃을 골랐어요. 이 꽃 향기가 당신에게서 도덕군자인 체하는 성격을 멀리 쫓아 버릴 수 있도록, 저를 대신해 이 꽃이 당신과 함께 하길 바라요.
— 당신의 용

"꽃은 어디 있니? 백합." 나는 크게 놀라며 그 키 작은 소년에게 물어 보았다.

"모르겠어요. 무슨 백합이요?" 그 소년은 이해가 되지 않는다는 듯이 말했다. 그리고 그는 놀란 눈으로 내 얼굴을 살피고 있었다.

"그 누나가 편지엔 백합 한 다발을 함께 보낸다고 했는데. 그 꽃은 어디 있느냐고?" 나는 물어 보았다.

"그 누나가 편지만 전해 주라고 했어요. 꽃은 아무것도 주지 않았어요." 그 소년은 대답했다.

"그래, 가봐." 나는 퉁명스럽게 대답했다.

아가씨들 마음은 정말 이상해! 용은 정말 무슨 생각을 하는가? 물론 용은 나에게 농담할 수도 있어. 내가 어디 "갖고 노는 남자"인가!

"어이, 얘야!" 나는 침대에서 뛸 듯이 일어나, 그 소년을 뛰어 나가 불렀다. "여기 왔다가 가!"

그러나 헛일이었다. 그 소년은 이미 가 버리고 없었다. 울타리문 근처에서 개가 천천히 짖어댈 뿐이었다.

나는 맨 발로 따뜻한 땅을 밟고 서 있었다. 그때서야 나는 내가 신도 신지 않은 채 있음을 알았다. 맑은 날씨였다.

내가 사는 곳의 꽃밭엔 하얀 꽃과 붉은 꽃은 피었지만, 백합은 하나도 없었다.

내 귓가엔 교회에서 오르간으로 연주되는 찬송가가 약하게 들려 왔다. 오, 일요일이었다.

어디로 가볼까? …… 용에게 가볼까?

내가 넥타이를 매고 있을 때, 개 짖는 소리와 함께 울타리문이 삐걱거리는 소리가 들려 왔다. 친구 슈가 들어 왔다.

"집에서 다른 전보 온 것은 없나?"

"없었어."

"그리고 편지는? 편지가 올 때도 되었는데."

"없었어."

"다른 소식이라도?"

"아무것도."

"너의 형은 왜 자살했대? 알아?"

"모르겠어."

슈는 나를 마주보며 앉았다. 나는 웃옷의 칼라 단추도 잠그지 않고, 넥타이도 매지 않은 채 소파에 앉았다.

두 사람 다 말이 없었다. 슈의 움푹 들어 간 두 눈과 깡마르고 누런 얼굴은 슈의 삶의 비참함을, 신문편집자의 삶의 비참함을 그대로 짐작할 수 있게 했다.

우리는 멍하니 서로 얼굴만 바라보고 있었다. 그의 얼굴은 구름이 잔뜩 낀 하늘마냥 햇살 없는 침울한 표정이었다.

"린" 갑자기 그는 쓸쓸한 목소리로 나를 불렀다. 나는 고개를 들어, 창밖을 바라보았다. 나는 마치 까마귀가 우는 소리를 듣는 것 같았다.

"린, 넌 그러지 않아야 했어 …… ." 그리고는 그는 다시 입을 닫았다.

나는 고개를 옆으로 숙인 채 있는 그를, 마치 그가 하는 말을 유심히 듣는 것처럼 바라보았다.

"너의 형은 죽었지만, 형이 죽었다고 네가 우는 것을 보지 못했어."

"안 울었어." 나는 차갑게 대답했다.

그의 말이 맞다. 나는 한 번도 울지 않았고, 억지 눈물도 나오게 할 수 없었다.

"형으로 인해 너는 슬퍼하지도 않고, 너는 형에 대해서는 전혀 생각하지 않고, 오로지 용만 생각하고 있네." 슈가 천천히 말했다.

"그건 바람직하지 않아. 형은 네게 참 좋은 사람이었어." 슈는 억지로 위엄을 갖춘 표정을 지어 보였지만, 그의 두 눈에 어린 피로감은 숨길 수 없었다.

"오늘은 편집부로 안 가니?" 내가 갑자기 물었다.

일요일에는 그가 신문사에 출근하지 않는다는 것을 나는 오래 전부터 알고 있었다. 왜냐하면 이곳에서는 월요일판 신문이 나오지 않기 때문이었다. 나는 형 문제를 슈가 계속 거론하는 것을 제지하려고 그렇게 물었을 뿐이었다.

"오늘은 물론 안 가지." 슈는 피곤해 하며 말했다. 그리고 정말 그는 도덕 설교를 멈추었다.

"그럼, 우리가 용을 만나러 갈까?" 내가 직접 화제를 바꾸었다.

"아니, 난 안 가고 싶네." 슈는 슬픈 표정으로 말했다.

나는 그의 말에 개의치 않고, 넥타이를 매고, 양복을 입고서, 그를 당겨 집 밖으로 나왔다.

그의 얼굴은 여전히 우울한 채 남아 있었다. 나는 그 모습을 보며 기쁘지 않을 수 없었다. 슈는 모든 것을 허용할 줄 아는 정말 착한 사람이었다. 그는 자주 자신의 삶과 운명과, 자신의 견해로는 정당치 못한 것을 자주 불평했다. 그러나 전혀 헛된 일이었다. 그럼에도 마침내 그는 자신의 삶과 운명과 정당치 못한 것과 함께 살아가야 했다. 오, 불쌍한 사람, 가엾고도 착한 사람!

태양은 나무 꼭대기에서 천천히 내려 와 지붕으로 나중에는 땅으로 다가왔다. 수많은 마당마다 꽃들이 피어 있었다. 거리에는 잎사귀들의 그림자가 보였다. 지그재그로 된 길을 따라 사람들이 가고 있었다. 아이들은 자신들의 집 울타리문 뒤에서 웃고 있었다. 한 뚱보 여자가 길모퉁이에 보였다가 곧 좁은 길로 사라지는 것이, 마치 그녀의 물소 같은 덩치 큰 몸체가 좁은 물길로 빠지는 것과 흡사했다.

"정말 가증스런 것이 신문사 사무실에서의 삶이야! 이런 아름다운 도회지에서 자유를 누릴 수 없으니." 슈는 다시 자신의 삶에 대해 불평을 늘어놓기 시작했다. 슈는 나뭇잎 사이로 파란 하늘을 쳐다보고는, 햇살에 간혹 내미는 그의 깡마른 얼굴을 따뜻한 햇볕이 어루만지는 것을 그대로 놔두었다. 슈는 신문사 편집부에서만 벌써 몇 년 째 일해 왔다.

"넌 나보다 더 행복해. 전등, 가위. 조판공들의 핏기 없는 얼굴들. 그렇게 언제나 단조로워. 언제나 똑같은, 몇 명의 사람들, 언제나 똑같은 피곤한 얼굴들." 그는 한숨을 내쉬듯이 말했다.

"그럼 그 일을 그만 두면 되지." 나는 슈의 매번 반복되는 불평을 들으면서 자동적으로 말했다.

"하지만 그만 두면 나의 생계는 어떡하라고?" 그는 심한 비난을 받은 듯이 물었다.

그의 논리는 간단했다. 인간은 돈으로 살아야 한다. 그리고 생활하려면 돈을 벌어야 한다. 그것은 사람들이 자신의 생활을 유지하기 위해, 자신의 삶을 조금씩 팔아야 한다는 것을 뜻했다. 슈는 자신의 삶을 팔고 싶지 않았으나, 달리 방법이 없었다.

"그리고, 가장 중요한 문제는 어머니가 계신다는 점이야. 난 어머니께 매달 돈을 보내고 있어. 내가 일하지 않으면, 어머니는 어떻게 살아가시겠어?"

그랬다. 슈에게는 어머니가, 내게도 여러 번 말한 적이 있는 어머니가 계시다. 슈는 어머니를 이곳으로 모셔 오고 싶어 했지만, 어머니는 배로 여행하는 일을 무서워했다. 매달 슈는 정해진 때에 언제나 20위엔(圓)씩 보낸다. 나는 그것을 안다. 그밖에도 나는 그의 얼굴에서도 그것을 읽을 수 있었다. 매달 슈가 그 돈을 보낼 때마다, 그의 얼굴은 조금씩 더 창백해져 있었다. 어머니는 아들의 피와 땀으로 생계를 유지하고 있었다!

"어떤 친구는 나에게 해외의 더 나은 일자리를 추천해 주기도 했어." 한때 슈는 나에게 말했다. "하지만, 어머니는 내가 가는 것을 원하지 않으셔. 그렇게 되면 어머니는 나와 더 멀어지게 되고, 어머니를 뵈러 갈 여비를 마련하기도 쉽지 않을 거라는 생각이 들었어. 더구나 우리 신문사 사장은 나를 놓아주지도 않으려 하고."

슈는 어머니를 사랑하는 사람이었다. 나는 내 친구들 중에서 그렇게 어머니를 사랑하는 사람을 슈 외에는 보지 못했다. 한 번은 "착한 어머니"라는 영화를 본 뒤, 하루 종일 울기도 했다.

"나는 일생에 한 분뿐인 소중한 분이 계시는데, 그분이 바로 어머니거든. 어머니를 위해서라면 나는 기꺼이 내 모든 것을 바칠 거야."

슈에겐 어머니가 계시고, 슈는 어머니를 사랑하고, 만나는 친구들마다 어머니에 대한 이야기를 해 준다. 그런데 나는? 나의 어머니는 오래 전에 묘지에 누워 계신다. 나는 어머니 묘가 어디에 있는지도 잘 기억하지 못한다. 나는 친구들에게 한 번도 어머니에 대한 이야기를 한 적이 없었다. 아마 난 한 번도 어머니를 사랑하지 않았나 보다.

우리가 푸른 울타리문으로 들어서자, 용은 계단에 서 있었다. 용은 장밋빛 블라우스와 짧은 검정치마를 입고 있었다.

"이렇게 일찍!" 용은 여린 웃음으로, 봄의 여린 웃음으로 우리를 반겼다. 용의 얼굴은 태양 아래 꽃잎처럼 반짝거렸다.

"오늘은 휴무이지요." 용은 슈에게 말했다.

"저는 오늘 아침에 세 시간밖에 자지 못했어요." 슈는 가을의 밤비 같은 목소리로 대답했다.

"간밤에 제가 취해 린과 다투었어요." 용은 은은한 종소리처럼 웃었다.

"우린 싸우지 않았어. 용은 정말 취해 있었어. 한 사람은 울고, 다른 한 사람은 웃었지." 나는 가벼운 웃음으로 내 입장을 변호했다.

왜 이 여자는 우리가 다툰 것을 화제로 삼지? 우리는 정말 지난밤에 다투지 않았다. 용은 술에 취해, 전혀 아무런 이유도 없이 슬피 울었다. 그녀는 나더러 집에 가지 말고 내가 그녀 곁에 있도록 부탁하기도 했다. 용은 오래오래 울면서 마음으로부터 이해할 수 없는 것들을 쏟아 냈다.

"슈, 여기서 점심 들고 가세요. 아직 좋은 포도주가 한 병 남아 있어요. 정말 좋은 포도주거든요. 빛깔은 피처럼 반짝이고, 맛도 피처럼 진해요." 용은 자신의 장밋빛 얼굴에서 엷은 웃음을 발산하고 있었다.

용의 웃음은 나에게 어제 낮과 밤에 있었던 일을 잊게 해 주었다. 저렇게 반짝이며 웃는 아가씨가 어제 밤에는 왜 그리 슬피 울던지 이해가 되지 않았다.

"난 이제 술 안 마셔요. 술을 끊으라는 어머니 편지를 받았어요." 슈는 주저 않고 말했다. 슈는 어머니라는 낱말을 복음처럼 여기고 있었다.

용은 마치 뭔가에 찔린 듯이 눈살을 찌푸렸다. 용의 빛나던 웃음도 사라졌다. 용의 얼굴은 회색 구름으로 덮였다.

"어머니 …… 어머니 …… ." 용은 무표정한 얼굴로 중얼거렸다. 용에게는 중풍이 들어, 집에 누워 계시는 어머니가 계심을 나는 알고 있었다.

"용." 나는 꿈속에 있는 용을 깨우듯이 두 번 불렀다.

우리는 함께 용의 방으로 들어갔다.

여느 때처럼 긴 탁자에는 꽃이 담긴 화병이 놓여 있었다. 노란 칸나, 보라색 비올라, 거기에 더해 새로 붉은 장미가 들어 있었다. 그 화병에는 백합은 보이지 않았다.

"백합은 어디 있어?" 나는 용이 보낸 편지가 생각났다. "내게 선물한 그 백합."

용은 방 한가운데의 작고 둥근 탁자를 가리켰다. 그곳에 내가 어제 보았던 백합이 담긴 파란 화병이 놓여 있었다. 용은 노란 비단 끈으로 줄기를 묶은 백합다발을 들어 보였다. 그 화병에는 물이 없었다.

"이걸 당신께 선물로 보내려고 했지만, 당신이 직접 와서 가져갔으면 해서요. 당신은 그 점을 확실히 이해했을 걸로 생각하거든요."

그러나 나는 오늘에야 그 점을 이해했다.

용은 슈와 장기를 한 판 두고 싶었다. 나는 칸막이 뒤에 있는 용의 침대로 혼자 갔다.

침대는 얇은 솜이 든 비단 이불과 푸른 꽃이 그려져 있는 침대보와 '나를 잊지 말아요'라는 문구가 수놓인 베갯잇에 싸인 베개가 있었다. 그 베개는 두 짝이었는데, 그 중 하나는 이것이고, 다른 하나는 나의 방에 있었다.

나는 백합향기 같은 향을 느꼈다.

"그 안에서 뭐해요?" 용의 은은한 목소리가 칸막이 너머로 날아 왔다.

"난 베갯잇을 보고 있어."

"그게 뭐 볼 게 있나요? 똑같은 걸 갖고 있으면서? 장기판으로 어서 와 봐요."

"난 당신이 편지에 써 보낸 눈물자국을 보고 싶어."

나는 아무 대꾸도 듣지 못했지만, 용의 숨은 웃음소리는 들을 수 있었다. 아마도 그 뒤 용은 장기판에 쏙 빠진 모양이다.

나는 용의 침대에 누워, 내 얼굴을 용의 베개에 묻었다. 좀 눅진한 베갯잇은 나의 달아 오른 얼굴을 차갑게 했다. 포근한 좋은 향기가 나의 콧구멍 속으로 들어 왔다. 용은 거의 나를 미치게 해 놓았다.

용은 또 한 번 나더러 오라고 불렀지만, 나는 자는 체했다. 사실 나는 우리가 서로 알고 지내고, 사랑하게 된 것을 생각하고 있었다. 나는 두 눈을 뜬 채 꿈꾸었다.

4

"정페이룽(鄭佩珑)!"

이 이름은 내가 영어를 가르치려고 간 C라는 도시의 어느 고등학교(역주: 원문에는 중학교로 되어 있으나 중국의 학제와 우리나라의 학제가 달라 현재의 한국의 학제로 보면 고등학교에 해당된다. 당시 중국에서는 중학교 과정이 기초과정 3년, 고급과정 3년의 전체 6년 과정으로 이루어져 있었다. 이 소설 속에서는 고등학교 과정으로 이해된다. 왜냐하면 이 소설 속의 여대생은 자신의 고등학교 시절의 교사를 사랑하는 나이이기 때문이다. 그래서 고등학교로 번역했다.)의 어느 학급 출석부에서 처음으로 알게 되었다.

  두 손에 출석부를 들고, 나는 학생이름을 한 사람씩 부르고 대답하는 학생들을 주의 깊게 바라보려고 잠깐씩 쉬었다.

  그리고 이제 내가 순서에 따라 정페이롱이라는 이름을 부를 차례였다.

  갑자기 은은한 종소리 같은 목소리가 들려 왔다. 젊은 아가씨의 커다란 두 눈이 나를 쳐다보고 있었다. 그 아가씨는 계란형의 얼굴을 하고 있었고, 그 여학생의 붉은 입술 사이로 호기심 어린 엷은 웃음이 보였다. 그러나 그 여학생은 곧 고개를 살짝 숙여, 나는 그 여학생의 숱이 많은, 짧게 자른 검은 머리만 볼 수 있었다.

  그렇게 우리는 서로 알게 되었다.

  그 여학생은 학교 안에 살지 않았지만, 아침 일찍 학교에 등교해 늦은 시각에 귀가했다. 그 여학생은 자주 내 방으로 찾아 와 많은 질문을 했고, 때로는 내가 전혀 가르치지 않는 과목에 대한 질문도 했다. 여름 방학이 지나고, 그 여학생이 다시 등교했을 때, 우리 두 사람은 함께 학교 바깥에서 산책할 기회가 있었다.

  학교 뒤편엔 강물이 흐르고, 강둑에는 용안나무들이 자라고 있었다.

  그 나무들 곁에서 우리는 즐거운 시간을 보냈다. 그 나무들이 꽃을 피울 때, 우리는 서로를 알게 되었다. 그 나무가 열매를 맺을 때, 우리는 다정한 친구가 되어 있었다.

  푸른 잎과 노란 열매가 달린 용안나무. 용은 그 나무 열매를 좋아했고, 나도 그 열매를 좋아했다.

  커다란 용안나무들의 푸른 잎들 사이로 올리브처럼 노랗고 작으면서도 둥근 열매들이 송이송이 달려 있었다. 팔을 뻗기만 하면 우리는 그 열매들을 몇 개 딸 수 있었고, 그 나무들 곁에서나 강둑에서 그 열매를 먹었다.

하얀 과육, 갈색의 씨알, 올리브 같은 초록 껍질. 두 사람의 눈길. 여러 가지 이야기들. 우리는 그렇게 사랑하게 되었다.

용 때문에 나는 C라는 도시를 떠나게 되었다. 그리고 그런 나 때문에 용도 얼마 전에 그 도시를 떠나 이곳으로 왔다.

나는 친구 집에, 용은 자신의 친구 집에 머물게 되었다.

5

나는 두 눈을 뜬 채 꿈꾸고 있었다. 하지만 그 꿈은 아무 성과도 가져오지 못했다.

나는 요즘 정말 좀 이상하게 행동하는 용의 심리를 이해하지 못했다.

공격을 가해 나의 방어를 무너뜨리는 쪽은 용이었다. 내가 용의 포로가 되어 버렸다. 하지만 그런 뒤에 용은 망설였다.

내가 어떡해야 한담?

아가씨들은 정말 심술궂구나. 용은 나를 미칠 정도로 혼돈스럽게 자주 자극하지만, 그러나 용 자신은 그런 일에 무관심한 정숙한 여자인 것처럼 행동했다.

용은 이전보다 나를 덜 사랑하였다. 용은 나에게 뭔가 숨기는 것 같았다.

이제 나는 어찌해야 한담?

그런 생각이 나의 머리를 맴돌았다.

태양은 창 밖에서 빛나며 웃었다. 늘 우울한 러시아 노래가 바람과 함께 들어 왔다.

갑자기 용은 "그대는 언제나 내 품에 있다네." 라는 노래를 낮은 목소리로 부르기 시작했다.

나는 베개에 얼굴을 묻고서 용의 침대에 누워 있었다. 나는 용이 흘린 눈물로 내 얼굴을 적시게 해 보려 했지만, 이미 그 눈물은 마르고 없었다.

"넌 약한 사람이야!" 나는 혼자 소리로 내 자신에게 말했다.

"결국 내가 용과 결혼할 수 없다면, 이 침대와 베개가 나와 무슨 상관이 있담?"

"용과 결국 결혼하지 못한다면? 절대로 그렇게 될 수는 없어. 용이 없는 내 인생은 상상도 할 수 없어."

"넌 약한 사람이야! 왜 너는 더 일찍 서둘러 혼사를 준비하지 않아? 왜 너는 용에게 더 일찍 결혼하자고 말하지 못하지?"

"용은 나를 더 이상 사랑하지 않을 수 있을까? 용은 다른 사람을 사랑하려고 나를 저버릴 것인가?"

"정말 맞아. 나보다 더 나은 남자들은 무수히 많다. 더구나 마음이 더 고운 연인들도 서로 인연을 끊기도 하는 판이니."

나는 머릿속에서 그렇게 스스로 묻고 대답했다.

용과 슈는 차(車) 하나를 두고 싸우고 있었다. "린, 빨리 와서 저를 좀 도와주세요!" 용은 웃으며 불렀다. "주무세요? 어서 일어나세요!"

내가 자리에서 일어나 나가려고 했을 때, 갑자기 베개 밑에 놓여 있는 편지 하나를 발견했다.

이상하군! 왜 나는 더 일찍 이 편지를 발견하지 못했을까?

내가 그 편지를 집어 봉투를 보니 그 편지를 쓴 사람은 용의 아버지였다.

그 편지는 사나흘 전에 도착했던 것이다. 내가 아는 용의 아버지는 다른 지방(省) 사람을 좋아하지 않았다.

나는 편지를 꺼내 읽어보려 했지만, 그 편지를 꺼내지 않고 베개 아래에 다시 놔두었다.

나는 칸막이 뒤에서 나오면서 편지를 읽지 않은 것을 못내 아쉬워했다.

내가 작은 둥근 탁자 앞으로 갔을 때, 이미 그 차 한 개에 걸린 싸움은 끝났다.

"정말 잠들었지요? 여러 번 불러도 대답이 없었어요!" 용은 나에게 비난 어린 눈길을 보였다. 용의 얼굴에 구름은 한 점도 보이지 않았다. 용의 두 눈은 웃고 있었다. 이번 판에서 용은 우세를 유지하고 있었다.

슈는 한 손에 말(馬)이라는 기물을 들고, 어디 둘지 모르고 있었다. 슈가 머리를 싸매고 있는 표정을 보고서 나는 큰 소리로 웃었다.

용은 슈에게 어서 두라고 재촉했지만, 소용이 없었다. 용은 장기의 기물로 장단을 맞추며, "라모나(Ramona)"를 흥얼대기 시작했다.

"뭘 그리 고심하나? 장기놀이가 지겹지도 않아!" 나는 장기판을 집어 들고는, 장기판을 엉망으로 만들어 놓자, 기물 몇 개는 방바닥에 나뒹굴기도 했다.

"야만인 같으니! 이 판은 내가 다 이겼는데."

용은 발로 차며 화를 내고는, 나를 때리려고 쫓아 왔지만, 용의 얼굴은 여전히 웃고 있었다. 나는 한 바퀴를 돌며 달아나다가, 의도적으로 칸막이 뒤로 몸을 숙였다. 용이 뒤따라오자, 나는 침대로 쓰러졌다. 용은 나의 머리를 두 번 쥐어박더니, 자신에게 용서를 빌라고 했다.

나는 재빨리 베개 밑에 있던 편지를 꺼내 용의 눈앞에 흔들어 보인 뒤,

봄 속의 가을

그 편지를 꺼내 읽어보려고 하였다.

　용의 얼굴이 갑자기 침울해지더니 그 편지를 낚아채고는 자신의 블라우스 안으로 집어넣더니 말없이 나를 떠나가 버렸다.

　"용, 용." 그 편지 때문에 슬퍼하는 용을 본 나는 깜짝 놀랐다. 나는 아주 후회가 되어 용을 위로해 주고 싶었다.

　용은 고개를 돌려 나를 보았고, 용의 두 눈이 무언가를 말하고 있었지만, 애석하게도 나는 해석해 낼 수 없었다.

6

　슈가 남푸투어사(南普陀寺)로 소풍가자고 제안했다. 용은 잠깐 주저하더니 동의했다. 아무 말도 하지 않았다. 나로서는 가도 그만, 안 가도 그만이었다.

　우리 셋은 아스팔트 도로로 나왔다. 햇빛은 우리의 맨 머리 위에서 춤추고 있었다.

　용의 얼굴은 구름으로 가려 있었다. 슈의 얼굴엔 몇 개의 땀방울이 솟아나 있었다. 내 얼굴을 내가 볼 수는 없었다.

　나는 마음속으로 용이 선물로 주기로 약속한 백합다발이 걱정되었다. 그 꽃들은 물이 없는 화병에 놓여 있었다. 우리가 돌아오면, 그 꽃이 다 시들어 버릴까봐 걱정이 되었다.

　행인들은 한담을 나누고 있었지만, 우리 셋은 아무 말이 없었다. 슈가 땀을 닦으려고 손수건을 꺼냈다.

　여지나무가 꽃을 피우고 있었다. 벌 여러 마리가 그 나무 주위를 날면서 노래하고 있었다. 태양으로 금빛이 된 포장도로에는 에메랄드 같은 나뭇잎들의 그림자가 움직이고 있었다.

우리가 그 공원 옆을 지날 때, 우리는 재스민 향기를 충분히 느낄 수 있었다. 그 공원지기는 자신의 고향 연가를 부르고 있었다.

"봄은 정말 사랑 받을 만하군!" 내 마음 속의 목소리가 그렇게 말했다.

나는 용을 보려고 고개를 돌려보았다. 용의 얼굴에 있던 구름은 이미 사라지고 없었다. 때로 용은 손을 내밀어 연뿌리처럼 하얀 팔을 보이며, 숱이 많은 검은 머리카락을 정리했다. 남부 사람의 사투리에, 밝은 색의 옷을 입은 어떤 아가씨가 발에는 굽 높은 신발을 신고, 붉은 꽃이 인쇄된 천으로 된 작은 양산을 손에 들고 우리 옆을 산책하고 있었다. 슈는 그 아가씨를 나에게 가리켜 주면서, 남중국의 전형적인 미인이라고 말하였다.

번잡한 거리의 양편에는 붉은 과일 매대, 푸른 과일 판매대와 "얼음"이라는 글자가 씌어진 간판의 커피점들이 나열해 있었다. 하얀 유니폼의 영국해군 장병들이 보였고, 규칙적이면서 빠르지 않은 걸음으로 순찰하고 있는 중국 순경들이 보였고, 문법적으로 이상한 한자(漢字)들이 씌어진 많은 안내간판들이 보였다.

그래서 많은 사물들이 동시에 눈에 들어왔지만, 나는 이것들과 관련지어 볼 여유가 없었다.

거대한 벵갈보리수나무의 그늘 아래에는 작은 절이 하나 있었고, 쇠향로에서 나는 연기가 그 절의 문 앞에서 올라가고 있었다. 수많은 서양식 건물의 대문에는 작은 오색 깃발들이 꽂혀 있었다. 이는 신의 가호를 부탁하는 주술적인 깃대들이었다.

우리는 확 트인 하얀 바다가 보이는 선창가로 갔다. 그곳에는 페인트칠이 되어 있는 많은 보트들이 정박해 있었다.

우리는 보트를 타고 바다에서 뱃놀이를 시작했다.

나는 바다에서 별구경 하겠다는 용의 염원이 생각나 머리 위를 쳐다보았다. 파랗고도 파란 하늘에는 별 하나 보이지 않고, 태양만 세게 내리쬐고 있었고, 아래에는 바닷물이 누렇게, 때로 하얗게 변했다.

보트는 천천히 앞으로 나아갔다. 바람이 불어오자 시원했다. 큰 파도는 없었기에 우리는 마치 서호(西湖)(역주 : 항저우에 있는 명승지)에서 보트를 즐기는 것 같았다. 하지만 서호는 이렇게 넓지 않다!

햇빛은 물위에서 공단(貢緞)처럼 물을 반짝이며 미끄러졌다. 그때 돛단배가 잔잔한 물살을 가르며 지나갔다. 우리 보트가 갑자기 심하게 흔들렸다. 물방울이 용의 머리 위에 떨어지기도 하였다.

나는 내 손수건으로 용의 머리에 묻은 물방울을 닦아주었다. 용은 나에게 고개를 돌려 웃었다.

"왜 오늘은 말이 없어, 용?" 나는 용기를 내어 물었다.

"모르겠어요. 아마 어제 마신 술 때문이겠지요."

용의 목소리는 여전히 은은한 종소리를 내고 있었지만, 저 목소리도 곧 깨질 것처럼 느껴졌다. 내가 용을 바라보고 팔을 뻗기만 하면, 내 품 안으로 용이 안길 것 같았다.

나는 이전보다 더 용을 사랑했다. 용을 위해서라면 무엇이라도 다 해주겠다는 생각을 하지만, 나는 용을 향해 손을 내뻗지 못했다. 나는 내 두 손을 바라보며 생각했다. 어서! 어서! 나의 두 눈은 용을 당장 집어삼킬 듯이 용을 쳐다보고 있었다. 그러나 잠시 뒤, 나는 굴뚝이 세 개 나 있는 영국군함을 바라보려고 고개를 돌려 버렸다.

나는 반대편 해변에 도착하여 걸어올라 가면서도 나 자신을 몰래 책망했다. "넌 약한 사람이야!" 내 얼굴에는 씁쓸한 수수께끼 같은 웃음이 나타났다.

우리는 버스 정류소에서 버스를 타고는 곧 남푸투어사로 갔다.

버스 안에서도 나는 용과 별로 대화를 나누지 못했다. 용은 창밖의 풍경을 보려 창 쪽으로 얼굴을 향하고 있었기 때문이었다.

슈는 열심히 내게 말해 주었다. 슈는 이곳을 여러 번 방문했지만, 나로선 처음이었다.

버스에서 내린 나는 반은 중국식이고, 반은 서양식으로 지은 절을 보게 되었다. 그때, 당시 유행하는 푸른 비단옷을 입은 두 젊은 여인이 절에서 나오고 있었다. 그들은 짙은 화장의 얼굴을 하고 있었다. 그들 뒤로 양복을 입은 대학생 세 명이 뒤따라 나오고 있었다.

용은 고개를 돌렸다. 대학생들이 갑자기 웃음을 터뜨리고는 잠시 멈춰 서더니, 그 두 창녀를 따라 가버렸다.

"당신네 남자들, 정말 경멸해야겠어요!" 용은 다시 고개를 돌리고는 꼭 다문 이로 나에게 말했다.

슈도 나도 웃었다. 나는 용에게 이렇게 말하고 싶었다. "너의 미모가 죄야!" 하지만 이번에는 그 말을 하지 못했다.

절의 출입문 안으로 들어서자, 우리는 문 양편에 무섭고도 거대한 천왕(天王)이 둘씩 서 있는 것을 보았다. 우리가 중앙 홀로 들어서자, 창녀 몇 명은 괘를 방바닥으로 던져 나온 점괘를 통해 자신들의 운명을 알아보고 있었다.(역주 : 이들이 자신들의 운명을 알려 줄 점괘가 나올 괘를 던지는 데, 그 괘는 동물의 뿔을 반으로 갈라서 만든 것으로, 두 개가 한 조다. 윷놀이할 때의 윷의 모습을 상상하면 된다. 그래서 좋은 점괘를 얻기 위해 괘를 던지기 전에, 중국인들은 자신에게 정확한 운명을 알려주는 점괘를 제시해 달라고 경건하게 향을 피우고 주문을 외기도 한다.)

"저 봐, 저 사람들이 무릎 꿇고 절하는 모습은 얼마나 경건한지!" 슈가 힐난하듯 조용히 말했다. "저 사람들은 무엇을 알고 싶은가? 저 사람들의 사업의 미래일까?"

나도 그런 모습을 웃어 넘겼다. 나는 용을 쳐다보았다. 하지만 용의 표정은 진지해져 있었다.

"거리의 여자들은 영혼도 없는 사람인 줄 알아요?"

왜 용은 그런 질문을 했을까? 나는 그런 생각을 한 번도 하지 않았고, 앞으로도 그런 생각을 하지 않을 것이다. 나는 그들의 행동이 우습다고만 보았다.

"아마도" 슈가 말했다. "그들에게 가장 중요한 것은 돈이지."

"에이! 여자 마음이라곤 전혀 이해하지 못하는군요." 용은 화를 냈다.

그럼, 누가 여자 마음을 이해한단 말인가? 여자란 저렇게 간교하고도, 저렇게 복잡한 사람들인 걸.

"저어, 우리는 이해가 안 돼." 나는 의도적으로 용에게 말을 시킬 의도였다. "그럼, 우리에게 설명해 줘. 용은 여자이고, 또 용의 말은 믿을 만하니까."

용은 내 눈을 자신의 눈길로 쏘아댈 듯 보았다. 나는 용의 얼굴을 바라보았다. 그 얼굴은 구름으로 덮여 있었다. 반짝이던 해는 사라지고, 가을 구름이 다시 나타났다. 가을이 벌써 왔구나.

왜 가을이 이렇게 일찍 왔을까? 봄은 어디에 있을까? 봄날은 영원히 지나갔을까?

"이야기하자면 길어요." 용은 말을 시작했다. "그 이야기를 끝까지 하려면 며칠이 걸리지만, 그래도 당신들은 이해하지 못해요. 두 분께 한 마디만 하지요. 내 친한 친구 하나는 초등학교 다닐 때 이미 거리의 여자가 되어 버렸어요. 나는 그 친구가 아주 착한 여자라는 것을 알아요."

"어떻게 그걸 알아요? 사람이란 변덕이 많은데. 착한 사람도 나쁜 사람이 되는 판에." 슈가 반박했다.

나는 갑자기 슈가 쇼펜하우어(Schopenhauer)나 스트린드버그(Strindberg)처럼 여자를 싫어하는 사람이라는 생각이 들었다. 그는 한 때 어느 여자에게서 변심을 당했다는 소문이 있었지만, 그 스스로 이를 고백한 적이 없었다.

"그 친구는 정말 착한 사람이었지만, 자기 부모의 편견의 희생물이 되었어요. 그녀가 내게 일전에 편지를 보냈다구요."

그건 나로서는 다른 소식이었다. 용은 그런 이야기를 내게는 전혀 하지 않았다.

용의 그 친구는 착한 사람인지 모르지만, 그 사람이 나와 무슨 상관이 있담? 용은 여전히 나에게 비밀을 많이 지니고 있었다. 내가 용의 마음을 전부 사로잡았다고 이전에 생각한 적이 있었지만, 내가 틀렸구나 하고 판단했다.

용과 슈가 앞장서고, 나는 그 두 사람을 뒤따르고 있었다. 나의 마음은 용이 지닌 비밀로 인해 질투심으로 가득 찼다.

우리 맞은편에서 우리 쪽으로 한 무리의 대학생들과 한 무리의 여자들이 다가 왔다. 남자들은 여자들 쪽을 바라보며 웃고 있었다. 하지만, 나는 웃음도 억지로 할 수 없을 정도로 질투심으로 가득 찼다.

샘물이 흘러나오는 개울에 다다르자, 슈는 이제 더 가지 않고 멈추고는 바위에 앉았다.

"우린 더 올라가요." 용은 나를 쳐다보며 말했다. 용의 목소리가 내게는 명령처럼 들렸다.

우리는 석굴을 지나, 계단을 따라 위로 올라갔다. 용은 앞장서고, 나는 용을 뒤따라갔다. 용의 걸음은 너무 빨라, 내가 겨우 따라 잡을 수 있을 정도였다.

우리가 산허리에 다다르자, 길이 더 이상 없음을 알아차렸다. 우리는 시멘트로 새로 마련된 정자 앞에 잠시 서 있다가 바위에 가 앉았다.

나는 손수건으로 내 이마에 맺힌 땀방울을 천천히 닦았다.

"피곤한가 봐요. 저는 아무렇지도 않은데." 은은한 종소리가 청명한 봄날에 들려 왔고, 아이처럼 만족해하는 웃음이 용의 얼굴에 나타났다.

봄, 정말 봄이로구나!

나는 파란 하늘로, 자유롭게 부는 바람에 나의 달아 오른 얼굴을 들어보았다. 하지만 나의 두 눈에는 용의 커다란 두 눈과, 위로 치솟은 길고도 가는 두 눈썹만 보였다. 그 커다란 눈에는 사랑, 봄의 사랑, 남중국의 사랑이 가득 담겨 있었다.

"린!" 용은 나를 불렀다.

우리는 눈을 서로 맞추었다. 얼마나 큰 눈인가, 또 얼마나 길고도 가는 눈썹인가! 하지만 용의 표정은 빨리 바뀌었고, 봄과 가을은 그렇게 짧은 시간에 교대로 나타났다.

"린, 아직도 저를 사랑하세요? 이전처럼요?" 용은 갑자기 봄날의 밤에 들려오는 플루트 소리와 비슷한 목소리로 말했다. 곧장 비를 예보하는 구름이 용의 두 눈을 가리고 있었다.

봄비가 될지, 가을비가 될지 나는 몰랐다. 나의 심장이 떨려 왔다.

그건 내가 용에게 묻고 싶은 것이었는데, 용이 내게 거꾸로 물었다. 우리들은 아무도 상대방의 감정을 알지 못하지만, 우리의 마음은 똑같은 것을 느끼고 있었다. 지금 우리가 서로에게 그 감정을 내보일 기회가 온 셈이다.

하지만 우리가 서로 진실한 마음을 보지 못하도록 안개로 가려지게 될지 모른다고 나는 걱정했다.

"용, 용은 나를, 내 마음을 잘 알고 있어. 난 한 번도 거짓말한 적이 없어. 나는 이전보다 더 널 사랑해."

나의 목소리는 떨리고, 나의 심장은 두근거렸고, 나는 용이 오해할까 걱정하며 천천히 말했다.

내 온 몸의 피가 얼굴로 달려오는 것 같았다. 나는 아주 유심히 용을 쳐다보았다.

"행동으로 보여! 저 아가씨를 안아 줘! 용을 들어 올려, 용에게 키스하고, 네가 갖고 있는 의문과 슬픔을 용에게 말해. 네가 용이 가진 비밀을 다 알고 싶다고 해 봐. 요새 며칠간 네가 용에게 느낀 바를 말해." 이런 말들이 내 머릿속에서 맴돌았다.

내 손은 강하게 떨렸지만, 나는 아무 행동도 취하지 못했다.

용은 아무 말도 없이 나만 바라보고 있었다.

"용은 이미 알고 있어! 어서!" 나는 내 자신을 재촉했다.

나는 용의 커다란 눈에서 비를 보기 시작했고, 용의 눈동자는 그 약한 빗속에서 운모(雲母)처럼 빛나고 있었다. 비, 가을비였다. 내 마음도 가을비를 맞고 있었다.

"용, 사랑해. 영원히 사랑할 거야. 너 없이는 살 수 없어. 내가 할 수 있다면, 내 마음을 잘라내 보여주고 싶어. 네가 얼마나 많은 자리를 차지하고 있는지 보여줄 수 있었으면." 나는 시를 낭송하듯 말했다. 내가 할 수 있었던 모든 말을 한 것 같았지만, 사실 가장 중요한 말은 놓쳤다.

내 눈도 바로 갑작스런 여름 소낙비로 젖게 되었다. 나는 뇌리 속에서 천둥소리를 듣는 것 같았다.

"주저하지 마, 용. 난 너에게 내 모든 것을 걸었어. 너를 위해서라면 기꺼이 내 모든 것을 바칠 거야." 나는 용의 목소리 외에는 아무것도 들을 수 없었으며, 용의 얼굴 외에는 아무것도 보이지 않았다.

"저를 위해서 모든 걸 바치겠다고 당신이 약속했다면, 당신은 조금도 아깝지 않게 여긴다는 것이 확실해요?" 그것은 조용하고도 은은한 종소리가 아니라, 가을비가 내린 밤의 유리 창문 뒤에서 들려오는 플루트의 소리였다.

나의 심장은 다시 떨렸다.

"가을이 오는구나." 그렇게 나는 마음속으로 느꼈다.

"그럼, 난 절대로 후회 안 해. 순수한 사랑에 후회란 없어." 나는 대답했다.

"왜 넌 아직도 의심이 되니? 마음이 변했니?" 나는 이렇게 용에게 물어보려 했지만, 아무 말도 꺼내지 못했다.

"당신을 믿어요, 그런데 …… ." 용은 말했다. 용은 뒤따르는 다른 말을 집어삼켰다.

나는 이제 되었구나 하고 생각했다.

용은 나를 믿고 있고, 나를 사랑하고 있으니, 이제 모든 문제가 해결되었구나, 그러나 왜 용은 다음 말을 하지 않고 주워 담았을까?

나는 자리에서 일어나 용의 얼굴을 쳐다보았다. 태양이 용의 얼굴을 반짝이게 했다. 용의 커다란 두 눈에는 눈물이 반짝이고 있었다. 구름은 사라졌다. 나는 다시 봄을 만날 수 있었다. 그렇게 여자의 심정과 표정은 재빨리 바뀌었다.

"저는 당신을 믿고 있어요. 하지만 당신이 변심하면, 당신 형님처럼 제 목을 잘라 버릴 거예요."

용은 자리에서 일어나, 나에게 웃어 주었다. 은은한 종소리가 다시 들려왔지만, 그 웃음은 봄을 의미하는지, 가을을 의미하는지 알 수 없었다. 그러니까 용은 아직도 나의 형을, 내가 벌써 오래 전에 잊고 있던 형을 기억하고 있었다.

"우리 내려가요. 친구를 저 아래서 너무 오래 기다리게 하면 안 되지요." 그녀가 말했다.

나는 용을 따라 아래로 내려왔다. 우리는 다시 그 개울에서 슈를 만났다. 그때 용의 두 눈에는 더 이상 눈물이 보이지 않았다.

7

우리는 용이 지내는 방에서 저녁을 먹었다. 그런 뒤, 용은 나와 슈를 배웅하러 울타리문까지 나왔다가, 그 울타리문을 닫고 들어갔다.

나는 한 손에 백합 한 다발을 들고, 어둠을 가르며 슈와 함께 돌아 왔다. 까만 하늘에는 하얀 별, 푸른 별, 붉은 별 들이 총총히 빛나고 있었다. 조용한 거리, 희미한 가로등, 많지 않은 행인들.

나는 백합다발을 얼굴에 대보았다. 꽃향기에 나의 피곤함은 잊어 버렸다.

"린, 오늘 남푸투어사에서 용과 무슨 이야기를 했어?" 슈가 갑자기 물었다.

"너희 두 사람 모두 운 것 같은데."

"오직 사랑에 대해서!" 나는 꽃에서 고개를 들었다.

"그런데, 왜 울었어?"

"울긴. 다만 사랑의 말이 자주 오가면 나타나곤 하는 몇 방울의 눈물을 흘렸을 뿐이야."

"내가 불쾌하게 했다면, 용서해. 너희 두 사람이 이 단계에서 눈물을 보인다면, 두 사람의 사랑은 좋은 결실을 못 얻을 거야. 나는 오래 전부터 두 사람의 사랑이 좋은 결실을 맺지 못할 것처럼 보였거든."

나는 마음이 상해 화를 내며 반복해 말해 주었다. "자네는 여자를 싫어하니, 당연히 즐거운 일도 말할 줄 모르는군. 자네가 용은 좋은 아가씨라고 칭찬하지 않았어? 자네는 사랑의 경험이 없으니! 사랑에 눈물이 없다면, 그게 사랑이라 하겠어?"

"그 말이 아냐. 난 자네 일에 뭔가 정리되지 않은 것 같은 느낌을 오래 전부터 받았어. 직감으로 난 느꼈어. 원인이 뭔지 설명 못 하지만, 그 점은 확실해."

슈가 내 머리 위로 찬물 한 바가지를 쏟아 붓는 것 같았다. 나는 슈의 말을 믿지 않지만, 나도 그가 사랑의 경험이 없다는 증거를 갖고 있지는 않았다.

"자넨 전혀 이해 못하네! 자네는 편견 속에 깊이 빠져 있어! 내가 용을 사랑하고 있고, 용은 나를 사랑하는데, 무슨 문제가 있담?"

나는 너무 심하게 마음을 상해, 슈를 무시했다.

"저길 봐!" 슈가 갑자기 하늘을 가리키며 말했다.

한 줄기 빛이 급속도로 하늘에서 떨어져, 눈 깜짝할 사이에 사라졌다. 나는 낮은 휘파람 소리라도 들은 것 같았다.

"유성이야." 슈는 하늘에서 그 별을 여전히 쫓아가면서 혼잣말을 했다. "잃어버린 별이네." 슈는 마치 자신의 연인 이름을 부르는 것처럼 따뜻한 목소리로 말했다. 그 뒤 슈는 확고하게 말했다. "그 점은 내가 확실하다구."

나로서는 슈의 그 마지막 말이 조종(弔鐘)처럼 들려 왔고, 나는 갑자기 두려움을 느꼈다.

다시 나는 백합에 고개를 묻어 보았다. 꽃향기가 용의 베개에서 맡았던 향기를 기억나게 해 주었다.

용은 나에게 있으며, 어떤 경우에도 나는 용을 잃어버릴 수 없다.

슈에게 "잘 가라"는 작별 인사를 한 뒤, 나는 내가 머무는 집으로 갔다.

내 구두 발자국 소리에 이웃집 개가 울타리문에 앞발을 대고, 짖어대기 시작했다. 내가 가까이 다가서자, 그 개는 나를 알아보고 꼬리를 치며 멀어져 갔다.

나는 꽃을 방 안으로 가져 와 화병의 물을 갈고 꽃을 꽂고는 화병을 침대 옆의 작은 탁자에 두었다. 침대에 누워 나는 화병에 꽂은 꽃을 바라보았다. 꽃들은 신선감을 좀 잃었지만, 아직 시들지는 않았다. 물을 갈아 두었으니, 저 꽃들은 다시 살아 날 것이라고 생각했다. 저 꽃은 우리 사랑을 상징하고 있기 때문에 나는 잘 돌보리라고 다짐했다.

8

우리의 사랑에 봄은 다시 찾아 왔다. 나는 연이어 며칠간의 봄날을 보냈다. 그런 나날 중에 가을비가 내리기도 했지만, 가을은 급히 사라져 갔다.

용은 자신의 사진을 확대하여 내게 가져왔다. 나는 벽에서 자넷 가이노의 그림틀을 떼 내고, 그 자리에 자넷 가이노의 그림을 용의 초상화로 덮었다. 지금은 자넷 가이노 대신에 용이 아래를 내려다보며 나에게 웃음을 짓고 있다. 봄의 웃음이었다.

머리숱이 많은 검은 머리카락, 가느다란 눈썹, 크고 반짝이는 두 눈, 웃음을 띤 매력적인 입술.

"사랑해요." 은은한 종소리 같은 목소리가 조금 벌어진 매력적인 입에서 들리는 것 같았다. 크고 반짝이는 두 눈은 내 몸을 환하게 해 주었다.

내가 꿈꾸고 있는가?

"용, 너를 사랑해, 언제나 사랑해. 이 세상 무엇보다 더." 나는 시를 읊는 것처럼 내 자신을 향해 중얼거렸다.

용의 면전에서 나는 말했다. "사랑해." 내가 방에 혼자 있을 때도 나는 똑같이 말했다.

"사랑해."

용안나무들이 꽃필 때, 나는 용을 알게 되었다. 그 용안나무의 열매들이 익었을 때, 나는 용을 사랑하게 되었다. 지금 용안나무들이 다시 꽃을 피웠고, 나는 용의 사진을 향해 중얼댔다. "사랑해."

너는 약한 사람이야! ― 나는 두 손으로 내 얼굴을 감싸 쥐고서 소파 위로 쓰러졌다.

나는 슈가 한 말 ― "너는 열정의 포로가 되었어." ― 이 생각났다. 나는 정말 그렇게 되었으면 하고 바랐다. 나는 열정의 포로가 되기를 꿈꾸었다. 내가 그랬더라면, 용은 이미 오래 전에 내 사람이 되었을 텐데.

어떡하면 내가 열정의 포로가 될 수 있을까? 열정의 행복한 포로!

나는 거의 미쳐 버렸다.

9

내 책상 한 모퉁이에 놓여 있던 우리 집에서 온 전보는 이미 구겨져 있었다. 나는 책 정리를 하면서 그 전보를 다시 보게 되었다.

나는 그 전보를 일주일 전에 받았지만, 그 일이 어떻게 일어났는지, 집에 묻는 편지조차 아직 쓰지 않았다.

용 때문에 하나뿐인 내 형을 잊고 있었다. 나는 형에게 사랑을 남겨주지 않은 채, 용에게 나의 사랑을 다 주었다. 형은 나를 열렬히 사랑했다. 우리는 어린 시절을 거의 같이 보냈다. 형은 나보다 나이가 두 살 더 많을 뿐이다.

형이 자살한 일주일 뒤인 지금에야 나는 다시 형 생각이 났다.

나는 여동생에게 편지를 쓰려고 자리에 앉아 형이 무슨 이유로 또 어떻게 해서 자살하게 되었는지 형이 죽은 뒤 집은 어떻게 되었는지 물었다.

태양이 웃음을 지으면서 활짝 열려 있는 창을 넘어 들어 왔다. 창 밖에는 꽃들이 나비들을 향해 웃고 있었다. 벌들과 파리들이 방 안에서 춤추고 있었다.

내 마음은 편지 내용과 함께 떨렸다.

멀지 않은 곳에서 바이올린 켜는 소리가 우울하게 들려 왔다. 그 연주하는 이는 흰 옷을 즐겨 입는 아가씨라는 것을 나는 들어 알고 있었다. 내가 그 아가씨 집의 대문을 지나가면서 보면 그녀는 자주 발코니에 앉아 있었다. 아마 그녀는 만성적인 병으로 고생하고 있는 것 같았다. 그런 병으로 고생하지 않으면 이렇게 아름다운 날에 이렇게 꽃필 나이에 그녀는 왜 거리에 산책하러 공원의 재스민 향을 맡으러 바다에 별 구경하러 가지 않는가?

나는 내 편지에 이 모든 것을 써내려갔다.

개가 갑자기 짖기 시작했고, 울타리문이 끼익 하며 소리를 냈고, 구두 발자국 소리도 들려 왔다. 나는 그곳에 누가 왔는지 알 수 있었다.

"린" 청명한 봄 날씨에 은은한 종소리 같은 목소리가, 정말 맑게, 들려

왔다.

용은 장밋빛 블라우스와 짧은 검정치마를 입고 들어섰다. 봄처럼 웃으며, 계란 같은 얼굴과 반짝이는 큰 눈으로 용은 들어섰다.

나는 펜을 그만 놓고는 편지를 접었다.

"집에 이렇게 있을 줄 알았어요." 용은 나를 보며 살짝 웃었다.

"오늘은 왜 나를 찾아오지 않았어요?" 용은 다시 한 번 살짝 웃으며 말했다.

"편지 쓰고 있었어." 나는 자리에서 일어나며 말했다.

"누구에게?"

"여동생에게."

"믿어지지 않는 걸요. 보여 주세요." 용은 입술을 일자로 다물었다.

"자, 봐." 나는 편지를 펼쳐 용에게 보여 주었다. 용은 책상에 앉았다.

용은 주의 깊게 읽고 있었고, 나는 용의 표정을 살피고 있었다. 몇 점의 구름이 용의 얼굴에 날아 지나가더니, 나중엔 다시 맑게 개었다.

"잘 썼네요. 소설 같아요."

나는 살짝 웃었다. 내 마음은 활짝 피었다.

"왜 쓰다 말았어요? 내가 와서 방해가 되었나요?"

어떻게 내가 편지 쓰는데 정신을 쏟을 수 있었겠는가?

"방해가 되었냐고? 아니야! 용이 올 줄 알았기에 편지 쓰면서 기다리고 있었어. 편지는 오늘 밤에 마무리하면 되고, 어쨌든 내일 부치면 되거든."

"집에서 편지가 왔나요? 뭐 새로운 소식이라도?"

"아니."

용은 한숨을 약하게 내쉬고는 눈길을 의식적으로 책 더미 쪽으로 돌렸다.

왜 용은 한숨을 쉴까? 용은 방금 전까지 밝게 웃었는데도.

나는 용의 얼굴을 바라보았다. 그 얼굴은 흩어져 날아가는 엷은 구름으로 덮여 있었다. 그래도 봄은 여전히 그곳에 있었다.

"용의 마음도 저 얼굴 모습처럼 느낄 수 있으면 좋으련만!" 나는 마음속으로 기도했다.

"린, 우리 영화 보러 가요."

용은 나와 잠시 이야기를 나눈 뒤 갑자기 말했다.

"무슨 영화? 너무 늦은 게 아닌가?" 내가 호주머니시계를 꺼냈다. 봄의 태양이 내 이마를 따뜻하게 해 주었고, 벌들은 내 주위에서 윙윙거렸다.

"그레타 가르보(Greta Garbo) 주연의 『러브 스토리』. 그 영화가 아주 좋다고 해요."

"가르보가 출연한 영화? 왜 용은 그 여배우의 영화를 좋아해? 그 배우가 출연하는 영화들은 아가씨들에게는 안 어울려."

"가르보는 영화 스타들 중에서 독특한 배우예요. 가르보가 아주 심오한 연기를 해내니까요."

"용 같은 아가씨에게는 노마 시러(Norma Shearer)나 자넷 가이노 같은 배우가 출연하는 영화가 어울려. 가르보는 중년 부인에게나 어울리는 걸."

"린, 당신은 전혀 아는 것이 없군요! 노마 시러가 우리 아가씨들을 대표하는 전형이라고 말하는 건가요? 그건 어떤 여자들이 라몬 노바로(Ramon Novarro)를 이상적인 남자로 보는 것처럼 웃기는군요."

나와 용은 그런 논쟁을 중단하고는 곧 영화관으로 향했다.

나는 길을 걸어가면서, 용과 대화를 나누면서 생각했다. 핏빛처럼 붉은 포도주와 그레타 가르보의 영화를 좋아하다니, 그녀는 정말 이상한 아가씨야.

10

많은 인파와 질 나쁜 조명으로 인해 영화관은 질식할 정도로 더웠고, 비음이 섞인 사투리로 하는 잡담과 여인들의 웃음소리와 아이들의 울음소리로 인해 시끄러웠다.

잠시 뒤, 어둠이 깔리자, 모두 조용해졌다.

스크린에는 등장인물들과 활동, 뉴스, 코미디와 러브 스토리들이 상영되었다.

내 주위의 세계가 사라지자, 나는 두 눈을 뜬 채 꿈을 꾸었다. 나는 용에게 기대었고, 용은 내게 기대었다.

청춘, 정열, 달 밝은 밤, 깊은 사랑, 젊은 한 쌍, 다른 젊은이, 삼각관계의 사랑에 빠짐, 용서하지 않는 아버지, 돈, 명성, 직업, 헌신, 배신, 이집트에서의 상업, 열대의 나라에서의 오랜 세월.

고아가 된 젊은 여성, 술꾼 오빠, 첫사랑, 신뢰의 연인, 굳건한 맹세들, 작별인사 없는 이별, 달밤의 갑작스런 소낙비, 깊이 상처 입은 마음, 사랑 없는 결혼, 남편의 속임과 범죄, 자살과 명예, 사회의 몰이해, 오빠의 비난과 증오, 과부로서의 삶, 영원한 비밀, 외국으로의 이민, 가라앉음, 오빠의 병환, 귀향, 오빠의 죽음, 평생의 회한.

오랜 이별 뒤의 재회, 다른 여자, 새 아내, 새로운 열정, 갑작스런 이별, 병을 얻음, 장미들, 병원에서의 마주침, 사랑의 고백, 삼각관계의 사랑에 빠짐, 탈출 계획, 죽기로 결심, 교통사고에 따른 죽음.

…… 많은 관람객들은 한숨을 지었고, 영화관의 전등은 켜졌다. 푸른 커튼이 내려 왔다. 아무 일도 일어나지 않았다. 우리는 여전히 중국 안에 살고 있고, 잠시 유럽의 꿈을 꾸었다.

나는 나의 젖은 두 눈을 닦고 난 뒤, 여전히 눈물의 빗속에 있는 용의 큰 두 눈을 바라보았다.

용은 내 팔을 잡고서 나에게 몸을 기대 왔고, 우리는 인파를 뚫고 나왔다. 용은 머리를 숙인 채, 한동안 침묵만 지키고 있었다.

"사회가 우리 여성들을 억압하고 있어요." 용은 갑자기 씁쓸하게 말했다. 그 말은 내 마음 속에 깊이 파고들어 왔다.

나는 스크린에서의 여러 장면을 생각했다. 그 여자는 자신의 병실에서 깨어나, 장미가 꽂힌 화병이 없어진 것을 알았다. 그 여인은 병든 몸을 끌고서 병실 밖으로 나가, 장미꽃을 찾으러 갔다. 그 장면을 보면서 내 두 눈에 눈물이 어렸다. 그때 용은 내 어깨에 자신의 머리를 밀착해 기대어 왔다. 나는 용이 그 여주인공의 대사를 두 번이나 반복하는 것을 들을 수 있었다.

"내 꽃들, 당신은 내 꽃들을 어디에 두었나요? …… 나는 당신만 있으면 돼요."

나는 지금에야 용의 마음을 이해할 수 있겠구나 하고 느꼈다. 나의 마음은 용으로 인해 울고 있었다.

여인들의 삶은 언제나 눈물짓게 만든다. 가르보가 진정한 배우라고 한 용의 말은 맞았다.

하지만 왜 용은 "당신은 내 꽃들을 어디에 두었나요?"라고 물었을까? 그녀의 꽃들은 정말로 그녀에게 있다.

"용, 이건 영화 이야기일 뿐이야. 실제 일어난 일이 아니지. 실제 삶에서 저렇게 많은 우연은 일어나지 않아." 나는 용에게 억지로 웃음을 지어 보였지만, 그 웃음도 아무 영향을 미치지 못 한다고 느꼈다. 왜냐하면 나는 웃음 짓기보다 한숨을 쉬고 싶었기 때문이다.

"당신은 현실을 잘 몰라요. 그런 경우가 비일비재하다구요. 여자들의 운명이란 비극적이라구요." 용의 음성에는 울음이 섞여 있었다.

내가 어떻게 그것을 알 수 있는가? 나는 정말 여자가 아니다.

"용, 우리 양식 먹으러 가자, 괜찮지?"

"아뇨. 나는 먹고 싶지 않아요. 집에 가서 좀 울고 싶을 뿐이에요."

용은 벌써 울음을 보이기 시작했다.

나는 용에게 이렇게 물어 보고 싶었다. "용, 이제 날 사랑하지 않는 거야? 지금 용을 열렬히 사랑하는 연인인 내가 용과 함께 여기 이렇게 있는데, 혼자 집에 가서 울겠다니 그게 무슨 말이야?"

하지만 나는 아무 말도 더 묻지 못하고, 다만 말없이 두 눈만 닦고 있었다. 내 마음은 용 때문에, 또 나 자신 때문에 아팠다.

"내가 집에 데려다 줄게." 마침내 나는 말했다.

"아뇨. 난 혼자 돌아가고 싶어요. 데려다 주는 것도 싫어요."

용이 나의 동행을 거절한 것은 이번이 처음이었다. 은은한 종소리였던 용의 목소리를 억지로 짐짓 기억하려 했지만, 지금 용의 목소리는 날카로웠다.

"용은 이제 너에게 싫증을 내기 시작했어." 나는 나 자신에게 말했다. "기다려 봐, 너와 헤어지는 날이 올 거야."

나는 곧 이 말을 고쳤다. "아냐, 용은 나를 떠나지 않아. 용은 그런 여자가 아냐."

하지만 그런 말도 내 마음의 아픔을 멈추게 하지는 못했다. 나는 다시 물어 보고 싶었다. "정말 나를 사랑해?"

짧은 검정치마, 장밋빛 블라우스, 고개 숙인 모습.

나는 용을 이 세상 무엇보다도 사랑했다. 나는 용 없이는 살 수 없었다.

나는 용에게 더 이상 말하지 않았다. 그러나 나의 두 눈은 용의 뒷모습만 따라가고 있었다. 나의 두 눈은 내가 말할 용기를 내지 못함을 표현하고 있었지만, 용은 그마저 눈치 채지 못했다.

용은 갔고, 나도 용을 뒤따라갔다. 그렇게 나는 용의 숙소까지 동행했다. 우리는 서로 멀리 떨어져 있지 않아서 그녀는 확실히 나를 보았다.

"난 정말 그녀를 집에까지 데려다 주었어." 나는 나 자신에게 그렇게 말했다. 그런데도 도중에 나는 용을 부르거나, 위로의 말을 건넬 용기가 없었다.

푸른 울타리문에서 나는 마음을 진정시켜 말했다. "이제는 모든 것이 제대로 되었어." 나는 용에게 다가갔다.

"용, 슬퍼하지 마. 네 방에서 좀 쉬면 금방 좋아질 거야."

"기쁜 마음으로 너는 나에게 영화 보러 가자고 해 놓고서, 지금은 그런 슬픈 표정으로 집에 돌아 왔네. 내가 용을 화나게 했어? 솔직히 말해주면 좋으련만!"

나는 용의 대답을 기다리며 숨을 참았다.

"제가 좀 편히 지내도록 놔두세요!" 용은 나에게 얼굴도 돌리지 않고 말했다.

용은 대문에 멈추어 서서 더 이상 들어가지 않았다. 나도 들어가지 않았다. 나는 용을 보고 있었고, 용은 땅만 내려다보고 있었다.

"댁으로 돌아가세요."

그 말을 남긴 채 용은 울타리문을 밀쳐 들어갔다. 그리고 대문을 닫고는 문을 뒤로 하고 섰다.

"용!" 나는 문 밖에서 선 채로 낮은 소리로 불렀다. 용은 아무 대답도 하지 않고, 움직임도 없었다.

나는 생각했다. 내가 여기 오래 남아 있으면, 용도 저 곳에 오래 서 있을 것이다. 그러나 용에게는 휴식이 필요하다.

"용, 들어가게 해 줘. 할 말이 있어."

"내일 오세요. 오늘 좀 평안히 지내도록 놔두세요. 난 아무도 만나고 싶지 않아요."

그러나 용은 고개를 돌리지 않았다. 나는 이제 희망이 없다는 것을 알았다.

"용, 그럼 나는 갈게." 나는 다정하게 말했다.

나는 의도적으로 터벅터벅 발걸음을 옮기며 정말 출발했다.

"아마 용은 나를 보러 돌아설 거야." 나는 생각했다.

"용은 문을 열고서 나올 거야." 나는 또 이런 생각을 했다.

"용이 나를 다시 불러 보려고 뛰어 나올 거야." 나는 더 생각해 보았다.

"걸음을 천천히 하자!" 나는 혼자 말했다.

"용을 보러 고개를 돌려 보자!" 나는 다시 혼자 말했다.

"용에게 한 번 더 요청해 보자!" 나는 또다시 나에게 말했다.

나는 발걸음을 늦추고 때로는 고개를 돌려 쳐다보았지만, 아무 반응이 없었다.

그 울타리문은 열리지 않았다. 그 대문 뒤에는 아무것도 없었다. 장밋빛 블라우스와 짧은 검정치마는 사라졌다. 아무도 나를 부르러 나오지 않았다. 나는 다시 그 대문으로 가 보았다가, 다시 그 대문에서 돌아 서 왔다.

"혹시 나를 아는 사람이 나를 보았다면? 내가 놀림감이 되지 않았을까?" 나는 혼자 말했다.

"집으로 돌아가는 편이 나아. 내일은 꼭 오는 거야."

나는 나의 숙소까지의 길을 내내 걸어 왔지만, 용은 나를 뒤따라오지 않앉다.

저녁의 산들바람이 내 머리를 스쳐갔고, 저녁노을의 향기가 내 콧속으로 들어 왔다. 흰옷을 입은 아가씨는 여전히 자신의 집 발코니에 앉아 있었다. 이웃집 개가 울타리문에 앞발을 부딪혀 미끄러지면서도 짖고 있었다.

나는 흰빛을 띤 엷은 어둠이 은은하게 드리운 하늘을 바라보았다. 몇 개의 별도 보였다. 그 별들 중 어떤 것은 반짝였고, 어떤 것은 창백했다.

나는 방으로 들어섰지만, 배고픔을 잊어 버렸다. 나는 영화 줄거리를 소개한 종이를 호주머니에서 꺼내 찢어 버렸다.

나는 화가 나 말했다 "가르보라는 여자가 우리에게 얼마나 큰 고통을 가져다주는가!"

화병에는 백합이 힘없이 시든 채 서 있었다.

그 백합은 우리 사랑을 상징적으로 보여주고 있었다.

나는 울고 싶었고, 저 백합 때문에 울고 싶었다.

11

"용은 정말 더는 나를 사랑하지 않는 걸까?"
"아냐. 용은 결코 그런 말 한 적이 없어."
"용은 이전처럼 나를 사랑하는가?"
"그런데, 오늘은 왜 그렇게 행동하였지?"
"그런 행동은 사랑한단 의미일까, 안 한단 의미일까?"

나는 침대에 누워, 혼자 그렇게 묻고 대답하고는, 마침내 이런 결론에 다다랐다.

"너는 여자 심리를 모른다."

"용은 너더러 그때 집 안으로 들어오기를 정말 바라고 있었어."

"만약 어떤 여자가 너에게 사랑하지 않는다고 말하면, 그 말은 그 여자가 너를 사랑한다는 말이 되는 거야. 용이 너에게 들어오지 말라고 한 것은 들어오기를 바랐던 거야. 용이 혼자 있으면서 울고 싶다는 것은 너에게 위로를 받고 싶다는 말이야."

"만약 여자에게 부끄러움이 없다면, 암시가 없다면, 에둘러 이야기할 줄 모른다면, 그런 여자는 여자가 아니야."

"넌 뒤돌아서서 용을 위로하러 가야 했는데도 불구하고, 그만 너는 그 기회를 놓쳤어."

"넌 소심한 사람이야!"

나는 누워 있는 것도 지겨워 침대에서 다시 일어났다.

"내일 나는 그레타 가르보의 사진을 사서, 그것을 벽에 걸어놓아야지." 나는 마침내 그런 말을 했다. "그 영화배우 사진을 많이 보고 있으면, 아마 여자의 마음을 이해할 수 있을 거야."

나는 용의 초상화를 보려고 전등을 켰다.

용은 더 이상 웃지 않고 있었다.

나는 곧 용의 초상화에서 등을 돌렸다.

"편지를 마저 써야겠다." 나는 생각했다. "여동생에게 편지를 쓰자. 그리고 자살한 형에 대해 말해 보자."

"애인한테서 버림받고서야 형을 생각하다니." 나는 부끄러운 생각이 들었지만, 끝내지 못한 그 편지를 꺼냈다.

하지만 나의 두뇌는 이미 활동하지 않는 것 같았고, 내가 쓰고자 했던 많은 일들을 기억해 낼 수 없었다.

    나는 편지를 써 가면서, 계속 눈물을 흘렸다. 그날은 내가 왜 그리 눈물이 많았는지 잘 모르겠다.

    나는 왜 형이 자살을 택했는지 조금 이해할 수 있을 것 같았다.

12

    다음날 아침 일찍 나는 어제 일은 이미 지나갔다고 생각하며 용의 집으로 갔다.

    나는 용이 푸른 격자무늬가 있는 블라우스를 입고 울타리문에서 나오고 있는 것을 보았다.

    용은 멀리서부터 내게 웃고 있었다.

    "린" 은은한 종소리가 내 귓가에 들려 왔다.

    용의 얼굴은 봄날의 아침처럼 아름답게 변해 있었다.

    "당신이 안 올 거라 생각했어요."

    "왜 내가 안 온다고 생각했어? 어제 왜 갑자기 나를 무시하게 되었는지 그것만 말해줘."

    "그건 어제 일이구요." 용은 살짝 웃었다.

    "그리고 오늘은? 오늘도 계속 그럴 거면서?" 나도 웃어 보였다.

    "그건 잊어 버려요. 한 마디로 어제 일은 제가 잘못했어요."

    "지금 어딜 가?"

    "당신에게 미안하다고 말하려구요."

    용의 음성은 음악처럼 유난히 감미로웠다.

용은 내 마음속에 이슬을 쏟아 놓았고, 그 이슬은 피어났다.

"거봐, 용은 너를 정말 사랑하고 있어. 너는 의심이 많은 사람!" 나는 자신에게 말했다.

"집에 들어갈까 아니면 다른 곳으로?"

"저어, 저와 함께 뭘 좀 사러 가요. 오늘같이 아름다운 봄날 아침은 산책하기에 꼭 알맞아요."

황금빛 햇살, 밝고 파란 나뭇잎들, 꽃향기, 새의 지저귐, 커다란 바위들과 꼬불꼬불한 길.

역동적인 거리, 과일 노점상, 다방과 생선가게. 나무 한 그루도 없고, 꽃 한 송이도 없고, 짧은 옷차림의 인파들만 가득하다.

좁은 거리에서 우리는 몇 권의 고전소설만 있는 작은 서점을 하나 발견했다.

오랫동안 우리는 산책했다.

"정말 화나는군! 이렇게 큰 도시에서 가르보 초상화를 파는 상점들이 없다니!"

용도 그 영화배우 사진을 사고 싶었다.

"그럼 맞은편 강변으로 차를 타고 가볼까? 그곳에 가면 분명히 찾을 수 있을 거야."

정말 그곳에는 있었다. 용은 두 장을 사서, 그 중에 하나를 나에게 선물했다.

"러브 스토리"에 출연하여 그 영화 관객들을 눈물 흘리도록 속인 배우 가르보의 초상화였다.

풍성하고 긴 머리카락, 우울한 표정, 움푹 고랑이 파인 이마, 무표정하게 울음 섞인 말을 하는 입, 가을비로 씻은 두 눈의 똑같은 가르보가 여기 있다. 그 여배우는 병실에서 나올 때 장미를 두 손에 들고 있던 때의 바로 그 모습이었다.

"가르보 초상화를 들여다보면, 당신은 여성의 위대함을 이해할 거예요. 온 사회의 멸시와 억압 아래 발버둥치고, 고생하고, 죽어 가는 모습 ― 바로 이것이 자신의 삶을 사랑으로 여기며 살아가는 우리 여성들의 운명이라구요."

용은 내게 그 초상화를 주면서 이렇게 말했다.

그 스웨덴 여인의 초상화는 "러브 스토리"에 나왔던 젊은 여성을 나에게 생각나게 했다.

"불가능해." 나는 되풀이해서 말했다. 정말 그런 여자가 있는지 의심스러웠다.

나와 용은 어느 식당에 들어가 저녁을 먹었다.

우리는 함께 온종일을 보냈다.

저녁에 나는 용의 집에서 나오면서 한 손엔 가르보의 초상화를 들고, 다른 한 손엔 용이 선사한 장미 한 다발을 들고 있었다.

조용한 밤이었다. 공기는 부드러웠다. 달은 은은하게 길을 비추고 있었다. 바람에 땅 위의 나무 그림자들이 흔들렸다. 바이올린의 아름다운 선율이 공중으로 날아올랐다. 그 소프라노는 "꿈속의 연인"을 노래하고 있었다.

장미향기가 가득한 섬에서 나는 부드러운 달빛을 즐기고 있었다. 나의 마음은 황홀해 있었다.

집으로 돌아온 나는 자축했다.

너는 여성의 행복한 연인이야.

13

　여동생이 보낸 편지가 마침내 도착했다. 그 답장은 좀 늦은 것 같지만 긴 편지였다.
　그 편지에서 형이 자살한 것은 사랑 때문이라고 했다.
　형은 어느 친척의 딸과 사랑하게 되었고, 그 여성도 나의 형을 사랑했다. 그런 사랑은 우리가 영화에서 본 것과 비슷하게 그들의 순수한 첫사랑이었다.
　그러나 동시에 다른 한 청년도 그 여성을 사랑하고 있었다.
　돈, 사회적 지위, 명예……가 사랑의 길에 장애가 되었다. 형의 청혼은 그 여성의 가족들로부터 거절당했다.
　그 아름다운 첫사랑은 형의 마음에 깊은 상처를 남겼다.
　그 여성은 다른 남자에게 시집갔고, 집에서는 할아버지께서 손자인 형이 좋아하지도 않는 여성에게 장가가도록 해버렸다.
　형은 간청도 해 보고 반대를 해 보아도, 아무 돌파구를 찾을 수 없었다.
　따라서 형은 제 스스로 자신의 목에 칼을 댄 것이다.
　그렇게 하여 형의 짧은 일생은 끝났다.
　형의 죽음은 눈물과 동정보다는 공포감을 더 불러 왔다.
　형은 수많은 삼나무들이 에워 싼 부모님 산소 옆에 묻혔다. 형의 무덤 앞에는 열매를 맺지는 못하지만 봄에는 장밋빛깔의 꽃을 피우는, 형이 사랑했던 그 아가씨의 뺨과도 유사한 꽃을 피우는 키 작은 복숭아나무가 몇 그루 서있다고 했다.
　여동생은 오빠가 유서를 써 두었다며, 유품을 정리한 뒤 베껴 보내 주겠다고 했다.
　그 유서에는 내가 알아야 할 많은 일들이 확실히 있으리라는 생각으로,

나는 그 유서를 기다렸다.

그러나 내 두 눈에는 이미 눈물이 나기 시작했다.

죽은 이가 내 형이고, 나를 아껴주었다는 것 때문만이 아니라, 형이 여자로부터 버림받았다는 것 때문에도 울었다.

가르보의 시대에는 여자로부터 버림을 받아 자살을 택하는 형과 비슷한 유형의 남자들이 아직도 있다! 나는 한 번도 그것을 기대하지 않았다.

용은 말은 틀렸다. 이 사회에서 여자의 운명만 비극적인 것은 아니다. 내 형도 자신의 봄에 목숨을 버린 것이다.

가르보의 두 눈은 웃음도 없이 내려다보고 있었다. 가르보의 표정은 언제나 우울했다.

"저 여인은 내게 무슨 할 말이 있는가? 여자들의 운명이 남자들의 운명보다 더 비참하다고만 말하려는 것일까?"

"용, 용, 네가 대답해 줘!"

14

아침에 나는 용을 만나러 갔지만, 용은 집에 없었다.

문은 잠겨 있지 않았다. 탁자에는 메모가 있었다.

저를 기다리지 마세요! 친구를 만나러 갑니다. 언제 돌아올지 모른 답니다. 당신을 위해 탁자에 사탕 두 봉지를 두고 갑니다. 그 사탕은 제 고향의 제품입니다. 이걸 드시면서 저를 생각해요. 돌아가서 댁에서 머무르세요. 저녁에 제가 바다로 보트를 타며 별구경 가자고 초대하러 갈게요.

— 용.

나는 그 메모에 입 맞추고, 조심스레 그 메모를 내 호주머니에 집어넣었다.

나는 사탕을 먹으면서, 용의 고향에서 만든 과자처럼 달콤한 용의 입술에 키스하고 싶었다. 하지만 용은 자신에게 내가 매일 키스하는 것을 허락하지 않았다.

나는 용의 말을 따르지 않았다. 나는 점심을 먹은 뒤, 다시 용의 방으로 가서는 그녀의 침대에서 낮잠을 즐겼다. 그 시각에도 용은 돌아오지 않았다.

용이 곧장 내 숙소로 올 거라고 생각하고는, 서둘러 나는 내 숙소로 향했다. 나는 내 침대에서 다시 잠깐 눈을 붙였다.

이미 저녁이 되었지만, 용은 아직도 나를 찾아오지 않았다. 나는 용이 오지 않을지도 모른다고 생각했다.

아름다운 별이 빛나는 밤이 되었다. 용과 함께 바다로 나가 별구경을 한다면 얼마나 재미있을까.

나는 용의 숙소로 서둘러 갔다.

용은 집에 있었다.

방에는 불이 켜 있지 않았고, 그 안에서 흐느껴 우는 소리가 새어 나왔다.

정말 용은 울먹이고 있었다.

내가 전등을 켰다.

칸막이가 옆으로 옮겨져 있었다. 용은 침대에 얼굴을 묻고서 누워 울고 있었다.

나는 깜짝 놀라 멈추어 섰다.

"용, 왜 울어? 오늘밤에 나더러 별구경 가자고 해놓고선?"

용은 대답이 없었다.

"무슨 일이야? 무엇 때문에 그렇게 슬퍼 하니? 누가 용을 마음 상하게 했어?"

그녀는 마찬가지로 대답하지 않았다.

"정말 무슨 일이야? 내게 말을 해? 내가 용을 마음 상하게 했다면 내게 용서를 빌라고 하면 되고. 마음속의 울분을 참고 울면, 건강을 해치게 되니 좋지 않아."

"당신 때문이 아니에요." 용은 울먹이며 말했다.

"그럼 무슨 일이야? 왜 우린 서로에게 비밀이 있어야 해? 우리 사랑은 용의 마음을 따뜻하게 해주지 않아? 하고 싶은 말이 있으면 해. 너를 위한 일이라면 뭐든 할 수 있어. 이 생명도 기꺼이. 말해 봐. 어서!"

"나중에 알게 될 거예요." 용은 비 오는 가을밤 플루트의 우울한 음악소리와 같은 음성으로 말했다.

나중에? 하지만 지금 나는 미치도록 마음이 흔들리는 걸?

용은 의심할 것도 없이 비밀을 안고 있었다. 만일 나중에 내가 알 수 있다면, 용은 왜 지금 나에게 말하지 않는가?

그럼에도 불구하고 나는 용을 사랑하고 걱정하고 있다. 용의 슬픔은 곧 나의 슬픔이다. 용이 울면 나는 슬퍼진다.

나는 몸을 숙여 용에게 몇 마디 위로의 말을 해 주었다.

처음에 나는 용을 위로하려 애썼지만, 곧 나도 용을 따라 울기 시작했다. 나는 나의 모든 슬픔으로 슬피 울었다.

우리는 마침내 울음을 멈추고는 눈물어린 두 눈으로 서로를 쳐다보면서 살짝 웃기 시작했다. 나는 왜 내가 울었는지, 내가 웃음을 보였는지 몰랐다.

사랑은 놀이와 비슷하다.

그러나 나는 어느 때보다도 오늘 내가 용을 더 사랑한다고 느꼈고, 용도 같은 느낌인 것 같았다.

  우리는 차를 끓였다.

  내가 용의 집을 나섰을 때, 밤은 이미 깊어 있었다. 용은 대문 바깥까지 기꺼이 나를 배웅했다.

  그날 밤은 정말 아름다웠다. 검댕처럼 까만 하늘엔 별들이, 장기판의 기물들이 모두 제 자리를 잡고 있는 것처럼, 총총 나 있었다.

  나는 오리온 별자리를 발견했다. 가운데 별 세 개가 짧은 사선을 만들었고, 바깥 네 모퉁이에서는 밝은 별이 하나씩 빛나고 있었다. 그 넷 바깥으로는 성좌의 약간 붉은 알파별이 따로 떨어져 빛나고 있었다. 그 일곱 별들은 나의 옛 친구들이다. 내 머리 위로 별들이 빛나고 있을 때마다 매번 나는 창공의 다른 곳에서 그 일곱 개의 별을 찾을 수 있다.

  오, 죽음 없는 별이여!

  나는 우리의 사랑도 저 별처럼 불멸의 것이기를 희망했다.

15

내가 잠자리에서 일어나기도 전에 용은 내게 쪽지를 보내왔다.

저를 만나러 오지 마세요! 저는 여자 친구와 함께 뭘 좀 사러 갈 거예요. 여기 당신을 위해 백합 한 다발을 보냅니다. 당신 베개 옆에 이것을 놓아두고, 좋은 꿈을 꾸세요. 당신이 잠에서 깨어 일어나면, 당신은 당신 옆에 있는 저를 보게 될 거예요.

  — 용.

나는 백합을 받았다. 나는 그 꽃을 내 얼굴에 갖다 대었다. 그 꽃향기는 용의 머리카락 향기를 생각나게 해 주었다.

"용." 나는 용의 이름을 한 번, 또 한 번 불러 보고는 다시 잠들었다.

내가 잠에서 깨어났을 때, 몇 시가 되었는지 몰랐지만, 꽃향기는 곧 느낄 수 있었다.

백합은 여전히 내 머리맡에 있었다. 하지만 용은 아직 오지 않았다.

내게 처음 든 생각은 이랬다. "용을 만나러 가자."

나는 서둘러 옷을 갈아입고 집을 나섰다.

온화하고 가벼운 바람, 신선한 공기, 빛나는 태양, 푸른 나뭇잎들의 그림자, 꽃향기, 새의 지저귐, 나의 가벼운 발걸음.

아, 얼마나 아름다운 봄인가! 특히 내게 사랑을 가져다 준 이 봄은.

나는 길에서 껑충 뛰어 보기도 하면서 웃음도 지어 보았다. 나는 백합 향기를 맡고 서툴지만 "노래들 중 나의 노래는 어디에 있는가?"라는 노래를 흥얼거렸다.

나는 곧 용의 집 대문을 볼 수 있었다.

"서두르지 말자." 나는 생각했다. "용은 내가 올 줄은 모를 것이다. 용을 만나면 맨 처음 무슨 말을 할까?"

"용은 이미 밖에 있으니, 문은 잠겼을 거야."

"그럼 용은 누구와 함께 나갔지? 여자 친구라는 이는 누굴까?"

"아마 용은 집에 있을 거야. 나와 함께 놀면 되지. 사랑이란 놀이들로 가득 차 있지."

그러나 나의 생각을 누르던 물음은 곧 해결되었다.

울타리문이 열리고 두 사람이 나오고 있었다. 두 사람의 얼굴은 번개처럼 내 눈길을 지나쳤다. 한 남자와 한 여자.

여자는 용이었다. 남자는 서른 몇 살은 되어 보였다. 살진 얼굴에 몇 개의 짧은 콧수염이 나 있었다. 그 남자는 내가 알지 못하는 사람이었다.

그 두 사람은 나에게 등을 보인 채 떠나갔다.

"저 남자는 누구지?"

내 온몸의 피가 얼굴로 달려 올라왔다.

"용은 너를 속였어. 용이 쓴 가면을 찢어버리려면 용을 쫓아 가." 나는 스스로에게 그렇게 말하고, 뛰어갈 채비도 갖추었다.

"그 남자는 누구인가? 두 사람은 어떤 관계인가?" 나는 주저했다.

"정말 용의 애인일 거야. 용이 요즈음 이상한 행동을 하는 것으로 보아 놀랄 일도 아니야."

"연극하지 마." 나는 나에게 경고했다.

나는 그 자리에서 멍하니 서 있었다. 푸른 격자무늬 블라우스의 여자와 푸른 사지 중산복(中山服)차림의 남자는 그 거리의 모퉁이에서 사라졌다.

나는 그 두 사람이 떠나가도록 조용히 내버려 두었다. 그 두 사람이 돌아볼까 봐 걱정도 되었지만, 나는 그냥 그렇게 서 있었다.

나는 천천히 그 초록 울타리문을 향해 걸어갔다. 햇빛이 쏟아지는 울타리문은 그 울타리문 뒤에 있는 붉은 꽃, 하얀 꽃들과 함께 햇살에 얼마나 아름답게 보이는지.

계단 위의 용의 창문은 열려 있었지만, 초록색 철망 뒤로 달린 하얀 레이스의 커튼으로 인해 방 안의 물건을 아무것도 볼 수 없었다. 울타리문을 두 손으로 잡고서, 나는 이 모든 것을 유심히 둘러보았다.

내 마음은 아팠다. 내 마음을 질투와 절망과 고독이 야금야금 물어뜯고 있었다.

나는 계속 이 모든 것을 보고 있었다.

"왜 나는 그렇게 했을까? 오늘 이후로 앞으로 그 사람들은 나와 상관이 없게 될까?" 나는 내 스스로도 모르게 되었다.

"하루 종일 용이 돌아올 때까지 난 기다릴 거야." 나는 다짐했다.

"집에 돌아가면 이런 슬픈 기분으로 실컷 울기만 할 거야." 나는 또 다짐을 했다.

나는 울음을, 당장 울고 싶었다. 나는 용이 돌아올 때까지 기다릴 수 없었다.

울어라, 너는 여자에게서 버림받은 남자.

나는 지친 몸으로 걸어가고 있었다.

거리에는 햇빛도, 꽃향기도, 나무그늘도 없었다. 그런 것은 인식할 수 없었다. 나는 내가 가진 슬픔만 느낄 수 있었다.

길도 극도로 멀게 느껴졌다. 나는 집으로 돌아 와, 마치 너무 먼 길을 걸어 온 사람처럼 소파에 쓰러졌다.

"여자 때문에 울다니. 나는 여자에게 흥미나 부추기는 남자로는 있고 싶지 않아."

나는 그렇게 말했지만, 두 눈에서는 이미 눈물이 흐르고 있었다.

내게도 쏟아 낼 눈물이 그렇게도 많을 줄이야!

갑자기 '자살'이라는 낱말이 나의 머리에 떠올랐다. 자살한 형 생각이 났다. "여자에게서 배신당한 남자에게 가장 좋은 복수는 자살이다."

"그런데 용은 내가 왜 자살하는지 알까?"

"아마 모를 것이다."

"용이 안다 한들 내게 무슨 소득이 있나. 그때는 이미 아무 것도 느낄 수 없으며, 더욱이 용은 그 일로 슬퍼하지도 않을 걸."

"나도 형처럼 유서를 쓰자."

"그래도 사람들은 내 말을 믿지도 않을 수 있어. 용이 변명을 늘어놓는다면, 내가 말하러 무덤에서 나올 수도 없으니까."

"사람들이 내 말을 믿는다 하여도 내게 아무 소용이 없어. 어떤 사람들은 나를 '멍청이'라고 비웃을 것이고, 어떤 사람들은 내 이야기를 소재로 해서 연극 공연을 열면 돈이 될지도 모른다. 그 만큼 많은 세상남자들이 여자들로부터 배신당해 자살을 선택하지만, 그 때문에 어느 여자라도 벌을 받은 경우는 없었다."

"차라리 내가 용을 죽이자. 그러면 내가 남자를 배신한 여자를 단죄한 최초의 남자가 될 거야."

"하지만 용은 정말 사랑스런 여자인데. 용을 죽인다면 얼마나 애석한 일인가!"

"그러면 중산복을 입은 살진 얼굴의 남자를 죽이자. 그녀의 애인이 죽고 난 뒤에도 나를 여전히 배신할지 두고 보자."

"하지만 그 남자는 용의 애인이 아닐 수도 있어. 난 이전에 한 번도 그 남자를 본 적이 없다. 용이 그 남자를 사랑하면, 왜 용은 나를 속이려는 것일까? 용은 단순하게 나를 무시하는지도 몰라."

"용은 그 남자를 최근에 알고 지내는지도 모른다."

"하지만 왜 용은 서른 몇 살의 남자를 좋아할까? 그렇다고 내가 그 남자보다 못한 남자도 아닌데. 어찌 용은 그 남자로 인해 나와 헤어질 수 있단 말인가?"

"용은 지금 둘 다 붙잡으려고 애쓰는 거야."

"아냐. 용은 그런 여자는 아니야. 내가 사랑하는 아가씨는 그런 여자일 리 없어."

"더구나 그 두 사람이 연인처럼 그렇게 걷진 않았어."

"그 남자는 그녀의 연인이 아니야."

"그들은 나를 의식적으로 피하진 않았어. 왜 나는 그 모든 것을 설명해 달라고 그 두 사람에게 달려가지 않았을까?"

"맞아. 그러려면 내가 그 사람을 따라 가 봐야 했는데. 그렇게 되었으면 모든 것이 다 잘 풀렸을 텐데."

"그 점에 있어 내가 잘못했어. 용은 내게 자신을 만나러 오지 말라고 편지를 써 보내지 않았던가? 왜 나는 용을 믿지 않았지?"

"너, 의심 많고 소심한 사람!"

맨 나중의 말이 내가 내린 결론이었다.

나는 내 베개 옆의 백합들이 시들어 있음을 보았다.

나는 그 꽃들을 화병에 꽂아 두는 것을 잊었다. 저 꽃들은 용이 특별히 나를 위해 준 것인데, 나는 잘 보관하지도 못했다.

나는 침대로 서둘러 가서는 그 꽃들을 집어 들었다. 나는 이제 사라지기 시작하는 향기를 코로 맡아보았다.

"만약 용이 이 사실을 안다면 울어 버릴 거야." 나는 그런 생각을 했다.

나는 화병의 물을 갈아 그 화병에 꽃들을 담았다. 깨끗한 물이 저 꽃들에게 생기를 다시 불러일으켜 세워 주었으면 하고 바랐다.

"오, 백합꽃아, 넌 우리의 영원한 사랑을 상징하기에 꼭 살아야 해." 나는 마음속으로 기도했다.

그때 갑자기 슈가 내 방으로 들어섰다.

그는 내 표정을 보고는 놀랐다.

"린, 방금 울고 있었어?"

나는 대답을 하지 못하고, 고개를 돌려 가르보 초상화를 보려고 했다.

"무엇 때문에 울어?"

나는 대답 대신 용의 사진으로 눈길을 돌렸다.

"사랑 때문이구나. 용 때문이구나."

슈는 소파에 앉으며 말했다.

"린, 내가 말했지, 너희 사랑이 좋은 결실을 맺지 못할 것이라고." 그의 목소리는 우울함으로 가득 차 있었다.

"쓸데없는 소릴 다하네." 나는 화를 내며 대답했다.

"내가 한 마디 충고하지. 그 사랑에 그만큼 중요성을 두지 말라고. 사람이 사랑만으로 사는 것은 아니야."

나는 끼어들고 싶었다. "그럼, 돈으로?" 하지만 나는 그렇게 하지 못했다.

"사랑 때문에 너는 우정을 잊었고, 용으로 인해 네 형도 잊고 지내고 있어. 그건 바람직하지 않아. 네 나이에는 진지한 일을 잡아야 해. 그런데, 너는 매일 그 아가씨와 함께 지내면서 시간을 허비하거나, 침대에 누워 울기나 하니. 그래도 어디 남자라고 할 수 있겠어?"

슈는 마치 외워 낭송하듯이 말했다.

"슈가 오늘 용과 함께 있는 그 남자를 본 걸까?" 그런 의문이 내 머리에 번개처럼 스쳐 갔다.

하지만 곧 이런 생각도 하게 되었다. "그런 말에 너는 익숙해져서 그래.

그런 말은 무시하자!"

나는 갑자기 책상으로 가서 내 동생이 보낸 편지를 서랍에서 꺼냈다. "읽어 봐." 나는 그에게 편지 중 몇 장을 보여 주며 말했다. "형의 자살에 대한 소식이야." 나는 생각했다. "이게 슈의 입을 막아 줄 거야."

슈는 그 편지를 읽으면서 신음 소리를 냈다. 그리고 그는 말했다. "자, 봐, 그게 너를 위한 교훈일세."

"끝까지 아무 불평 없이 여자에게 배신당한 채 있기를 원하는 사람들에게 너는 무엇을 할 수 있겠어?" 나는 고집스레 말했다.

"아무것도 없지. 예를 들면, 네 앞에 우물이 하나 있는데, 내가 너에게 뛰어 들지 말라고 하는데, 네가 뛰어 들려 하고 있어. 내가 무슨 말을 할 수 있겠어?"

"그럼, 입 다물고 있어." 나는 슈 때문에 화나지는 않았지만, 즐거운 웃음이 아니라 화난 웃음을 띠며 말했다.

16

다음날 아침, 내가 잠자리에서 일어난 지 얼마 안 되어 용은 나를 찾아왔다.

"이렇게 일찍 찾아오는 날도 있네!" 나는 농담조로 말했다.

"뼈 있는 농담이군요. 어제 일을 아직도 잊지 못한 채 있는 건가요?" 용은 내가 즉시 알아차릴 수 있는 가을웃음을 띠고 있었다.

"어제 일이라니?" 나는 떨리는 목소리로 물었다.

"어제 온다고 약속했지만 올 수 없었어요."

그래 다른 일이 아니라 바로 그 일 때문이었다.

"용에게 물어 봐! 어제 그 남자가 누구인지를?" 나는 나 자신을 재촉했다.

"누구였어 …… ?" 나는 주저하며 말했다.

"누구였다뇨? 그게 무슨 말이에요?" 용의 얼굴에 장밋빛 구름이 생기고, 커다란 두 눈이 반짝였다.

"누군가 하면 여자 친구 …… 아침에 용과 함께 나갔다 온다던 그 여자 친구?"

나는 어렵게 말을 하고는 내 얼굴이 붉어짐을 느꼈다.

"넌 거짓말을 하고 있어! 용이 너의 말을 정정해 줄 거야." 나는 자신에게 경고하며 위로했다.

"아, 그 여자친구요. 그래요, 그 친구는 고향에서 왔는데, 그이하고 이틀 간 소풍을 갔어요. 어제 우리 두 사람은 온종일 남푸투어에 갔다 왔지요. 아침에 출발해 저녁에 돌아왔어요. 우리는 배 위에서 별도, 바다 위에서 아름다운 별들도 구경했지요."

"이야기도 잘 꾸며대는군!" 나는 분개하여 생각했다.

용의 부자연스런 어투로 보아 용은 둘러대고 있음이 분명했다. 그리고 더구나 어제 내가 두 눈으로 똑똑히 그 남자를 보았다.

"나는 용이 하루 종일 놀 줄 알았지. 그래서 난 용을 기다리지 않고 일찍 잠자리에 들었어."

나도 거짓말을 할 수 있었다. 거짓말에 거짓말로 응수하는 것이 부적절한 것은 아니다.

하지만 오늘 아침 나는 일찍 일어나지는 않았다. 그 점을 어떻게 설명할까?

"그 여자친구 이름이 뭔데?"

"그 여자친구는…… 린시우취앤(林秀娟)."

"린시우취앤이라고." 그 살진 얼굴과 짧은 콧수염의, 서른 몇 살 된 남자가 그래도 이름은 린시우취앤(林秀娟)이라는 여자 이름을 가졌다고 생각하며 따라 말해 보았다. 나는 웃음이 나올 지경이었다.

"백합이 아름답게 피었네." 용은 책상 위의 꽃들을 바라보며 말했다. "내가 그 아이더러 꽃을 좀 사오라 했더니, 아주 형편없는 것을 사들고 왔기에, 내가 나중에 다시 가서 저것을 사왔답니다."

이번에 용은 진실한 말을 했다. 용이 이전에는 거짓말을 했지만, 나는 용에게 고맙다며 용서해 주어야 했다.

그 백합은 정말 아름다웠다. 그 꽃들은 밤새 생기를 되찾았다. 나도 그 꽃들을 보고는 기뻤다.

백합은 우리 사랑을 상징하고 있었다. 우리 사랑도 되살아날 수 있지 않을까?

우리는 여느 때처럼 대화를, 사랑에 대한 대화를 시작했다.

처음에 나는 진실 속에 있는 거짓말을 구별해 낼 수 있었다. 그러나 나중에는 용이 말하는 것 모두를, 거짓말조차도 진실로 받아들였다. 나는 용도 똑같이 그렇게 했다고 생각했다.

사랑은 이상한 일이요, 놀이의 일종이다. 하지만 사람들이 그 사랑놀이를 즐기는 대신에, 사랑이 사람들을 자주 놀린다. 사랑은 기분이 좋을 때는 우리에게 약간의 포도주를 주기도 하지만, 그렇지 않을 때는 눈물을 준다.

용이 나를 자주 찾아오고 꽃도 갖다 주고 하면, 용이 거짓말을 하든, 나를 사랑하지 않든지 걱정하지 않는다. 나는 용이 어떤 행동을 해도 용을 사랑하고, 용의 거짓말조차도 진실로 받아들일 수 있다. 용이 내게 키스라도 한 번 해 주면 더욱 좋을 것이다.

17

형의 유서가 보내져 왔다. 그 유서는 일만 개의 단어가 채 못 될 정도로 그렇게 길지는 않았다.
그 유서의 내용으로 보아, 형은 그 유서를 하루에 다 쓰지 않고, 일주일이상 걸린 것 같았다. 하지만 끄트머리에서 형은 아직도 못 다한 말이 많음을 보여주었다.

나는 내 의도대로 자살을 택한다. 나는 스스로 결심해 죽는 것이지, 이를 강요한 사람은 아무도 없다. 나의 자살을 책임질 사람은 아무도 없다.

그렇게 그 유서는 시작되었다.

사는 것보다 죽는 것이 더 낫다는 것을 알기 때문에 나는 죽고 싶다. 나는 내 인생에 대해 아쉬워하지 않는다. 내가 아쉬워하는 것은 …….
나는 그녀를 사랑하고, 죽을 때까지 그녀를 사랑하며, 언제나 그녀가 행복하기를 바랄 뿐이다…….
내가 자살을 선택한 것은 사랑 때문이 아니라, 감당할 수 없는 인생 때문이다. 사람들이 이전에 말했듯이, 감당할 수 없는 인생이라면 그 인생은 마감해야 한다.

형은 자신의 죽음을 앞두고서도 아름답게 말하고 있다. 하지만 다른 날에는 형은 이렇게 쓰고 있었다.

왜 그녀는 왕(王) 씨 가문에 시집가려 하는가? 그녀는 그 남자를 좋아하지 않고, 나만 사랑한다고 수없이 말하지 않았던가?

어느 날엔 이렇게 쓰고 있었다.
그녀가 정말 시집가 버렸어! 혼사에 대한 생각은 그녀의 어머니에게서 나왔지만, 그녀는 기꺼이 그렇게 따랐다고 내 여동생이 나에게 말해 주었다. 그럼 예전의 맹세는 거짓이었다. 나는 얼마나 어리석은가! 그렇게 오랫동안 그녀는 나를 속이고 있었지만, 나는 그동안 변함없이 그녀를 믿어 왔다.

한편 이렇게 쓴 날이 있었다.

죽는 날까지 꿈에서 깨지 못하고, 여자들에게 배신을 당하는 너희 남자들이 가엾구나! 너희들은 죽어도 마땅해, 그렇게 하는 것이 너희에겐 어울려!

그리고 그는 나중에 또 이렇게 썼다.

만일 내가 자살을 선택한다면, 그녀가 나를 결코 잊지 못하도록 그녀의 마음에 무슨 그림자를 남겨 둘 수 있을까?
아마 그렇지는 않을 것이다. 여자들이란 잘 잊고 사니까.

형은 다음 날 이렇게 썼다.

나는 그녀 때문에 자살하는 것이 아니다. 여자로 인해 자살을 선택한다는 것은 가치가 없다.

형은 나중에 이렇게 썼다.

나는 정말로 그녀 때문에 죽는다. 나는 그녀 없이 더 이상 살아 갈 수 없다. 사랑 없는 삶을 삶이라고 부를 수 있는가?

어느 날에는,

지나 온 삶에서 기억할 만한 것이 얼마나 많았던가! 달 밝은 밤, 바람 불고 비가 오던 저녁, 봄날의 정원들, 가을의 교외, 온 세상은 우리 두 사람의 것이었다. 그때 온 세상에는 꽃, 빛, 사랑과 따뜻함만 보였다. 그러나 지금 이 모든 것들이 고통스런 기억이 되어 버렸다.
내 사랑을 전부 가져간 그녀는 천사처럼 노래하는 목소리에, 그렇게 순진무구한 웃음을 지니고 있었다. 어떻게 그녀가 무정하게 나를 떠나 다른 사람의 품에 안길 수 있단 말인가? 그녀는 자신의 신성한 맹세를 잊었는가? 그녀는 화장을 하고, 호사스런 옷을 입은 채, 그 남자와 함께 극장으로, 상점으로, 카드놀이 하는 테이블에서 시간을 허비하고 있을까?
아냐, 그녀는 그런 행동을 하지 않으리라고 난 확신해. 그녀가 그런 행동을 하고 있는 것을 보느니 차라리 죽음을 선택하리라. 그런데 그녀는 지금 정말 그런 행동을 하고 있으니!

다른 페이지에는 이렇게 썼다.

자유롭지 못한 결혼, 사랑 없이 부부가 되는 것, 옛날의 전통 관습……. 이런 것들이 나의 행복을 황폐하게 만들었다. 그런 것들을 위해 내가 더 살아야 하는가?
나의 몰염치한 할아버지, 또 그녀의 염치없는 부모가 우리들의 청춘을 앗아가 버렸어! 청춘이 없는 인생이 얼마나 비극적인가를 당신들은 아는가?…….

어떤 페이지에는

당신들은 내가 원하는 것을 주지 않고, 내가 원하지 않는 것을 강요하였어요. 당신들은 내 마음도 모르고 당신들 마음대로 내 마음을 판단했어요.
당신들의 잠깐 동안의 만족을 위해서 당신들은 나의 온 삶을 황폐하게 했어요. 나의 이런 비극이, 만약 그것이 당신들에게 나중에 나타난다면, 평생 동안 계속될 것임을 당신들은 모릅니까?
그런 삶은 서서히 살해하는 것과 같습니다. 그보다는……. 이렇게 하는 편이 더 나아…….

다른 날에는

나는 이제 칼을 준비했다. 이 칼이 나를 구해 줄 것이고, 감당할 수 없는 이 삶으로부터 나를 해방시켜 줄 것이다.
나는 장밋빛깔의 포도주를 이별을 위해 조금 마셨다. 이 세상과 나는 이별한다. 저 포도주는 내 피처럼 붉다. 나는 내 피를 삼켰다.

그 뒤

달은 아름답구나. 저토록 아름다운 달밤에는 내가 죽을 수 없다.
그녀의 밝고 푸른 블라우스와 천진한 웃음 띤 모습을 이 달빛 아래서 한 번 더 보았으면. 내가 그녀에게 한 마디라도 건넬 수 있다면, 아니면 내가 그녀 앞에 무릎을 꿇고 입맞춤이라도 한 번 받아 볼 수 있었으면. 그리고 나면 나는 기꺼이 또 영원히 지옥으로 떨어질 것이다.
하지만 이것은 실현 불가능한 꿈일 뿐이다.
다른 날에는

행동에 옮기자! 칼을 집어 들자! 네가 떠나보내지 못한 그 삶에서 뭔가가 아직도 남아 있는가?
사람은 반드시 죽어야 한다. 나도 죽어야 한다. 서서히 살해되는 것보다는 내가 직접 집어든 칼로 죽음을 선택하는 편이 낫다.
나는 죽고 싶다. 다른 사람은 살아라. 그러나 나는 죽는다. 그녀가 살아 있어도, 내가 사랑했던 그 아가씨는 이미 죽었다.
나는 장밋빛 포도주의 마지막 잔을 마셨다. 나는 조금 술에 취했다.
내일도 사람들은 포도주를, 내 피로 빚은 포도주를 마실 것이다.
내일까지 기다려라 …….

그 유서는 내 여동생이 보관하고 있었다. 여동생 외에 그 유서를 읽은 사람은 나뿐이었다.

내가 형의 유서를 받아 본 날, 저녁에 용은 나를 찾아왔다.

나는 형의 유서를 읽고 있었을 때는 용을 잊고 있었지만, 다시 용을 만나자 이번엔 형을 잊어버렸다.

나의 아가씨는 나를 배신하지 않았고, 나의 아가씨는 나를 떠나가지도 않았다. 용은 한 번도 진한 화장을 한 적 없었고, 호사한 옷을 입어 본 적도 없었다. 용은 다른 남자와 극장이나 상점에 가거나, 카드놀이로 시간을 허비하지도 않았다. 용은 은은한 종소리처럼 말하였고, 햇빛처럼 웃음을 지었다. 용은 나의 모든 사랑을 받고 있었다. 용 때문에 나는 형을 잊고 있었다. 그것 또한 가치 있는 일이었다.

"린" 용은 어느 때보다 따뜻하게 나를 불렀다. 그런데 나는 용의 부르는 소리에서 한숨을 느낄 수 있었다.

용은 내가 오늘 자신을 만나러 오지 않아 정말 슬퍼하고 있구나 하고 나는 생각했다. 나는 내가 잘못했구나 하고 느꼈다.

"오늘 형의 유서가 왔어. 그 때문에 ······." 나는 내 자신에게 변명하듯이 말했다.

"린, 저는 고향 집으로 갑니다." 용은 확고한 어조로 말했다. 동시에 나는 가을날 저녁 플루트의 우울한 소리가 들리는 것 같이 느껴졌다.

"집으로 간다고?" 나는 내 자신도 잊은 채 큰 소리로 말했고, 그 소리에 집이 울릴 정도였다. 만약 용이 집으로 간다면, 우리의 관계는 끝이 날 것이다.

"그래요. 편찮으신 어머니를 만나 뵈러 내일 아침에 갈 거예요 ······. 그리고 또 아버지와 의논할 일도 있고 해서요."

"내일? 그렇게 급하게? 난 용이 집으로는 절대 가지 않으리라고 생각한 걸." 나는 절망적으로 말했다. 나는 소파에 풀썩 주저앉아 울고 싶었다.

"린" 용은 어느 때보다도 더 온화한 목소리로 말했다. "걱정하지 말아요. 사나흘 뒤에 돌아올 겁니다."

"불가능해. 용, 너는 이제 돌아오지 않을 거야, 돌아오지 않을 거라구." 나는 다른 모든 것을 잊어 버렸고, 저 멀리 날아가는 희망을 붙잡으려고 안간 힘을 썼다.

"용은 이제 영원히 너를 떠나는 거야." 이 말은 철필로 내 뇌리에 깊게 새겨졌다. 나는 두 손으로 얼굴을 감쌌다.

용은 한 숨을 푹 쉬었다. 용의 한숨이 내 귀를 뚫고 들어 가, 내 마음을 아프게 만들었다.

용은 내게 다가 와, 소파의 팔걸이에 걸터앉았다. 그리고는 용은 부드러운 손으로 내 머리카락을 쓰다듬었다.

나는 추억을 떠올렸다. 내가 소년이었을 때, 무슨 일로 울게 되면 똑같이 부드러운 한 손이 내 머리카락을 쓰다듬어 주었다. 그것은 우리 어머니의 손이었다. 그 손은 이미 무덤에 묻힌 채 썩고 있었다. 지금 이 손은 어머니의 손을 대신했지만, 그렇게 짧은 순간만 있을 뿐이었다. 이제 이 손마저 나를 떠나고 있다.

"린, 저를 믿어요. 당신을 사랑해요. 온 마음으로 사랑해요."

"당신을 다른 무엇보다도, 제 자신보다도 더 사랑해요."

"저는 한 번도 당신을 속이지 않았어요."

"제가 돌아오지 않고 왜 떠나요?"

"제가 당신을 떠난다면, 누구를 사랑하겠어요?"

"당신을 사랑해요. 당신과 결코 헤어지지 않아요."

"이 세상에서 제가 사랑하는 유일한 사람은 바로 당신이라구요."

"제 말을 믿어 주세요. 사나흘 뒤엔 돌아올 거예요."

"어떤 압력에도 당신을 향한 내 사랑은 깨뜨릴 수 없어요."

"나의 사랑은 저 별들처럼 영원하다구요 …… ."

용은 위에 언급한 그런 말들을 했다. 그 말 속에는 가을비 같은 내 마음을 적시는 눈물이 있었다.

내 마음도 울고 있었다.

"돌아가지 마. 돌아가지 않는다고 약속해 줘."

나는 용의 손을 잡고는, 나의 마지막 희망을 잡고 있는 듯이, 그 손을 쓰다듬었다.

"린, 당신의 심정을 이해하지만, 혼자 보내는 시간은 길지 않을 거예요. 사나흘만 참아 주세요.

"화병에 꽂은 장미가 시들기 전에 돌아 와서, 당신 곁에 있겠어요."

내 마음은 다시 가을비로 세례를 받았다.

"왜 사나흘을 참으라고 해? 용은 집에 가면 더 오래 머물게 될 거야. 그분들이 용을 다시 가지 못하게 할 것이 확실해."

나는 살진 얼굴의 그 남자가 생각났다. 용이 떠난다는 것은 분명 그 사람과 관련이 있다.

"그분들이 제가 가는 것을 막진 못해요. 제 마음은 여기 있는데, 어떻게 그분들이 저를 붙잡아 두고 있겠어요?"

용은 완전히 확신에 찬 모습이었다.

"그분들은 용이 돌아 왔으면 하고 거짓으로 방법을 쓸 수도 있다구. 용의 어머니께서 편찮으신 게 아닐 수도 있고 또 중풍이라고 원인을 말한 것도."

"그분들은 그렇게 하실 분들이 아니에요. 어머니가 병을 얻지 않았다 하더라도 저는 어머니를 만나 뵈러 가야 해요. 어머니는 저를 그리워하며, 자주 눈물을 짓고 계시니, 저는 어머니를 위로하러 가야만 해요."

용의 온화하면서도 우울한 목소리를 들으면서 나는 갑자기 슈가 한 말이 생각났다.

누구에게나 자신의 어머니가 계시지만, 나에게 이미 그분은 안 계신다. 용이 앞으로 자신의 어머니를 걱정할 동안에는, 나는 행복을 가지지 못할 것이다 …….

"그리고 또, 난 아버지와 이번에 상의해야 할 아주 중요한 일이 있어요."

중요한 것이 뭔가? 바로 우리 일이다. 만약 용이 자신의 아버지와 그 일에 대해 의논한다면, 그 일은 우리와 관련된 일이다.

"아버님은 다른 성(省) 사람은 그리 탐탁지 않게 생각하신다며?" 나는 깜짝 놀라 물었다.

"괜찮아요, 제가 당신을 사랑하는데, 뭐 방해가 되는 일이 있나요?" 용의 목소리는 그 점에 대해 불안한 듯이 약간 떨렸다.

그래, 용은 우리 일에 대해 자신의 아버지와 상의하러 간다고 명확히 말했다. 왜 용은 가야 되는가? 분명히 무슨 일이 일어나고 있다.

"용, 돌아가지 마. 용의 아버지로부터 허락을 받는다는 것은 용의 머리를 벽에 부딪히는 것과 같은 거라구. 우리 일이 지금처럼만 흘러간다면, 아주 좋지 않아?"

용은 나를 울게 만드는 가을 웃음을 살짝 지어 보였다.

"당신은 정말 의심이 많은 남자군요! 제가 저의 아버지를 모를 것 같아요? 그리고 더구나, 편찮으신 어머니를 뵈러 가는 거예요. 어머니를 뵈면, 어머니께서 안심하시도록 여기서 잘 살고 있음을 확신시켜 드릴 거라구요."

어머니, 어머니, 언제나 어머니! 그러나 내게는 어머니가 안 계신다.

"왜 용은 집으로 꼭 돌아가야 돼? 훗날 우리가 함께 가면 더 낫지 않아?"

"린, 당신은 왜 저를 못 믿어요? 당신을 사랑해요. 이것이 좋은 보증 아닌가요? 당신을 속일 마음이라면, 알리지도 않고 떠나지 않았겠어요?"

"그런 이야기는 그만 해. 안 그러면 화를 낼 거야. 용과 이야기도 그만 하겠어."

"당신은 아직 어머니에 대한 제 사랑을 이해하지 못하는군요. 제가 가지 않으면, 제 마음이 불편해요."

"또 다시 당신의 어머니라니!" 나는 화가 치밀었다.

그때 갑자기 슈의 깡마른 얼굴이 내 앞에 나타났다. 그는 인생에 대해 불평하는, 고통스런 목소리로 나를 질책했다. "이기적인 관념으로 온당함을 무시하지는 마. 편찮은 어머니를 뵈러 집에 가는 용을 붙잡지 말라구."

슈는 방 안에 있지 않고 내 머릿속에 있었다.

무슨 말로 그에게 대항할까? 내 행복은 다른 사람의 어머니가 채 가고 있다.

"그럼 가거라. 나의 희망이여 날아가 버려. 나의 행복이여 어서 가버려. 내 사랑은 언제까지나 죽을 때까지도 변치 않을 거야. 용은 나를 배신하지 않을 거야. 나는 용을 믿고, 용의 사랑을 믿는다."

나는 절망한 뒤, 그런 말들로 나를 위로하려고 애썼다.

19

내가 용과 동행하여 밖으로 나섰을 때는 아직도 이른 밤이었다.

어두운 밤하늘에는 별들이, 영원한 별들이 총총히 깔려 있었다.

조용하고도 한적한 때였으며, 공기는 부드러웠지만 좀 쌀쌀했다. 아름다운 밤으로 기억될 만했다.

"우리 함께 바다에 별구경 갈까요?" 용이 제안했다. "이렇게 아름다운 밤인 걸요!"

"좋아." 나는 이 말밖에 할 수 없는 것처럼 감동하여 대답했다.

"그럼 우리 서둘러요."

승선장에 도착한 우리는 한 보트 안으로 들어갔다.

뱃사공이 몇 번 노를 젓자, 우리는 벌써 바다 한 가운데로 나왔다.

용은 내게 가까이 다가와, 자신의 머리를 내 가슴에 기대었다. 나는 용의 머리카락 향기를 맡으며 용을 껴안았다. 노가 바다에서 첨벙첨벙 소리를 냈다. 우리는 물소리만 들을 수 있었다.

내가 고개를 들어 하늘을 보자, 용도 나를 따라 그렇게 했다. 하늘에는 별들이, 하얀 별, 붉은 별, 초록별들이 반짝이고 있었다.

해변에 불빛이 보였다. 우리는 밤과, 하늘의 별들로 둘러 싸여 있었다.

"지금 이 세상에는 우리 두 사람뿐이네요."

"아무도 우리 사이에 끼어들 수 없고, 아무도 우리 두 사람을 갈라놓을 수 없어요."

"저는 당신을 사랑하고, 당신은 저를 사랑하고, 우리는 영원히 사랑할 거예요. 우리 사랑은 저 별처럼 영원할 거예요."

용은 마치 꿈꾸듯이 그런 말들을 따뜻하게 중얼거렸다.

황홀함에 빠진 나는 용의 머리카락에 입 맞추려고 고개를 숙였다.

나의 마음은 사랑으로 충만했다. 나는 나 자신마저 잊은 채, 용만 생각하고 있었다.

용은 나의 세계에서 유일한 사람이었다.

"저기, 은하수를 좀 봐요. 안개 같은 하얀 무리를 봐요. 왜 저 은하수는 저렇게 창백할까요?"

용은 자신에게 중얼거리면서 손은 여전히 하늘을 가리키고 있었다.

"지금은 가을도 아닌데!"

용이 손으로 가리키는 쪽을 쳐다보며 내가 대답했다.

"린, 은하수 서편에, 한 줄로 세 개의 별이 뭉쳐 있는 저 커다랗고 노란 별이 견우가 아닌가요?"

"저기 반대편에 보이는 별 셋이 있는데, 저 별이, 커다랗고 약하게 푸른 별이 그 견우의 연인인 직녀인가요?"

"불쌍한 연인들! 저들은 일 년에 한 번밖에 만날 수 없다지요!"

"왜 은하수에는 연락선이 없을까요? 평소에는 왜 다리가 없고, 칠월 칠석에만 다리가 생기나요?"

용은 계속해서 중얼거렸다.

나는 우리가 꿈꾸고 있다고 느끼면서 두 팔로 용을 세게 껴안았다.

"왜 저들은 일 년에 한 번만 함께 할 수 있나요?"

"저들은 무엇 때문에 엄한 벌을 받고 있나요?"

"인간세계처럼 저 하늘에도 사랑의 자유가 없나요? 저기서도 처녀 별들은 자신들이 사랑하는 연인을 선택할 자유와 권리가 없는가요?"

"저 은하수는 저렇게 좁고, 저 은하수의 물은 저렇게 얕은데, 왜 견우가 직녀와 같이 다닐 수 있도록 저 강에 다리를 세워 주지 않는 걸까요?"

우리는 여전히 꿈속에 있었다.

"저 연인들이 매일 함께 지낼 수 있도록 은하수 위에 내가 다리를 만들어 줄 수 있었으면."

용은 꿈속에서처럼 다정하게 말했으며, 옆으로 고개를 돌려 나에게 눈길을 보냈다. 용의 커다란 두 눈은 안개로 가려 있었다.

"용, 저 견우에 대한 당신의 연민을 어떻게 나타내 보이겠는가? 나는 곧 나의 직녀를 잃어버릴 것인데."

갑자기 나는 우리를 갈라놓는 강을 생각했다. 내 마음은 꿈에서 떨어져, 상처를 입었다.

"저는 돌아 올 거예요. 당신 곁에 돌아 온다구요. 내일, 모레, 글피, 그리고 그 다음날이면 벌써 돌아 와 있을 걸요."

"내일, 벌써 이 시각이면 나는 용을 볼 수 없어. 직녀를 적어도 만나볼 수는 있는 저 견우보다도 내가 더 불행한 것 같아."

"저는 당신을 만날 거예요. 제 눈에 당신 모습을 꼭 갖고 있을 게요."

"용, 이제 별은 그만 봐. 내가 용을 더 잘 볼 수 있도록, 내 두 눈에 용의 얼굴을 새겨 둘 수 있도록 얼굴을 내 쪽으로 더 가까이 해 줘."

"린, 이제 잘 보이나요? 여긴 충분히 밝지는 않아 걱정이 되어요."

"저 별들이 비추는 빛과 용의 두 눈빛으로 분명하게 볼 수 있어. 가만히 있어, 내가 …… ."

"제 몸이 녹는 것 같아요. 린, 더 세게 안아줘요. 나를 놓지 마세요."

"용, 나도 같은 느낌이야. 우리의 인생에서 이 순간만 존재하는 것같이 느껴져. 오늘이 지나면 모든 것이 끝나게 될 걸."

"오, 내일이면 모든 것이 암흑으로 변하겠지요. 우리 머리 위에 있는 저 별들은 오늘처럼 저렇게 빛나고 있을까요?"

"융, 내일이면 저 별들도 없을 거야. 내일은 비가 올 거야. 가을비. 내일이면 벌써 가을이 되어 버릴 거야."

"오, 그렇게 빨리요! 봄날의 밤은 그렇게 짧네요! 저기 별 하나가 떨어지네요."

"유성이네! 내 인생에도 또 다른 유성이 보태어지는군."

"린, 저 유성은 하늘로 되돌아 갈 수 있을까요?"

"아니지. 저 유성은 한 번 떨어지면 영원히 하늘에서 멀어지게 되지."

"오, 내일이면 …… ."

"융,『이멘 호수』(주: 독일 작가 스톰(T. Storm)의 작품)라는 소설에 나오는 집시 아가씨의 노래를 아직 기억해? 융은 자주 그 노래를 불렀지. 제발 나를 위해 다시 그 노래를 한 번 불러 줘."

"제 마음은 거의 녹아내릴 것 같아요. 전 노래를 부를 수 없어요. 저를 더 세게 안아 줘요! 오, 오늘, 오늘만 저는 아직 …… ."

나의 두 눈은 더 이상 융의 두 눈을 바라 볼 수 없었다.

나는 두 손으로 융의 얼굴을 잡고서 미친 듯이 그 얼굴에 키스했다.

나는 융을 잃어버릴 수 없다. 융은 내 인생보다도 더 귀한 존재다.

오늘은 견우와 직녀가 만나는 칠월 칠석 같았다.

그러나 내일, 이른 아침이면 …… .

오늘, 오늘만
나는 꽃처럼 아름다워도,
내일, 오 내일

이미 모두 멀리 지나가리!

(주:『이멘 호수』에 나오는 노래 중 하나)

20

다음날 아침 나는 용을 배웅하며 작은 증기선 안으로 올라갔다.

배 위에서 우리는 몇 마디만 서로 주고받았는데, 배의 고동소리가 들리자, 서둘러 쫓겨났다.

내가 헤어지기에 앞서 악수를 하자, 용의 두 눈에 눈물이 글썽이는 것을 볼 수 있었다.

"저를 기다려 주어 …… ." 용은 말을 끝맺지도 못했다.

"꼭 돌아 와야 해!" 그러나 나는 내 말을 끝맺었다.

"일찍 돌아 와." 나의 눈물이 눈가에 흘러 내렸지만, 용에게 웃어 보였다.

그 증기선으로 우리를 데려다 주던 보트에 다시 앉은 나는 용에게 고개를 돌려 손을 흔들어 보았지만, 용은 어느 뚱뚱한 여인에 가려 보이지 않았다.

"꿈인가 아니면 생시인가?" 나는 멀어져가는 작은 증기선을 바라보면서 내 자신에게 되물어 보았다.

나는 집으로 되돌아 와, 피곤에 지쳐 침대에 쓰러졌다. 나는 잠을 자려고 해 보았지만, 잠이 오지 않았다. 나는 울고 싶었지만, 눈물이 나오지 않았다. 자리에서 일어서 보려고 했지만, 내게는 힘이 남아 있지 않았다. 나는 천장만 멍하니 바라볼 뿐이었다.

21

　나는 사흘 동안 용에 대한 아무 소식을 듣지 못했고, 그동안 내 자신이 늙었다고 느꼈다.
　아침에는 이 거리 저 거리를 방황하기 시작해서 저녁에야 집으로 돌아왔다. 배가 고프다 싶을 때는 양식 레스토랑에서 사 먹었다. 목이 마를 때에는 다방에서 얼음을 사 먹었다. 내 마음은 바짝 타들어 가고 있었다.
　슈도 나를 여러 날 찾아오지 않았다. 내가 슈를 찾아가 보고 싶었지만, 근대적 도덕을 설교하는 그의 모습에 두려웠다.
　나는 혼자다, 고독한 혼자가 되었다.
　밤에 피곤해 침대에 누웠지만, 나의 생각은 오히려 활발해졌다.
　"내일은 용이 꼭 올 거야."
　"용에게 무슨 말을 하지?"
　"용이 돌아오면 다시는 나를 떠나지 않을 거야. 그리고 용은 영원히 내 곁에 있을 거야."
　"용의 아버지가 용을 붙잡아 놓을 것인가?"
　"예기치 않은 일이 일어났는가?"
　"그렇다면 용은 돌아오지 못할 것이다."
　"용은 반드시 돌아온다. 그런다고 내게 약속했는걸."
　"용은 반드시 돌아온다구. 용은 나를 배신하지 않아."
　"기다려 봐. 오늘 밤이 지나가면 모든 일이 잘 될 거야."
　"오, 왜 오늘의 봄밤은 이렇게 길까?"

22

아침이다. 햇빛은 웃음을 머금고, 내 방 안으로 들어 왔다.

나는 피곤한 두 눈을 비비며, 해를 향해 하품을 했다.

지난 밤 꿈에 나는 용이 돌아오는 것을 보았고, 용은 내게 달콤한 말을 많이 해주었다.

나는 옷을 근사하게 차려 입고, 용을 맞이하러 부두로 갔다.

나는 오랫동안 작은 증기선을 기다렸다. 오늘은 이 배마저 왜 이렇게도 더디게 도착하는가! 그날에는 그렇게 서둘러 떠나가더니!

그 작은 증기선이 도착했다. 그 증기선의 고동소리를 들으니, 내 심장은 마냥 즐거움으로 뛰고 있었다.

나는 보트를 이용하여 그 증기선으로 다가갔다.

많은 승객들과 짐들이 그 증기선에서 내려오기 시작했다.

나의 눈길은 온통 용을 찾고 있었다.

남자, 여자, 젊은이, 노인 할 것 없이 많은 승객들이 있었지만, 커다란 두 눈과 길고 가는 눈썹을 지닌 그 아가씨는 보이지 않았다.

나는 그 증기선 위로 뛰어 올라 가, 용의 이름을 불러 보았다. 용의 대답은 들리지 않았다.

나는 그 증기선 맨 위의 갑판으로 달려갔다.

좁은 계단에서 수많은 승객들은 서로 서둘러 하선하려고 밀치고 있었다. 나는 유심히 그 승객들의 얼굴을 하나하나 쳐다보았다.

나는 맨 위의 갑판에 도착했다. 그곳에는 적은 수의 승객만 남아 있었다.

내가 용의 이름을 여러 번 부르자, 그들은 나를 호기심어린 눈으로 쳐다보았다.

두 번이나 배를 훑어보았지만, 나는 용을 찾을 수 없었다.

"용은 이미 이 배에서 내린 거야." 나는 현명하게 생각해 보았다.

"확실해." 나는 확신에 차 있었다.

나는 보트를 타고 부두로 올라 와서는 내 집으로 달려갔다.

우리 집 대문이 보이자, 나는 개가 짖는 것도 무시하고 달려갔다. 나는 문을 밀치며 큰 소리로 불렀다. "용!"

아무 대답이 없었다. 이 방의 모든 것은 내가 마중하러 나가기 전과 같았다. 아무도 들어 온 사람이 없었다.

"바보! 용은 자신의 집으로 먼저 갔지!" 그것이 나의 두 번째 생각이었고, 이는 처음보다는 현명했다.

"용은 정말 자신의 집에서 나를 기다리고 있겠지!"

나는 즉시 용의 집을 향해 달려갔다. 초록의 울타리문은 닫혀 있어, 내가 밀쳐도 꿈적도 하지 않았다. 전기초인종을 눌렀지만, 아무도 대답이 없었다. 여러 번 대문을 두드려 보았지만, 아무 대답이 없었다.

대문 안에는 붉은 꽃, 흰 꽃들이 피어 있었다. 그 꽃들도 이제 지기 시작했다. 나는 내 숙소에 있던 장미가 생각났다.

초록의 철망 뒤, 흰 레이스로 된 커튼에 가린 용의 방도 들여다 볼 수 없었다.

햇빛이 내 등을 따뜻하게 해 주었지만, 바이올린에 들려오는 멜로디는 신음소리같이 들려 왔다.

나는 이웃집을 지나오면서, 어떤 아이가 내게 웃고 있는 것을 보았다.

"아마 내일은 용이 올 거야." 내 머리 속에는 세 번째의 현명한 생각이 떠올랐다.

하지만 그 내일은 너무나 멀었다.
나는 용에게 편지를 써시, 왜 빨리 돌아오지 않는지 물어 보리라.
"장미들도 곧 시들 텐데, 왜 용은 아직도 돌아오지 않을까?"

23

용의 대답이 왔다. 그것은 속달로 보내온 편지였다.
그 편지는 짧았지만, 명확한 내용을 담고 있었다. 용은 나를 린 씨라고 불렀다.

존경하는 린 씨,
지난 날 우리 관계는 정말 유치하였음을 알게 되었어요. 지금 저는 아버지의 충고를 받자와, 어머니를 돌보며, 집에서 공부하고 있어요. 이제부터 우리사이의 우정은 끝났어요. 그리고 저에게 이제 더 이상 편지를 보내지 말아 주시기를 부탁드립니다. 그렇지 않으면 그 편지는 개봉되지 않은 채, 반송될 거예요. 건강하시길 빕니다.

그럼, 안녕히
정페이롱

그 편지는 용이 직접 쓴 것이었다.
"죽을 때까지 꿈 깨지 못하고, 여자들에게 배신당하는 너희 남자들이 불쌍하구나!"

"너는 죽음을 선택해. 너로서는 죽는 편이 가장 나아!"

형이 유서에서 한 말이 내 머리 속에 다시 떠올랐다.

"울어라! 이 세상의 모든 불행은 정말 울음을 터뜨릴 만하다!"

나는 슬퍼서 울었다. 나의 두 눈은 눈물로 젖었고, 내 마음은 피로 물들었다.

눈물을 통해 나는 용의 초상화와, 가르보의 초상화를 바라보았다.

"여자들의 마음은 정말 무엇으로 만들어져 있는가?"

나는 화병에서 장미를 뽑아 버렸다. 용은 그 꽃을 나에게 선물로 주었고, 용은 그 꽃들을 가리키며, 그 꽃들이 시들기 전에 돌아온다고 나에게 약속했다.

하지만 지금 그 꽃들은 벌써 시들어 버렸다.

나는 그 꽃들을 가슴에 껴안고 울음을 터뜨렸다. 나는 그 꽃이 다시 살아날 수 있도록 내 눈물로 그 꽃들을 세례 했다. 나의 눈물은 내 마음에서 우러나왔다.

24

나는 이제 산책도 나가지 않았다. 왜냐하면 봄은 이미 지나가 버렸기 때문이었다. 나는 공원으로도 나가지 않았다. 왜냐하면 그 안에 있던 꽃들도 더 이상 이전처럼 그렇게 매력적이지 않았기 때문이었다. 태양도 더 이상 나에게 미소 짓지 않았다. 별들도 더 이상 운모처럼 반짝이지 않았다.

내 방에는 꽃들의 향기도, 햇빛도 없었다. 그 방에는 용의 초상화, 가르보의 초상화, 형의 유서와 나의 한숨만 남아 있었다. 나는 온종일 집 안에서 자살할 궁리나, 용을 죽여 버렸으면 하는 꿈을 꾸고 있었다.

"죽을 때까지 꿈 깨지 못하고, 여자들에게 배신당하는 너희 남자들이 불쌍하구나!"

"너는 죽음을 선택해. 너로서는 죽는 편이 가장 나아!"

하지만 나는 내 칼을 들 용기가 나지 않았다.

슈가 찾아 왔다. 그는 우리 일에 대한 소식을 듣고는, 삶에 대한 불평을 늘어놓던 그 방식과 우울한 목소리로 내게 충고했다.

"너의 사랑이 좋은 결과를 가져오지 못할 것이라고 내가 말했잖아."

"하지만 나는 용을 사랑하고 있어. 내 온 마음을 바쳐 사랑한다고." 나는 화를 내며 반박했다. 나는 슈가 자신의 근대적 도덕으로 설교할 준비가 되어있음을 알아 차렸다.

"사람은 사랑으로만 살아가는 게 아니야."

"여자가 떠난다는 것은 사실 중요치 않다구. 세상은 아주 넓어. 여자들이란 세상의 무의미한 일부일 뿐이야."

"여자로 인해 자살을 택한 네 형만큼 어리석은 사람은 없어."

"난 네가 웅덩이에 뛰어 드는 것을 그냥 보고만 있을 수 없어."

"하고 많은 것이 여자인데, 왜 용에게만 너의 마음을 묶으려고 해!"

"신문사 사무실에서의 생활이 얼마나 메스꺼운 줄 알아!"

마침내 슈는 화제를 자신의 도덕 설교에서 삶에 대한 불평으로 옮겨갔다.

"어머니, 우리 어머니! ……"

슈가 잊지 못하는 유일한 일은 그의 어머니였다.

나는 어머니가 안 계신다. 어머니는 벌써 오래 전에 돌아 가셨다.

25

"나는 병이 생겼어. 마음의 병이 생겼어."
"나는 입맛도 없고, 아무것도 하기 싫고, 누워 울고만 싶다."
"나는 더욱 더 야위어 간다. 매일 나는 거울을 보고 한숨만 쉰다."
"형의 무덤 앞에 있던 복숭아꽃은 이미 시들었을까? 떨어진 꽃잎 몇 개라도 내게 보내주었으면! 장미 꽃잎들은 내가 사랑하던 아가씨의 뺨과도 비슷하구나."
"내겐 이미 가을이 와 버렸어. 이 가을은 나에게 꽃을 주지 않고, 오직 비만, 내 마음을 산산이 부수는 빗방울만 가져다주는구나!"
"그것은 내 마음의 가을이자, 봄 속의 가을이고, 내 인생에 유일한 계절이 될 거야."
"나는 내 고향, 어머니의 묘소, 작은 복숭아꽃과 너의 얼굴을 생각하고 있어."
"오, 장강(長江)의 남쪽에 있는 잊을 수 없는 내 고향! 나는 반드시 돌아갈 테야. 내가 죽어야 한다면, 나는 내 고향에서 죽어야지."
"정말 가을이 오면, 그 가을에 나는 내 고향에 나의 병든 몸을 이끌고 돌아가리라."
위의 말들은 여동생에게 내가 보낸 편지의 일부였다.

26

가을이 거의 끝날 무렵, 나는 고향으로 돌아가기로 마음먹었다. 나는 벌써 배표를 사 두었다.

내가 출발하기 하루 전날 저녁, 나는 슈가 가져다준 두 통의 편지를 받았다.

린, 저를 한 번 만나러 와 줘요! 저는 이제 죽음의 침대에 누워 있어요. 하지만 나는 당신에게 용서를 구하기 위해서라도 죽기 전에 당신을 꼭 한 번 만나야 해요. 어쨌든 저를 만나러 와 주세요.

저는 이미 한 달 전부터 몸져누웠어요. 모든 것을 잃어버린 저로서는 이제 죽음도 겁나지 않아요. 하지만 외로움, 내 마음의 외로움, 쓸쓸하게 죽어 가는 것, 울고 있는 많은 상주(喪主)들처럼 많은 나무들에 부딪혀 내는 바람소리와 함께 무덤에 외로이 눕는다는 것이 — 내 마음은 이 모든 것을 어떻게 견뎌 낼 수 있을까요!

가을햇살도 이젠 더 이상 내 머리 위에 빛나지 않아요. 나는 이제 용안나무의 열매조차도 이로 껍질을 벗겨낼 수 없어요. 약재로 달인 한약은 언제나 정말 쓰답니다. 고전 작품의 구절 같은 제 아버지 말씀과 우상의 모습 같은 아버지의 얼굴.

저는 누가 보지 않으면 저를 위해 달인 한약을 자주 쏟아 버려요. 왜 제가 그 달인 한약을 마셔야 하나요? 제겐 죽음이 사는 것보다 더 나은 일이 아닌가요?

곧 칠월칠석이 됩니다. 그때 저 하늘의 별들은 얼마나 빛날까요! 견우와 직녀가 매년 다시 만나는 광경을 보러 침대에서 일어 날 수도 없으니, 정말 안타까워요.

언제 저의 견우는 자신이 사랑하는 직녀를 만나러 올까요? 바다, 하늘, 별……. 얼마나 제가 그것들을 고대하고 있는지요!

저는 절대로 츠언(陳) 씨 가문에 시집가지 않을 거예요. 어떤 힘도 제 몸을 약

탈해갈 수 없으니 안심해요. 저는 제 마음을 당신에게 주었고, 제 몸은 죽음에게 주었어요. 저는 이미 죽어 있답니다.
난 당신을 사랑해요, 영원히 당신을 사랑해요!
당신은 아직 저를 미워하고 있나요? 제가 편지를 짧게 썼다고 저를 용서하지 않을 건가요?
와 주세요! 제게 와 줘요! 그러면, 당신이 저를 비난한다 해도 저는 기뻐할 거예요. 그때는, 저는 당신이 안전함을 확인하게 될 것이고, 아버지의 권총이 이젠 당신의 머리를 겨누지 않을 거예요.
와 주세요! 제 뺨이 아직 장미처럼 피어 있을 때 저를 만나러 와 주세요.

당신의 용으로부터

그것이 첫 편지였다.

린 선생님, 제 사촌 언니는 이달 25일 아홉시 삼십 분에 죽었어요. 죽기 전에, 언니는 선생님의 이름을 자주 불렀어요. 언니는 저더러 자신의 머리카락을 한 움큼 잘라서 저에게 선생님께 보내라고 부탁했답니다. 여기에 언니의 바람대로 보내 드립니다.
언니는 고통 없이 죽었어요. 언니의 두 뺨엔 장밋빛이 감돌았고, 두 눈을 조금 감은 채, 입가엔 잔잔한 웃음을 띠었답니다. 가을햇살이 언니의 얼굴을 비추고 있었고, 우리는 언니가 자고 있는 줄로만 알았답니다!
언니가 제게 들려준 마지막 말은 다음과 같아요. "사랑은 …… 영원한 별이지 …… 별처럼 영원해 …… ."

안녕히 계십시오.

정페이유(鄭佩瑜) 올림

두 번째 편지는 용의 사촌동생이 보낸 것으로 첫 편지보다 삼주일 늦게 도착했다. 그 편지는 십 수 일 전에 쓰인 것이었다.

"이 편지들은 언제 도착했어?" 나는 슈에게 큰 소리로 물었다.

"우편 소인에 찍힌 날짜를 보면 알 수 있어. 난 네가 용의 편지를 보면 고향으로 가는 계획을 바꾸어, 다시 사랑의 포로가 될까 염려가 되어, 이 편지를 전해주지 못했어. 그래서 오늘에야 전해주는 거야. 난 네가 잘 되었으면 하고 말이야."

슈의 깡마른 얼굴이 붉어지더니, 그의 하소연조의 어투도 더듬거렸다. 오랫동안 슈는 앞에 한 말을 끝내려고 애썼다. 정말로 슈는 자신을 정당화 하는 일에는 정직하고 서투르다는 것이 명백했다.

나는 이 모럴리스트의 얼굴이 붉어지는 것을 처음 보게 되었다. 그러나 나는 화가 나, 울음을 터뜨렸다.

"읽어 보라구!" 나는 슈에게 그 편지들을 보여 내 자신을 책망했다. "너의 근대적 도덕설교가 나를 망쳐 놓았고, 용도 죽도록 만들었어!" 하지만, 나는 그 말을 입 밖에 내지 않았다. 슈가 선의로 그랬다는 것은 사실이었으니까.

이제 정말 모든 것이 끝났다.

나는 소파에 풀썩 주저앉아, 검은 머리카락 한 뭉치를 꺼냈다. 나는 그것을 손바닥에 올려놓고 자세히 바라보았다. 장밋빛 블라우스, 짧은 검정치마, 반짝이던 커다란 두 눈, 가느다란 눈썹, 검고 짧은 머리······. 용의 모습이 내 앞에 나타났다.

그러나 그 모습은 눈 깜짝할 새 사라져버렸다.

나는 검은 머리카락만 주시하고 있었고, 그 머리카락에 닿을 정도로 내 얼굴을 숙였다. 나는 백합 향기를 느끼는 것 같았다.

나는 그 머리카락에 아름다운 추억처럼 키스했다.

얼마나 부드러운 머리카락인가!

내게 남중국에서의 봄을 연상시키는 머리카락들!

그런데 앞으로 내 삶에서 봄이란 계절은 아직 남아있을까?

가을 속의 봄 (율리오 바기)

작가의 말

가을 속의 봄

장터의 천막
전나무 숲에서
한밤의 소야곡
가을 속의 봄
두 사람은 모두 버려진 아이
시월 열하루날

중국어판 역자 후기

떨며 서둘러
나비야, 넌 어디로 날아가니?
맹추위가 배신하듯 다가오고
장미와 백합은 이미 죽어버렸는데.

......

광활한 들녘에
홀로 남아 있는 것은 시든 국화뿐.
국화꽃에 닿는 너의 마지막 입맞춤은
추위에 떠는 너마저 죽여 버릴 것이다.

— 에드몽 쁘리바의 「마지막 입맞춤」 중에서

작가의 말

　가을입니다. 파랗던 정자(亭子)도 이제 누렇습니다. 서리 맞은 나뭇잎들은 시들어 떨어집니다. 그래도 태양은 여전히 창문을 통해 따뜻한 미소를 보냅니다. 태양은 향기도 없이 뽐내고 있는 탁자의 작은 꽃들에게도 봄이라고 거짓말합니다. 저 꽃들에게만? 아닙니다! 모두에게. 당신에게도, 나에게도 ……. 햇빛은 몰래 사람들의 마음속으로 들어가 그들의 마음을 서리로 단장한 가을에도 봄에 대한 추억으로 따뜻하게 해 줍니다.
　가을입니다. 내 갈색 머리에도 어느덧 몇 가닥의 희끗희끗한 머리카락이 빛납니다. 가을, 이 번뇌의 삶은 내 뺨 위의 장미들도 시들게 합니다. 환상은, 영혼의 환상은 서리를 맞아 부서집니다. 그러나 내 마음 속에는 아직도 태양이 따뜻하게 빛나고 있습니다. 사랑이라는 태양 말입니다. 이 사랑은 나의 연인들에게 봄의 환상을 가져다줍니다. 그들에게만? 아니에요! 당신에게도. 나에게도. 사랑의 따뜻함은 지친 영혼들을 어루만져 주고, 그 영혼들에게 금빛 태양이 너울거리는 봄의 꿈을 선사합니다.
　그리고 봄은 가을에 미소를 머금지만, 그 눈빛은 더욱 더 빛납니다. 순진한 낙관주의는 마음의 위로를 받습니다. 노인들은 새로이 자신의 청춘을 돌아보고서 젊었을 때의 경망함을 후회하고, 또 청년은 경건한 이해심으로 백발의 노인들을 바라봅니다. 그렇습니다. 맞습니다!

  이 모든 것은 감미롭고도 우울한 만남의 짧고도 환상적인 이 이야기 속에 들어 있습니다. 왜냐하면 우리는 저마다 마음속에 꼭 간직하고 있는 추억들에 입 맞추던 봄을 이미 경험했기 때문입니다.

  환상을 수(繡)놓아 가는 내 마음의 눈물 어린 미소가 바로 이 이야기입니다. 사랑의 마음으로 받으십시오. 바로 이 사랑의 마음으로 당신에게 바칩니다.

1929년 9월 25일
부다페스트에서
율리오 바기

가을 속의 봄

장터의 천막

"제발, 선생님! 발타자르 스승님께서 벌써 기다리고 계십니다." 이상한 모습으로 분장한 광대는 겸손하게 웃는 표정으로 장터에 차린 천막의 한 자락을 옆으로 당긴다.

학생은 광대가 일부러 잘못된 호칭을 쓰는 것에 대해 몰래 미소 지었다. 그것은 자신이 "선생님"이라는 칭호를 받으려면 앞으로 갈 길이 얼마나 먼가를 자기 겨드랑이 아래 끼고 있는 몇 권의 책 뭉치만 보면 그 광대가 쉽게 추측할 수 있었는데도 말이다. 학생은 콧수염이 이제 겨우 보일락 말락 할 정도다. '음, 그런데 발타자르 스승님께서 벌써 자기를 기다린다고?!' 그렇게 믿어서가 아니라, 한 번 놀려줄 심사로 또 이 허름한 천막으로 그를 유혹하며 짚을 씹고 있는 이 광대가 볼 수 있도록 그 알량한 찬사에 그는 한번 웃어 주고 싶었다. 그는 웃거나 뭔가 거창한 말을 적어도 한 번 해 주고 싶었지만, 끝내 잠자코 있었다. 옆으로 당겨놓은 천 뒤에는 어둠이 크게 입을 벌리고 있었다. 그는 어떻게든 평정을 유지하려 했으나, 마치 거대한 손이 가슴을 짓누르는 것과 같은 무서움 때문에 심장이 두근거리는 것을 느낄 수 있었다. 그는 망설였다.

"자, 어서요! 용기를 내십시오, 선생님! 잠시 뒤면 어둠에 익숙해질 겁니다. 더욱이 발타자르 스승님의 등불심지가 충분히 밝혀 줄 겁니다. 자, 어서 들어가세요!"

학생은 마음을 가라앉히려고 애쓰면서 머리를 들어, 크게 입을 벌리고 있는 어둠 속으로 발걸음을 성큼 내디뎠다. 입구에 있던 형형색색의 천막 자락이 그의 뒤에서 드리워졌다. 잠시 뒤 햇빛에 익숙한 눈으로 그가 알아차린 것은, 어디선가 약한 빛이 칠흑 속으로 들어 와, 천막 벽의 신비한 문자와 기괴한 그림들을 볼 수 있도록 해 놓았다는 것이었다. 그는 앞으로 더 나아가기가 무섭고, 벽에 부딪히지나 않을까 걱정이 되어, 욕이라도 내뱉고 싶었다. 하지만, 심장이 두근거려 그의 의지를 가두어 버렸다.

"젊은 친구, 더 앞으로 오게. 용기를 내게! 세 걸음만 옮기면 자넨 내 손을 잡을 수 있을 걸세."

온화하고 낮은 음성에 학생은 다시 마음을 가라 앉혔다. 학생은 입가에 미소를 머금었다. 그는 자신의 그 잠깐 동안의 두려움을 비웃었다. 갑자기 크고 따뜻한 손이 그의 손을 잡았다고 느꼈다. 손톱이 길고, 희게 분장한 남자 손이었다. 사람의 형체도, 얼굴도 그는 볼 수 없었다. 처음 보는 낯선 얼굴이 검은 복장을 하고 있어 검은 색 배경과 하나로 합쳐져 보였다. 잠시 뒤 학생의 두 눈이 어두움에 익숙해져서야 비로소 마치 이리저리 기울어져 있는 것 같은, 사랑에 굶주린 그림자가 자기 앞에서 춤추고 있는 것을 보게 되었다. 오로지 그 따뜻하고 희게 분장한 손이 살아 숨 쉬는 인간의 존재가 그 그림자의 주인이라는 것을 보여주었다.

다시 그 음성은 온화하게 말했다.

"여기 앉게! 두려워 말고 앉게! …… 그렇지! 이젠 내 눈을 바라보게!"

학생은 자신의 시선이 인광처럼 빛나고 있는 두 개의 점에 고정되고 있다는 것을 느꼈다. 그는 얼굴을 보지 못했다. 천으로 만든 복면 사이에서 빛나는 두 개의 눈동자만 그의 시선을 가두어 놓고 있었다. 미처 보이지 않던 큰 손이 다시 그의 가슴을 눌렀다. 그는 벌써 자신의 호기심을 탓하기 시작했다. 아니, 그는 이렇게 소리 지르고 싶었는지도 모른다. '연극은 그만해요, 난 정말 당신을 전혀 믿지 않아요!' 하지만 그가 겁이 많지는 않지만 어찌되었건 그런 말을 내뱉을 수는 없었다. 학교 친구들은 그를 아주 용감한 사람으로 알고 있었다. 그러나 지금 그는 떨고 있었다. '에이, 빌어먹을!' 유독이 교묘한 연극이 그의 신경에 거슬린다.

한참이 지나자, 발타자르 스승의 음성이 들려왔다.

"무엇을 알고 싶은가?"

천막 앞에서 목청을 돋우어 호언장담하던 그 광대와의 약속 뒤라서 이 물음은 간단하지만 이상하게 들렸다. 그는 곧 다시 평정을 되찾아 비꼬는 태도로 대답했다.

"왜 그렇게 묻습니까? 저 호객꾼은 '발타자르 스승님께서 벌써 저를 기다리신다'고 말했습니다. 그런데 기다린다는 그분은 이유를 아셔야 하지 않습니까?"

응답도 없이 시간은 흘렀다. 학생은 다시 흡인력을 가진 두 눈이 자신의 시선과 부딪히고 있다는 것을 느꼈다. 그는 앞서 그분을 무시한 태도에 대해 벌써 후회했다. 지금의 이 침묵이 그의 가슴 위로 다가와 자리 잡기 시작했기 때문이다. 그는 말하고 싶어도 말이 나오지 않았다. 그는 마치 혀가 굳은 것 같았다. 그런데 갑자기 그의 청력이 예민해졌다. 그는 지금까지 듣지 못했던 소리들을 파악할 수 있었다. 그가 있는 곳에서 아주 가까이에서 연약한 동물의 신음소리가 들리고 있었다. 그는 그쪽으로 시선을 옮겼다. 그래, 놀랍게도! 발타자르 스승의 모르모트들이었다. 이들은 점성도의 상자 주위를 서성거렸다. 그는 자유로워진 시선으로 궁핍한 천막 속에 있는 물건들을 명확하게 분간할 수 있었다. 탁자 하나. 의자 여럿과 조잡한 긴 의자들. 땅바닥 한 쪽 모퉁이에는 짚으로 만든 가마니 두 개가 점잖게 놓여 있었다. 한 가마니에는 큰 갈색의 무더기가 놓여져 있었다. 이것은 이상하게도 하나하나 던져서 포개진 헝겊으로 된 것으로 마치 사람 모양처럼 되어 있었다.

발타자르 스승이 말을 시작하여 학생은 이상한 형태의 헝겊 뭉치로부터 시선을 돌렸다.

"자네 말이 맞네 ……. 자네가 바라는 것을 내가 정말 알아야겠지. 내가 자네의 시선에서 그것을 읽어야 될 걸세. 자네는 지금 인생의 문턱에 서 있네. 자네는 자신의 과거보다 미래에 관심이 있군. 자네는 강인하고, 삶과의 싸움에 대해 준비가 되어 있군. 자네는 삶에 있어 많은 것, 아주 많은 것을 기대하고 있네. 자네가 옳아. 젊음의 유일한 권리는 삶에 기대하는 것이 많다는 것 ……. 자, 자네는 자신의 미래를 알고 싶지, 그렇지?"

장터의 희극배우의 음성은 학생의 영혼을 빼앗아 가고 있었다. 이 음성은 온화하고, 차분하며, 음악적이었다. 학생은 이와 다른 예언자의 목소리를 상상했다. 학생은 그 예언자가 트럼펫소리와 같은 쓸데없는 것들만 늘어놓을 것이라고 혼자 생각했다. 그럼 그런 이유로 학생은 기분이 좋아 집으로 돌아갈 것이고, 이십 필레르(역주: 헝가리의 화폐 단위인데, 또 펭이라는 화폐단위도 있고, 필레르는 1/100 펭의 가치를 지닌다.)짜리의 희극에 대해 큰 소리로 웃으며 이야기하겠지. 정말 학생은 이미 발타자르 스승에 대해 실망했다. 그렇지만 지금 학생은 기대하고 있었다. 하찮은 이십 필레르의 동전의 대가로 그는 자신의 한 평생 큰 영향을 끼칠 뭔가를 받을지도 모른다고 생각했다. 이런 생각에 그는 심장이 두근거렸다. 장래에 대한 두려움이 그를 사로잡았다. '아마 이 스승은 무서운 뭔가를 예언해 줄지도 모른다.' 아니다. 학생은 장래는 알고 싶지 않다. 왜냐고? 그는 정말 운명을 바꿀 수 없기 때문에. '이 스승에게 자기의 현재, 과거에 대해서만 말하라고 하자. 장래는 그만 두고! 더욱이 과거에 대해 들어보면 저 스승의 능력을 쉽게 판단할 수 있을 테니까.'

"나의 과거를 말해 주십시오. 현재의 일에 대해서도 몇 가지 이야기해 주십시오. 미래는 지금 이 순간에는 흥미가 없어요 ……. 필요할 때 그때 가서 ……."

"그때란 자네가 내 능력에 확신이 섰을 때를 말하지. 그 말을 하고 싶었겠지. 자, 좋네. 그럼 들어보게! …… 지금 우리는 이 천막을 나가서 자네 삶의 길로 되돌아 가보세. 손을 내밀고 …… 눈을 고정하여 나를 바라보게! …… 그렇지! …… 곧 자네는 나와 함께 많은 세월을 지나다닐 걸세 ……. 얼마 만큼이냐고? …… 물론 난 벌써 알고 있지. 자네의 요람으로 돌아가려면 십팔 년이나 되돌아가야 되네 ……. 지금은 내일의 수학 숙제에 대해서는 생각하지 말게 ……. 늙은 호메로스(역주: Homeros, 그리스의 서사시인(敍事詩人). 서구문학의 조종(祖宗)이며 그리스 최고의 시성(詩聖)이다. 대서사시 일리아스(Ilias)와 오디세이아(Odysseia)의 작가로 알려졌다.)의 시구 때문에 자극 받지도 말게! …… 그렇지 ……. 자, 조용히 ……. 곧 우리는 출발할 걸세 ……. 알겠나? 자네는 나와 함께 갈 걸세. 우리는 중요한 사건들에서만 멈추세 ……."

보이지 않는 손이 그 학생의 가슴을 눌렀다. 점점 그는 자신이 바라는 것에 지루함을 느꼈다. 발타자르 스승은 단조롭게 읊조렸고, 학생은 다음과 같이 이야기 되는 모든 것을 보고 있었다.

"우리는 작은 강의 둑 위에 서 있네. 전나무 숲 근처에. 우리 천막에서 가깝지. 지금 우린 그 숲을 지나갈 걸세 ······. 왜, 지나가는 것이 두려운가? 달 때문에 ······. 지금은 밤이 아냐, 우리 천막만 어둡지 ······. 그래 추억 때문에 자네는 괴로워하고 있어. 옛 추억이? 어릴 때의 기억. 으음, 우리는 그 쪽으로도 갈 걸세. 다만 순서에 따라, 차례차례로 ······. 먼저 우리 저 집으로 가세. 그래, 그래, 저 크고 노란 집으로 ······. 투르텔 할머니에게로. 할머니는 쪼그라진 얼굴을 하고 저기 창가에서 등을 구부린 채 있군. 할머니는 뜨개질하고, 바느질하고, 이젠 밖의 길을 바라보네. 할머니는 자네를 기다리고 있군. 할머니는 자네를 사랑하고 있어 ······. 할머니는 자네 친척이 아닌데. 단순히 투르텔 할머니일 뿐. 그런데 자네 어머니는 어디 계시는가? ······ 그래. 이제 알겠군. 나중에 어머니에게도 갈 걸세 ······. 그 수학 숙제는 지금 내버려두게. 중요하지 않은데 뭘 그러나! 지금 우리는 과거로 되돌아가, 내일은 생각하지 마세 ······. 자네는 자네 침대 위의 벽에 놓여있는 뭔가를 보고 있나? ······ 작은 압침으로 고정된 그 사진을 지금은 생각하지 말게! 정말 기자라는 아가씨는 예쁜데. 하지만 자네를 속였어. 자네 마음 아파하지 말게! 자넨 기자 아가씨만 생각하고 있군. 사랑하지도 않는데 뭘. 그 아가씨에게 자네는 마음을 주는군. 알리쩨 퓨르툐쉬가 더 아름다운 아가씨로군. 그녀는 비둘기처럼 잘 웃을 수 있는 걸, 비위도 잘 맞춰 주고, 귀엽기도 하고 ······. 지난 해 오월 소풍갔을 때, 그녀가 보는 앞에서 바라뉴요쉬 교수가 자네에게 면박 주었다고 부끄러워하지 말게나! ······ 그 교수는 눈치 없이 그랬지만 ……. 그래, 그래 ……. 자네는 그분께 은혜를 입고 있군. 자네가 이 도시로 온 뒤로, 바라뉴요쉬 교수가 자넬 보살펴 주고 있군 ……. 그래, 자네가 그분에 대해 화를 내지 않는 것을 이해하겠네. 그는 자네를 친자식처럼 대해주는군 ……. 그래 자네 아버지는 어디 계신가? …… 오, 우리는 너무 멀리 되돌아갔군! …… 무서운 추억이로군 ……. 불행한 소년이로군 ……. 그 때문에 자네는 나무 그림자가 달빛에 흔들릴 때, 그 숲을 지나가는 게 무서웠던 것이군. 물론 그 숲이 이 숲은 아니지만, 그 숲은 국토의 변방까지, 외국까지 넓게 뻗어 있어 …… 우리는 맨 처음의 기억으로 더 달려가 보세! 자네 손을 잡네 ……. 아니 이것은 자네의 맨 처음의 기억이 아니야. 집은 불길에 휩싸여 있고, 외국 군인들이 그 숲으로 들이닥쳤을 때, 자네는 벌써 다섯 살이었군. 지하실의 작은 창문 틈으로 자네는 육중하고 형체를 알아볼 수 없는 장화들을 보았네. 자네 어머니는 신음소리를 내고 있고 자네 울음소리는 지하실 밑바닥이 삼켜버렸군 ……. 자네가 가지고 있는 더 어릴 때의 기억에 왔군 ……. 자네의 작은 손으로 병아리를, 아주 작고 부드러운 털이 나 있는 병아리를 묻어 주고 있군. 자네의 누이 요람이 비어 있는 것을 알아차렸구먼. 부모님께서 그 누이도 땅에 묻었군. 이 때문에 자네는 미신을 믿게 되었나?! …… 그리고 자네는 무덤 안으로, 관 위로 뛰어 올랐어?! 그렇게 미신을 믿으면 안 되는데도! …… 보게나, 그와 같은 행동은 힘없는 사람들에게도 식은 죽 먹기야. 자네도 저 누이 뒤를 따를 것이라고 사람들이 예언하였군. 그들이 틀렸어. 자네가 이렇게 건강하고, 현명하고, 노력하며 살아가고 있는 걸 ……. 수학 문제는 지금 제쳐두게 ……. 자네 아버지는 가까운 도시에서 일하고 있었군. 어머니는 밥을 지으시고, 많이, 많이도 우셨군 ……. 외국 군인들이 찾아 왔군. 그들은 가마니 밑에도 돈을 숨겨 넣었고, 목사님도 아버지에게 돈을 기부했군······. 그리고 칠흑 같은 어느 날 밤 대포소리에, 자네는 어머니와 함께 지하실로 숨었군. 그래, 지하실 창문 앞에 있던 그 많은 장화, 군인들의 발걸음. 그들이 집 대문을 부수고 지하실에 숨어 있던 어머니를 끌고 갔군. 자네는 기겁하여 어머니 절규를 들으면서도 무서워 통 뒤에 숨었군. 오랫동안 자네는 그 곳에서 떨고 있었어. 달빛이 창틈으로 스며들어 왔군. 바깥에는 정적만이 있을 뿐. 배가 고파 자네는 나가려고 했지만, 계단에서 미끄러져 떨어져 버렸군. 자네 두 손은 끈적끈적한 액체로 붉게 물들었군······. 자네가 지하실 입구 문에 다다랐을 때, 문에 쓰러져 있는 목사님을 보았군. 그는 너무 깊이 잠들어, 자네가 그 사람의 위에 쓰러지는 것을 알아차리지도 못했군. 자네가 방에 들어가 보니 집에서 같이 유숙했던 그 외국 군인이 움직이지 않고 쓰러져 있었어. 빵을 자르는데 쓰는 큰 식칼이 그의 가슴으로부터 돌출해 있는 것을 알고서 놀랐구먼······. 자네는 어머니를 찾아 나섰어. 어머니는 집 안에 안 계셨어. 길에 나서자, 여기저기로 달리면서 찾았지. 달빛이 비추고 있었군. 어느 길옆의 나뭇가지에 기다란 물체가 하나 걸려 있었어. 호기심으로 자네는 그 곳으로 갔군. 그 길고 움직이지 않는 물체는 자네 아버지였군. 아버지는 자네에게 혀를 내밀고 있었어. 자네는 장난으로 생각했어. 자네도 아버지에게 혀를 내밀면서 밥을 달라고 말했어. 아버지께 배고프다며 인내심을 가지고 계속해서 오랫동안 자네가 간청했지만, 자네 아버지는 자네에게 혀만 내밀고 계셨군······. 나중에 군인이 왔지. 그가 자네 손을 잡고 자네에게 말했어. 자네는 이해하지 못했지만, 그 군인이 울고 있는 것을 보았을 뿐······. 그 군인이 자네를 군인들이 많이 있는 곳으로 데려 갔지만, 자네는 그들이 쓰는 언어를 이해할 수 없었어. 그들은 자네를 마차 안의 상자와 포대 사이에 앉혔어. 그곳에 자네는 웅크리고 앉아, 비스킷을 먹고, 그 마차와 같이 움직이는, 긴 수염을 하고서 야성적인 모습으로 언제나 고함지르는 군인들을 멍하니 바라보고 있었어. 그들은 자네에게 장난감들을 많이 주었어. 구리단추, 사용하고 남은 탄피, 속이 빈 양철통을. 티눈이 박힌 손으로 자네의 고수머리를 쓰다듬어 주었으며, 수염을 깎지 않은 얼굴로 자네 뺨을 비비며, 뺨이 빨갛게 되기도 했군 ······ . 한 번은 아주 잘 차려입은 군인이 왔군. 계속해서 크게 고함치고서는 자네 앞에 나타나 다시 고함을 질러댔군. 자네의 작은 심장이 두근거리기 시작했군. 왜냐하면 군인들은 자넬 바라보며, 눈에 눈물을 글썽거릴 정도로 연민의 눈길을 보냈기 때문이로군 ······ . 그 위엄 있게 차려 입은 군인이 떠났을 때, 자네도 같이 기차에 타게 되었고, 그 기차는 오래, 오랫동안 달려갔지. 여러 번 낮과 밤이 지나기도 했지. 자네는 팔에 붕대를 감은 그 군인만 회상하고 있군. 그가 자네에게 외투로 따뜻하게 해 주었기 때문이로군 ······ . 그런데 그 객차에는 메스꺼운 오물 냄새가 진동했으며, 군인들은 고통스러워했고 ······ . 때로는 수많은 흰 옷차림의 신사 숙녀들이 오기도 했군. 군인들은 들것에 눕혀 옮겨졌군. 그 붕대 감고 있던 군인은 자네와 함께 아주 큰 흰 건물로 옮겨졌는데, 이곳에서도 객차 안에서 코를 찌르며 맡았던 냄새는 계속 났어. 아주 많은 사람들이 군인들과 자네에게 격려와 위로를 하러 다녀갔어. 팔에 붕대를 감은 그 군인이 어느 여인에게 돈을 주어, 그 여인이 자네를 데려가, 목욕시키고 새 옷을 사 입히고, 잠자리를 돌보아 주었군. 매일 자네는 그 여인과 함께 그 군인이 누워 있는 큰 건물로 갔는데, 그 군인은 이제 더 이상 붕대를 감고 있지 않았지 ······ . 그 이유는 그럴 필요가 이제 없어졌기 때문이지. 그의 한 손만이, 객차에서 자네 옷에 외투로 감싸주던 그 손만 자네를 어루만져 주었어. 그의 손은 계속 자네를 어루만지며 자네에게 많은, 아주 많은 말을 했지만, 자네는 그 말들을 다 알아 들을 수 없었군. 하지만 자네에게 쏟는 그 따뜻한 마음씨는 느낄 수 있었어……. 어느 날 자네는 그 군인이 민간인 복장으로 갈아입는 것을 보았고, 자네도 이제는 더 이상 그 여인과 함께 그 도시로 되돌아올 필요가 없었군. 그와 자네는 먼 곳으로 옮겨 갔군. 그곳 사람들도 자네가 이해하지 못하는 언어로 말하고 있었어. 어느 역에서 아름답고 우아한 부인이 그 군인을 기다리고 있었군. 단지 팔 하나로 껴안았다는 것을 알아차린 그 여인은 기절하여 땅에 쓰러졌군. ……. 일대 소란이 일어났군……. 큰 정원이 있는 아름다운 집이군. 많은 그림들이 걸려 있고, 방도 많군. 한 방에는 음악소리를 내는 긴 상자도 있군……. 외팔이인 이 남자는 이제 더 이상 군복을 입지 않았지. 매일 그는 어느 집으로 갔는데, 그의 앞에는 책들과 종이만 수북 쌓여 있군. 온종일 낯선 사람들이 그를 방문했군. 여자 하인이 자네를 돌보고 있었군. 나중에 자네는 같은 나이 또래의 많은 어깨동무들을 사귀게 되어, 그들이 말을 가르쳐 주었군……. 그래, 자네는 어머니말(母語)을 깡그리 잊어버리고, 새로운 상황에 빨리 적응하게 되었어. 자네는 그 귀부인인, 그 외팔이의 부인만은 증오하고 있군. 그 여인은 남편이 집에 없을 때면 언제나, 자네를 때리고 괴롭혔군. 그리고 그가 집에 있을 때는?! 그때에도 그랬지. 한 번은 점심 때, 그 외팔이 아저씨가 자네에게 뽀뽀를 해 주었을 때, 그 여인은 아주 냉정하게 자네를 탁자 아래로 밀쳐 버렸으며, 자네는 아파서 울음을 터뜨렸다는 것을 똑똑히 기억하고 있군……. 아주 많은 방문객들이 서로 지팡이를 내밀며 드나들었군. 항상 만찬이 있었군. 그런 경우 자네는 어린이 방에 남아 있도록 명령을 받았군. 자네는 누군가 남기고 간 그림책들을 바라보았지. 그 그림책들은 자네보다 먼저 그 방에서 살았던 사람의 것이었고, 당시 자네가 차지하고 있는 침대랑, 자네가 입고 있던 옷이랑 구두도 마찬가지로 옛 주인의 것이었다는 것을 훨씬 나중에야 알게 되었군. 외팔이 서재의 책상 사진틀 속의 사진을 자네가 보게 되었군. 대여섯 살 되어 보이는 어린 아이가 웃으면서 자네를 바라보고 있었군. 여자 하인이 자네의 호기심을 충족시켜 주었어. 그 아이는 외팔이의 전처에서 난 귀여운 아들이었어. 유행성 전염병이 돌았을 때, 그는 죽었군. 왜냐하면 그 계모가 그 귀염둥이를 잘 보살펴 주지 않았기 때문이며, 그의 아버지는 도랑에 손톱으로 땅을 파고는 ……. 그 뒤 대비극이 발생했군. 자네마저 병이 들었군. 학교조차도 갈 수 없을 정도였군. 그 외팔이는 자네 침대 곁에서 여러 밤을 지새우며 울며, 또 울었군. 그가 자네 친부모도 아닌데도. 그의 아내는 자네에게 간혹 나타났어. 나이 많은 하인이 더 자주 자네 곁에 앉아 있곤 했지. 자네보다 먼저 그 집에 살았던 아이를 간호했던 바로 그 하인. 집의 안주인은 손님들을 접대하거나, 자기 친구들 중에 누구를 찾아가는 게 일이었구먼. 그 외팔이는 하루 종일 사무실에서 일했군 ……. 병세가 극도로 악화된 시점이었어. 그 외팔이는 이웃 마을로 직무상 가게 되었군. 자네 침대 곁엔 외로이 나이 많은 하인만 앉아 있곤 했지. 집의 안주인은 자기 방에 들어가 나오지도 않고서. 한밤중에 덮개 달린 마차가 집 앞에 멈추었군. 자네 때문에 양심의 가책을 느껴 걱정이 된 외팔이가 되돌아 왔군. 그는 악몽, 환상에 시달렸어. 그는 자네가 죽어가고 있는 것을 보았군. 갑자기 그가 집에 나타난 지 몇 분 뒤 그 비극이 일어났군. 그가 자기 아내와 그 아내의 정부를 채찍으로 집에서 내쫓아 버렸군 ……. 그러고 나서 여러 해가 흘렀군. 자네는 외팔이 그 사람의 성을 따르고 동시에 그의 사랑도 받게 되었어. 그가 자네를 돌보았고, 자네를 학교에 보내 가르치기로 했으며, 바람이 불 때에도 자네를 꼭 감싸주었군. 그러나 비극은 여기서 그치지 않았어. 쫓아낸 여인 때문에 그 불행한 남자는 마음이 찢기고, 그 마음을 둘만한 곳이 없었군. 자네가 고등학교(역주 : 원문은 gimnazio(김나지움)로 8학년 과정이다. 헝가리에서는 초등학교 졸업 후 김나지움에 입학해 8년의 과정을 마치면 대개 대학교 과정이나 사회로 진출하여 직업을 갖게 된다. 우리나라 실정에는 고등학교 과정을 통합한 교과과정으로 이 책에서는 '고등학교'로 번역하였다.) 학생이 되었을 때, 그는 이미 폐인이 되었군. 그의 영혼은 비애가, 그의 건강은 술이 빼앗아갔어 ……. 어느 날 교수 한 분이 자네를 불러 집으로 함께 갔지만, 외팔이인 그 남자는 침대에 밀랍처럼 누렇게 누워 있었군. 그는 자신의 손으로 영원한 안식의 문을 열었어 ……. 관청의 사람들이 오고 가고 했고, 그 집은 주인이 바뀌었지만 그래도 돈은 조금 남아 있었어. 어느 날 바라뉴요쉬 교수가 자네와 또 나이 많은 하인인 투르텔 할머니를 이 도시로 데려 오게 된 거야. 남은 돈으로 그는 자네가 지금 살고 있는 저 노란 집을 샀군. 바라뉴요쉬 교수가 자네의 공식 보호자이군. 그는 그 외팔이의 전처의 큰 오빠이고, 수학을 가르치고 있군. 자네를 사랑하는군 ……. 계속할까?"

학생은 잔혹한 악몽에서 깨어난 듯 머리를 흔들었다. 그는 정말 잠들지 않았다. 그는 발타자르 스승이 말한 모든 것을 듣고 보기조차 했으며, 그는 주먹을 불끈 쥐기도 했지만 ……. 그의 두 눈동자는 흡인력을 가진 두 눈을 찾고 있었다. 그 두 눈을 보니 늙어 피곤해 껌벅껌벅 거리고, 이제 악수하는 힘도 빠졌다.

"더 계속할까, 아니면 장래에 대해 말해 볼까?"

"아뇨, 그것은 말하지 마십시오!" 그는 나직이 대답했으며, 그의 목소리는 떨고 있었다.

"물론, 그게 바로 미신의 두려움이야. 자네는 네 살 때 자네 영혼 속에 그 두려움이 뿌리내렸어. 불행한 소년이군! 내가 자네의 장래에 대해 무엇을 아느냐고? 그것마저도 난 자네의 생각을 통해 읽고서 자네의 꿈과 염원으로부터 만들어 내어, 이 모든 것에다 몇 가지 충고의 양념을 칠 수 있지. 내 느낌과 자네의 느낌을 따라가 보면, 내가 자네에게 위험한 심술꾼들에 대해서 경고를 해 주고 이십 필레르 동전을 더 요구할 수도 있지. 왜냐하면 장래에 대한 예언을 들으려면 새로 이십 필레르를 더 내야 되기 때문이지. 자, 앞에서 우리는 동의했지. 자네는 장래를 알 필요가 없다는 것을."

"아뇨……. 그렇지만 저는 말씀하신 이십 필레르를 드리겠습니다."

"기꺼이 받겠네."

그 학생은 호주머니에서 지갑을 꺼내 지갑의 돈을 탁자 위에다 쏟아 부었다. 1펭짜리 은화도 두 개가 동전 사이에 보였다. 그는 돈을 전부 그곳에 놓고 일어섰지만, 바삐 나가고 싶지는 않았다. 그는 이십 필레르의 동전들로 자신의 학문을 파는 이 신비하고 불쌍한 사람과 대화를 더 나누고 싶었다. '이 얼마나 이상하고도 온화한 목소리의 희극배우인가!' 한 걸음을 내디딘 뒤, 그는 되돌아섰다.

"언제나 방문객들은 이렇게 적군요. 그렇지 않아요?"

"평일에는 적지, 아무도 찾아오지 않는 날도 있어. 그러나 일요일과 공휴일마다 바쁘게 일을 한다네. 내겐 평범한 사람들이 오거든. 그들은 희극을 보러 와, 즐겁게 지내다 가지."

학생은 자신도 그 때문에 왔지만, 뜻과는 반대로 그렇게 지내다 갈 수 없었다고 생각했다. '희극은 사라졌을까?' 그들은 한동안 대화를 나누었다. 일상적인 광대놀음 동안에는 이와 같은 대화를 동반하지 않는데도 말이다.

"그 사람들에게도 저와 마찬가지로 즐겁게 해 주나요?"

"아닐세. 그들에게는 내가 종이쪽지로 미래를 말해주지. 그들 앞에다 신비한 그림들을 세워놓고 그들의 시선에다 수정 구슬을 매달아 두지. 나는 그들의 꿈을 해석하고, 그들이 가장 원하는 것을 말해 주지. 주로 관객들이 만족할 수 있도록 하지."

"저도 기분을 달래려고 왔어요. 저 밖의 광대가 희극을 약속했는데요. 그런데 왜 제게는 희극을 보여주지 않았지요?"

잠시 침묵이 흐른 뒤 발타자르 스승은 몸을 깊숙이 숙였다.

"자네가 원한다면 해야지. 자네가 나와 함께 보낸 그 반시간에 대해 정말 후하게 대가를 지불했군."

그의 목소리는 뭔가 불평조로 떨렸다. 학생은 이를 알아 차렸다. '이 희극 배우는 피로하구나.' 확실히 그는 나이가 많다. 동정어린 마음이 그에게 생겨나 희극을 해 달라고 요청한 자신에게 화가 났다. 그는 재치 없는 마음을 바로잡고자 했다.

"아뇨! 정말 저는 희극을 보고 싶지 않았어요. 지금 아주 피곤하시니까요."

"고맙네. 오늘 나는 소리도 못 질렀군. 그래, 내일부터 이틀간 이 지역 관내에서 큰 시장이 시작되네. 그리고 …… 자네는 알아듣겠지. 안 그런가?"

"그럼요. 저어, 모레 우리 반 학생들 전원과 함께 오겠어요. 소년들은 감사할 줄 아는 고객이에요."

"자네의 도움이 고맙군. 모레는 우리 광대가 더 훌륭한 웃음을 제공하고 만담도 할 거야. 젊은 학동들이 기뻐할 걸세."

학생은 출구의 틈으로 나섰다. 짚으로 만든 가마니에는 갈색의 사람형상으로 되어 있는 헝겊뭉치가 움직이기 시작했다. 넓게 열린 두 눈은 떠나는 사람을 멍하니 쳐다보고 있었다. 학생이 되돌아서서 보자, 그 눈동자는 놀라 헝겊 속으로 숨었다.

"발타자르 스승님, 제 제안에 마음 상하시지 않으시다면 저 작은 강가 노란 집으로 오늘 광대를 보내세요. 투르텔 할머니께서 기꺼이 스승님을 위해 저녁식사를 보내 주실 것입니다."

발타자르 스승은 마치 마음씨 고운 제안에 대해 생각하고 있는 것처럼 곧 대답을 하지 않았다.

"젊은 학동들이 방문해 준다니 이미 감사하고 있네."

학생은 완곡한 거절임을 이해했다. 그는 기분이 좀 상한 것 같았다. '그러나 어찌하리? 발타자르 스승은 비상한 인물이구나.' 그는 작별하기 위해 손을 내밀었다.

"모레 다시 뵙겠습니다."

입구의 커튼이 내려졌다. 밖의 광대가 잠에서 깨어나 흔들어 대듯 소리질렀다.

"선생님, 우리 어서 명예를 성취합시다."

학생은 빠른 걸음으로 시장을 빠져 나갔다. 그는 벌써 그 전나무 숲으로 가는 좁은 길을 따라 가고 있었고, 한편 발타자르 스승은 그 학생이 탁자에 놓고 간 돈을 계산하려고 탁자 옆에 앉았다.

"2펭과 73필레르에다가 20필레르를 더하면 모두 2펭에 93필레르가 되고, 오전에는 20에 5를 곱하면 1펭이 되고, 이른 오후에는 두 번……."

갑자기 은은하고 평탄한 목소리가 단조롭게 중얼거리는 걸 방해했다.

"할아버지, 지금 그는 누구였어요?"

발타자르 스승은 계산을 멈추고, 갈색으로 된 헝겊 무더기에서 나타나는 그 소녀를 쳐다보았다.

"에바, 난 몰라. 한 번도 그는 자기 이름에 대해서는 생각하지 않았는걸. 3펭 93필레르에 50이 두 번이면 4펭 93. 점성도가 일곱 개, 이것은 ……."

"모레 또 그가 오지요. 그렇지 않아요?"

"그래, 그가 약속했어 ……. 열여섯에 일곱을 곱하면 그것은 이제 ……."

"할아버지, 왜 프리돌린에게 저녁식사를 얻으러 가지 못하게 했어요?"

"우린 거지가 아니다. 다만 가난한 희극배우이지 ……. 그러니까 오늘 수입은 5펭에 95필레르.(역주: 열여섯에 일곱을 곱하면 백열둘이고 앞서 4펭 93필레르이므로 112 + 493 = 605. 즉 6펭 5필레르가 된다. 발타자르 스승의 계산이 틀리다.)

발타자르 스승은 자리에서 일어나 짚으로 만든 가마니 아래에 둔 상자를 꺼내 돈을 그 속에 넣고는, 바깥에 있는 광대에게 소리쳤다.

"프리돌린, 오늘은 이제 그만 하지."

프리돌린은 입구의 큰 천을 내리기에 바빴다. 발타자르 스승은 자기 머리에 쓴 까만 직물의 가면을 벗었다. 그의 백발의 머리는 슬프게 껌벅거리는 등잔의 불빛에 반사되어 빛나기 시작했다.

"그리고 할아버지, 말해 주세요. 그는 고등학생이지요. 그렇지 않아요?"

"그래, 그는 고등학생이야 ……. 벌써 키가 큰 고등학생이지 ……. 프리돌린, 세숫대야에 물을 떠 와요! 에바, 너도 정돈해, 온종일 따뜻한 천막 속에 앉아 있고선."

소녀는 일어나, 자기 머리와 옷을 매만지면서 학생의 마지막 말을 계속해 머리에 떠올렸다. 커다란 노란 집 ……. 전나무 숲에 ……. 그녀는 그곳에서 여러 번 산책했지만 한 번도 그 커다란 노란 집을 발견하지 못했다.

프리돌린이 물을 가져왔다. 소녀는 다시 물어 보고 싶었다.

"할아버지, 말해 줘요. 그 고등학생에게 뭔가 중요한 일이 있나요? ……

그가 아주 자랑할 만한 뭔가가 있나요?"

"그래, 그런 키 큰 고등학생은 아직도 매우 자신만만한 뭔가가 있어 ……. 허, 물이 아주 시원하군! …… 그만한 고등학생에게는 아주 자신만만한 뭔가 있어. 에바, 그가 자립하여 성인이 될 때, 그때 그는 더 이상 아무것도 될 수가 ……. 어, 시원해! 어, 그런데 비누는 어디에 있어?"

"그리고 할아버지, 말해 주세요. 그가 자기 장래를 알려고 했지요. 그렇지 않아요?"

"아냐. 그는 지난 일만 알고 싶어 했지 ……. 아, 나빴어요! 과거로 되돌아가 자세히 본다는 것은 좋은 일이 아니야. 누가 그를 과거에 키워 왔든지 간에, 과거의 그는 이미 죽어 버렸어."

"그리고 …… 그리고, 할아버지, 이 고등학생이 …… 이 고등학생도 벌써 죽은 사람인가요?"

소녀의 목소리에는 뭔가 두렵고, 뭔가 슬픔에 잠긴 채 울먹일 듯 떨리고 있었다. 발타자르 스승은 그것을 눈치 채지 못했다. 비누거품이 그의 눈을 찌르고 있었다. 무관심한 듯 그는 대답했다.

"아직 그는 죽지 않았어 ……. 아마 그는 지금 태어나고 있어. 불행한 소년이야. 나는 그의 과거와 그의 마음 때문에 그를 동정해. 왜냐하면 논란의 여지없이 그는 일정한 마음을 가지고 있거든 ……. 그는 일정한 마음을 갖고 있지."

오랫동안 그 소녀는 제 마음 속에 그 말을 기계처럼 되풀이하고 있었다.

"논란의 여지없이 그는 일정한 마음을 가졌어 ……. 그는 일정한 마음을 가졌어요 ……. 마음을 …… 마음을."

전나무 숲에서

여명은 노란 집의 창가를 통해서 미소 짓고 있었다. 햇빛은 잠자는 학생의 눈꺼풀을 간질대고, 따뜻한 어루만짐으로 잠을 깨우고 있었다. 그는 마치 간절히 사모하는 소녀의 입술이 자기 눈 위를 입맞춤하는 것처럼 느꼈다. 소녀의 얼굴을 그는 본 적이 없었다. '그녀가 누구일까.' 그는 추측해 보려고 했다. '변심한 기자 코르모쉬였을까. 아니면 감미롭게 웃고 있는 알리쩨 퓨르툐쉬일까?'

창문 앞에는 찌르레기가 날카롭게 울어대고 있었다. 학생은 눈을 떴다. 그의 시선은 책상에 펼쳐져 있는 책에 맞닥뜨렸다. '그래, 저 수학책!' 그는 바라뉴요쉬 교수가 기필코 그에게 질문할 오늘 수업에 대비한 공부를 아직 다하지 못 했다. 여기엔 물리학, 저기엔 수학. 어찌나 지긋지긋한지! '그 빌어먹을 억지 주장들!' 그의 영혼은 그 소녀의 웃음에 관심이 더 많이 갔지만, 할 수 없이 그는 여러 용어들을 머릿속에 집어넣기 위해 앉아 있는 수밖에 다른 방도가 없었다. 그는 코사인으로 골머리를 앓고 있거나, 로그 함수의 숲에서 방황하고 있어야 하는가? '아냐! 오늘은 안 돼! 아마 내일은 몰라도. 더구나 오늘은 문학 공부에 빠지고 싶은데.' 그에게는 이 문학 공부가 지금의 심사에 꼭 맞다.

그는 침대에서 벌떡 일어나, 재빨리 옷을 입고서 단숨에 커피 한 잔을 마시고는 빵을 호주머니에 넣고, 겨드랑이에 책들을 끼웠다. 그러고 나서 그는 태양광선이 자유로이 비치는 대자연으로 공부하러 출발했다. 수학 공부하러.

실로 아름다운 가을의 아침이었다. 죽어가는 낙엽이 수백 가지 빛깔을 자랑하고 있었다. 몇 개의 비취빛 반점이 마치 소리치듯 대조되었다. 전나무들이었다. 급히 흐르는 작은 강물은 흘러가며 소리를 내고 있었다. 아마 이 강은 새들의 아침 콘서트에 협주하고 있나 보다.

학생은 걸어가면서, 펼쳐진 교과서의 길고도 끝없는 숫자들의 행렬에 두 눈을 고정하고 있었다. 그는 숫자들을 바라보고 있었지만, 새의 노랫소리와 강의 물소리에 그의 영혼을 빼앗겼다. 알리쩨 푸르툐쉬처럼 그렇게 이 작은 강은 웃고 있다. 기자 코르모쉬의 노랫소리처럼 그렇게 이 새는 떨리는 듯 웃음을 노래하고 있다. 오존이 풍부한 숲 향기가 지난 해 다녀왔던 오월 소풍을 생각나게 했다. '아, 가을의 저 숲은 얼마나 아름다운가!' 그가 시인이라면, 이를 찬미하는 시를 썼을 텐데. '고르고 고른 시구절로 이 위대한 쇠락을 찬미했을 텐데. 이 세상에 가을보다 더 아름다운 것이 존재할까? 가을은 감미롭게 우울하면서도 고통의 비애로 가득 차 있다.'

'나뭇잎들은 노랗게 변할 때까지 무엇을 느낄 수 있는가? 나무는 새 봄을 자각하고 있는가? …… 에이, 바라뉴요쉬 교수는 오늘 정확히 자신을 지명할 텐데 …… . 그리고 …… 그 교수는 봄과 가을에 대해 아는 게 뭐 있나? 뉴턴도 떨어지는 사과를 보고 만유인력의 법칙만 발견했을 뿐. 만유인력 법칙이야 별로 중요하지 않지만, 향기로운 꽃이 변해 사과로 되는 성장과정은 중요하지. 이름 하여 성숙하게 되는 것, 곧 삶이다. 이 얼마나 아름다운 삶인가!' 그래, 그에게는 이 삶이 아름답다. 그에게 창공이 쪽빛으로 미소 짓고 있고, 이 창공 뒤에는 하늘이 있으리라고 추측하기 때문이다. 바라뉴요쉬 교수가 볼 때에는, 삶이란 십분 담담하고 고요하리라. 학생은 창공의 푸르름 속에서 그 공기의 색채를 본다. 그는 그 하늘 뒤에 무한한 공간을 추측해본다. 추측할 뿐, 증명할 길이 없다. 하지만 자신의 말이 진실이라고 강조한다. '공기층 저 너머로 뚫고 지나가 본 사람은 아무도 없는데, 어떻게 사람들은 저렇게 주장을 펴며 강조하는가? 그래, 삶이 아름답지 못한 사람들도 존재하지. 발타자르 스승 같은 분은 푸른 하늘을 비참하게 여기고 있어. 그 때문에 그는 자신의 어두운 천막에서 한 점 꺼져가는 불빛 곁으로 물러나 있다. 발타자르 스승. 그 노인은 아주 불쌍한 희극배우야' …… 그는 오늘 학교에서 자기 동료들에게 이 노인에 대해 말해 볼 참이다. 모든 학생이 함께 그 노인이 하는 재미나는 묘술을 보려고 찾아갈 것이다. 발타자르 스승의 삶은 이십 필레르짜리 동전에 해당된다. 그 이십 필레르의 동전이 많이 모이면 모일수록 발타자르 스승의 삶은 더욱 아름답게 된다.

"나의 삶은 빛나는 태양이자 미소이지 ……. 그리고 수학은, 신이여, 저 수학을 저주하소서!" 그는 수학책을 땅에 내동댕이치고는 푹신한 풀밭에 앉아, 창공을 바라본다.

"공부를 하긴 해야겠는데, 난 할 수 없는 걸. 나는 배우는 것이 무엇인지 모르겠어? 지금 나는 노래 부르고 싶어, 울고도 싶고, 공부하는 것은 …… 공부만은 싫어!"

갑자기 학생 뒤에 있는 나무 한 그루가 흔들렸다. 그는 고개를 들었다. '누가 이곳을 지나가고 있나? 아무도 없잖아.' 아마도 작은 새가 성긴 나뭇잎들 밖으로 멀리 날아갔거나 아니면 썩은 나뭇가지가 작은 나무에서 떨어진 것 같았다. 그는 휘파람을 불었는데, 갑자기 이 즐거움이 싹 가시었다. 광대의 이상한 가면이 그의 머릿속으로 억지로 들어오는 것이었다. "저, 선생님. 들어오십시오! 발타자르 스승께서 벌써 기다리고 계십니다." …… 그는 웃음이 터져 나왔다. 물론 그 스승은 기다리고 있었다. 그는 모레 그 스승을 찾아가겠다고 약속했다. '그 희극배우 노인의 목소리는 얼마나 온화하고 감미로웠던가. 더구나 그 노인은 얼마나 아름다운 이야기를 해주었던가.

이 이십 필레르의 동전이라면, 그 노인은 사람들의 생각을 말로 표현할 줄 안다. 그 노인은 학생의 지금 심정을 말로 표현할 수 있을까? 그리고 저 알리쩨 퓨르툐쉬와 기자 코르모쉬의 생각도? 엿듣는다는 것, 그것은 즐거움이지. 누가 알아? 아마 그렇게 즐겁지 않을지도 모르지' …… 다시 그 광대의 숨겨진 얼굴이 그를 향해 비웃었다.

"이 얼마나 멍청한 심정인가!" 그는 아주 큰 소리로 즐겁게 웃었다.

"내가 알리쩨 퓨르툐쉬의 얼굴을 보고 싶기만 하면, 언제나 그 광대의 붉고 큰 코가 가만히 끼어든다. 한데, 오늘은 그들이 기쁜 날을 맞이할 거야. 오늘부터 이틀간 장이 서지. 오늘도 발타자르 스승은 장터를 찾아온 평범한 사람들의 장래를 목청 높여 예언하고 있겠지. 그분을 찾아가 보는 것이 낫겠군. 아냐, 아냐! 쓸데없는 짓! 저 수학책을 더 공부해야 돼!"

그는 수학책을 다시 집어 펼치고는 선분과 숫자를 쳐다보고 공책에 몇 자 적기도 했다……. 때로는 수학책의 가장자리에 원뿔형 고깔모자를 쓴 광대의 모습을 그려 놓고는 그 스스로 놀랐다. 그가 잠깐 미소 짓고는 공부를 계속했다.

마치 몰래, 알아차리지 못하게 한 듯, 숲의 가을 분위기가 그를 점점 압도하기 시작했다. 그로 인해 그의 마음은 고무되었다. 수학 숙제를 반쯤 해나가고 있는 사이, 그는 지금의 느낌을 시로 지어 보았다. 그는 로그 함수보다는 시의 운율에 더 관심이 갔다. 시구절의 적당한 각운을 찾아 두 연으로 된 시의 아래에 그는 자신의 이름을 쓰고 나자 비로소 미소를 지었다.

그는 이 시를 끝까지 한두 번 읽고는 아버지가 아들에게 보내는 다정한 시선으로 이 시구를 대견스럽게 바라보았다. 이 시는 그의 영혼의 산물이다.

아침, 숲은 적막하네……
가을의 삶 소리는 대자연에 흐르는
장가(葬歌)에서만 어슬렁거리네.
내 마음의 선율에 질식하듯 압박하는
고통의 노래가 그르렁거리며,
지금 나를 둘러싼 채 날아오르며 웅웅거리네.
바람이 포효하며 싣고 오는 눈물진 하소연!
아, 애닯구나, 추운 겨울은 우리 앞에 기다리고
여름은 우리를 떠나 그 삶을 멈추었네!
초록은 이울었고, 이제 폐병 같은 선홍색에게 자리를 내어주고,
새의 지저귐도 이제 더 이상 즐거움을 잃었으니,
풀포기마다 수천 개의 눈물이 흔들리네.

숲아, 가을의 낫자루 아래서
너는 새 삶을 믿을래, 또.
너는 죽음을 생각하며 잠만 자니?
너는 그 봄날 같은 파릇함의 기적 같은 입맞춤만,
그 태양 광선의 만지작거림만 생각하면서
그 따뜻함으로 살아가려 하니?
그런데 절망의 목소리는 진동하고,
가을의 무서움은 영혼을 쥐어 짜내고,
서리의 숨소리가 날 휘감으려 하는데.
가을아, 너는 죽음이지. 삶은 여름.
봄의 사랑이여, 날아가지 마.
아, 언제나…… 내 마음속에 있어 다오!

갑자기 그는 자신이 지어본 시가 아주 불만족스러웠다. 그가 시를 써 놓은 종잇장을 뜯어 둘둘 말아 저 멀리 집어 던져 버렸다.

"에이, 문학으로 치면 엉터리군! 각운도, 의미도 살아나지 않고 이보다 수백, 수천 번 더 아름답게 지을 수 있었어 ……. 수학 공부나 하자! …… 이런, 절반을 해놓은 과제물이 그 종이에 남아 있었잖아!"

그는 던져버린 종잇조각을 찾으려고 뛸 듯 일어났지만, 한 발자국도 앞으로 나가지 못했다. 작은 나무 뒤에서 하얗고 귀여운 작은 손이 그 종이로 다가와 뻗었지만 닿지 않았다. 그 손에 연이어 곱슬머리의 소녀얼굴이 보였다. 마침내 학생은 제 음성을 되찾았다.

"안 돼, 넌 누구냐?!"

소녀는 깜짝 놀라 고개를 들었다. 장수풍뎅이처럼 까만 눈이 학생을 보고는 당황하여 껌벅껌벅 거렸다.

"원하는 게 뭐야? …… 너 나를 훔쳐보고 있었지?" 그의 음성은 날카로워졌다.

"용서해줘요, 고등학생 오빠 ……. 많이 놀라셨나요?"

소녀의 목소리가 놀란 그의 마음을 진정시켜 주었다. 그는 날카롭고 아주 엄한 목청과 태도를 보인 것에 대해 못내 미안스럽기까지 했다. 이 소녀는 인형 같은 얼굴에 키도 작구나 ……. 그리고 소녀는 얼마나 창백한 표정을 짓는 지……. 그녀는 여전히 놀란 모습이었다. 마치 그 던져진 종이에 손을 뻗은 채, 반쯤 기어가는 듯한 모습을 하고서. 아마도 이 소녀는 꼬마집시인 모양이다. 그런데 그는 지금까지 한 번도 금발의 집시여자를 본 적이 없었다. 하지만 이 소녀가 바로 금발의 집시일 뿐이다.

"일어나 봐요!"

"예, 고등학생 오빠."

소녀는 순순히 따랐다. 그녀는 그가 처음 보았을 때에 비해 그렇게 작은 키는 아니었다. 집시여자의 모습도 아니었다. 소녀는 수수한 무명옷을 입었지만 가난한 집안의 소녀처럼 보이지도 않았다. 매혹적이었다. 소녀가 당황하여 자신의 옷매무새를 가다듬고, 우윳빛처럼 하얀 뺨에 건강함의 상징인 장밋빛이 다시 돌 때는 더욱 매혹적이었다. 앵두처럼 붉은 입술만 울 듯 삐쭉거리고 있었다.

학생이 미소 지었다. 기다렸다는 듯이 소녀의 두 볼에도 작은 보조개가 나타났다. 두 사람은 서로를 오랫동안 탐색하듯 바라보고 있었다. 소녀는 죄를 지어 들킨 사람마냥 수줍게 서서 벌을 기다리고 있었는데, 학생이 미소를 짓자 소녀의 마음은 편해졌다. 학생은 할 말이 없었다. 이상한 생각이 그의 마음을 따뜻하게 했다. 지금 가을 속의 봄을 바라보고 있다는 그런 생각이. 만약 자신이 대단한 화가라면, 그는 여지없이, 이 장면을 화폭에 옮겨 놓았을 텐데. 그 자신이 화폭에 담을만한 장면에 속해 있다는 것도 잊고서 생동감 있는 이 봄을 주시했다.

긴 침묵은 소녀를 지루하게 했다. 그래서 그녀는 유심히 키 작은 나무쪽을 보고 또 보았다.

"고등학생 오빠, 내 신발을 다시 집을 수 있도록 해 주세요······. 저 키 작은 나무 아래, 저기······ 저기······ 더구나 여기는 너무 가시가 많아서······ 날카로운 가시가 찔러요. 그렇지요, 고등학생 오빠."

학생은 돌연 크게 웃었다.

"오, 숲속의 요정도 신발을 신는구나? 하하하! 그럼, 그대의 나뭇잎으로 풍성한 옷장으로 되돌아가 보시지. 매력적인 숲속의 요정님. 하하하!"

소녀는 부끄러워하는 얼굴이 장미처럼 붉게 변해 관목 뒤로 숨었다. 순간적으로 이 학생은 엿보고 싶은 마음이 생겼지만, 자제할 수 있었다. 소녀의 낭랑한 음성이 그에게 다가왔다.

"나 때문에 화났어요. 고등학생 오빠?"

"그렇진 않아요."

"그리고 말해 주세요. 왜 던져 버렸나요?"

"무엇을요?"

"좀 전에 지은 시 말이에요……. 이 아름답고, 정말 아름다운…….''

"에이, 아름답기는커녕, 정말 보잘 것 없어요."

"그래도 그 시는 내 마음에 쏙 들었어요. 그 시는 음악처럼 들렸어요……. '가을아, 너는 죽음이지. 삶은 여름. 봄의 사랑이여, 날아가지 마. 아, 언제나 내 마음속에 있어 다오!'라는 마지막 부분이요."

이 낭송은 학생의 허영심만 부추겨 놓았다. 지금 다시 들으니 그도 시속에서 각운, 음악성을 인식할 수 있었다. 소녀는 앞으로 걸어 나와, 다시 한 번 낭랑하게 읊었다.

"봄의 사랑이여, 날아가지 마. 아, 언제나, 내 마음 속에 있어 다오! 기도문처럼 아름다워요."

"에이, 기도문은 말도 안 돼. 문학 애호가의 되새김질에 지나지 않아요."

그러자 대담하게 소녀가 머리를 들었다.

"이것은 내가 간직하겠어요. 내가 보기에는 아름다우니까요."

어깨를 한 번 으쓱해 보여 무관심한 것처럼 속였지만, 그는 마음속으로 그 찬사에 감사했다.

"그래요, 기꺼이 …… 그것은 발 밑 저쪽에 놓여 있어요……. 난 흥미 없어요 ……. 하지만 잠깐만. 그 종이 뭉치를 내게 돌려줘요! 그 종이 한 부분은 준비해 둔 오늘 수학숙제가 있어서 그래요 ……. 곧 내가 베껴 쓰고 돌려줄게요.”

그는 던져버렸던 종이를 들고 앉아 하나하나 숫자들을 옮겨 적어 나갔다. 소녀는 열심히 움직이는 손을 홀린 듯 쳐다보고 있었다. 갑자기 슬픈 생각이 그녀의 마음에 떠올랐다.

“그 시를 누군가에게 선물로 주었다면, 제겐 필요 없어요.”

“어, 어떤 사람에게 선물로 주었다니?” 그는 미소 지었다. 정말, 그는 이 시를 알리쩨 퓨르툐쉬에게 보여줄 수 있을 텐데. 그녀는 시를 아주 좋아하지. 바로 그 때문에라도 안 보여주는 것이 더 낫다. 그는 알려진 유명한 시인들과 경쟁해서 시를 지을 수 없지 않는가. 그가 경쟁에서 질 것은 당연지사였다.

“아뇨, 아무에게도 선물로 주지 않았어요. 이 시는 내 자신을 위해서 지어본 거예요.” 열렬히 관심을 표명하는 소녀에게 거짓말하지 않는 것이 얼마나 좋은가! “그런데, 그것은 왜 물어요?”

“고등학생 오빠들은 저마다 마음에 두고 다니는 사람이 있다기에.”

“난 아닌 걸요.” 그는 스스로 거짓말임을 알고 있었지만, 이때의 거짓말은 기사의 책무라고 느꼈다.

“아가씨들에겐 관심 없나요?”

“아니, 그렇지만 …… 그렇지만 …….”

“그러면 왜 말해 주지 않아요, 고등학생 오빠?”

“아무도 나를 좋아하는 사람이 없어서요.” 지금의 느낌에 따라 그는 다시 솔직하게 말했다. 기자 코르모쉬는, 그의 가장 친한 친구 파울로 바르코와

둘이서, 그를 속였다. 그들 둘이 다정하게 팔짱을 끼고 작은 강둑을 산책하고 있는 것을 보았을 때, 그는 깜짝 놀랐다. 그리고 알리쩨 퓨르툐쉬는 그에게 한 번도 사랑을 말하지 않았다. 그녀는 그에게 매혹적인 웃음만 던질 뿐. 아마 그녀는 매혹적으로 그를 놀리고 있는지 모른다. 여기까지 생각이 미치자, 그는 씁쓸한 느낌이 들어 마음이 허전했다. 그는 자신이 너무 외롭다고 느꼈다.

소녀는 놀라면서 이 대답을 그대로 믿었다. 그녀는 지금까지 이 사람보다 더 잘 생긴 고등학생을 결코 보지 못했다. 그를 사랑할 수 없을까? 그녀는 불쑥 장난스런 작은 의심이 생겨났다. 그녀는 미소 어린 표정으로 손을 펴 들고서 둘째손가락을 굽혔다. 소녀가 강조한 것에 대해 의심이 갈 때, 소녀의 할아버지는 그녀와 그렇게 장난을 해 보았던 것이다.

"거짓말이 아닌가 의심이 들 때는 고등학생 오빠도 이렇게 해요?"

"그럼, 그렇지요!" 그는 재치 있게 대답했으며, 기꺼이 자신의 주장을 확언할 맹세라도 할 태세이다.

소녀의 얼굴에는 웃음이 커져갔다. 아무도 이 학생을 사랑하지 않는다는 것을 생각하고서, 그녀는 얼굴이 붉어졌다. 갑자기 그녀는 당황했다. 그녀가 학생에 대해 이렇게 당찬 농담도 할 수 있다니! '저런 키 큰 고등학생은 뭔가에 아주 자신만만해 한다는 할아버지 말씀이 있었지. 그래, 할아버지께서' …… 하지만 곧 장이 설 것이고, 그러면 소녀는 가서 일을 도와야 한다. 오늘은 할 일이 많다.

"그럼 이제, 고등학생 오빠." 소녀의 음성은 헤어지기 싫은 듯 떨리고 있었다.

"아직 가지 말아요! …… 더 있어 줘요! …… 우리 여기 풀밭에 앉아 얘기

해요 ……. 좀 더 있다 가요!"

그의 음성은 아주 살랑거리듯 음악처럼 들려, 그녀는 심지어 할아버지에 대해서 잊어버릴 정도였다. '더욱이 장터는 이곳에서 그렇게 멀지도 않다. 오 분 정도는 괜찮지 않을까. 프리돌린이 큰 종을 칠 때, 소녀는 집으로 뛰어 갈 수 있으면 될 것이다. 그 종소리는 여기서도 확실히 들릴 것이다.' 소녀는 한동안 학생을 쳐다보고 있었다. 그의 두 눈은 말보다 더 열정적으로 간청할 수 있었다. 이제 소녀는 당연히 머물러 있어야 한다.

학생이 먼저 땅에 앉고는 옆에 앉으라고 권했다. 소녀는 조심스럽게 부끄러움을 느끼면서 땅바닥에 앉았다. 오랫동안 그들은 서로 한 마디 말도 없이 바라보고만 있었다. 마침내 소녀는 이 침묵을 깼다.

"가을 숲이 아름답지요, 안 그래요?"

소년의 시선은 소녀의 아름다움에, 봄의 신선함에 경의를 표하고 있었다.

"그래요, 아름다워요 ……. 아주 아름다워요."

"꼭 꿈을 꾸는 듯 아름답지요. 그렇지요?" 소녀가 계속해서 말했다.

"꿈처럼 아름다워요 …… ."그는 혼자 속삭이고는, 밤(夜)처럼 까만 그녀의 두 눈 깊은 곳에서 자신의 영혼이 소멸하는 것 같은 느낌이 들었다.

거의 본능적으로 그녀는 저 빛나는 소년의 두 눈의 찬사를 알아차리고는 당황하여 얼굴이 붉어졌다.

"나만 쳐다보고 있군요. 저기 숲은 보지 않구요. 고등학생 오빠."

학생은 갑자기 시선을 돌렸다.

"용서해요 ……. 난 정말 당신을 바라보고 있었어요 ……. 화났어요?"

"나만 쳐다보고 있으니까요?! 하하하! 하느님, 쳐다보는 것은 허락할 수 있는 일이예요 ……. 나도 고등학생 오빠를 바라보고 있었다구요."

조심스러워 하는 학생의 마음이 떨려왔다. 첫사랑의 순결하고 성스러운 조심스러움. 그는 자신의 손을 내밀어 소녀의 손을 잡고 싶었지만 용기가 나지 않았다. 먼저 악수를 해 버리면 영원히 사라질 것 같은 숲속의 요정은 꿈속에서나 만날 수 있는 한 장면일 것이다. 그는 비단결 같은 예쁜 두 손을 바라볼 뿐이지만, 마음속으로는 그 소녀의 장밋빛의 손톱에다 입맞춤을 하고 있었다.

"하느님, 이렇게 작은 손이 있습니까!" 이 찬사는 거의 호흡이 곤란한 듯 그의 입술을 떠났다.

"작다구요? 그럴지 모르지만, 이 손은 강하고 일을 잘 처리한다구요. 정말이라구요. 고등학생 오빠."

"그 손으로 때릴 수도 있지?" 소년은 쾌활하게 웃으며 약 올렸다.

"아직 아무도 때려 본 적은 없어요. 단지 쓰다듬어 주었지요."

"물어보아도 좋다면 누구를?"

그의 목소리는 날카롭게 소리 났다. 소녀는 깜짝 놀라면서 그를 쳐다보았다. '왜 이 고등학생 오빠는 화를 낼까?'

"그러니까, 할아버지하고 프리돌린을요……. 자상하고 착한 프리돌린을."

"그 프리돌린이라는 사람이 누군데요?"

"프리돌린? 음, 프리돌린은 프리돌린이지요, 광대예요."

학생의 눈이 휘둥그레졌다. '광대?! 그래 사람들이 프리돌린이라고 부르던 그 사람.' 그는 지금까지 모르고 있었다. '그리고 그 할아버지란 누구일까? 그래, 발타자르 스승. 그러면 이 소녀도 그 장터 천막에서 그들과 함께 유랑생활을 하는구나.' 어제 그는 그들과 함께 있는 그녀를 보지 못했다. 하지만 지금 생각해보니……. '그래, 맞아! 그곳 짚 가마니 위에 사람 형체

가을 속의 봄

같은 갈색 헝겊 무더기.'

"발타자르 스승의 천막에 함께 살지요, 그렇지요? 그 스승의 손녀군요."

"그곳에 같이 살지만 그분의 손녀는 아니에요. 나는 그분의 친척도 아녜요. 그렇지만 난 그분을 할아버지라고 불러요. 왜냐하면 내가 철이 좀 든 뒤로는 그분을 할아버지라고 부르거든요."

"그러면 부모님은 …… 돌아가셨어요?"

"잘 몰라요 …… 프리돌린이 큰 곡마단의 광대로 있었던 아주 옛날에, 그때 그분이 내가 곡마단 마차 발판 위에 놓여 있던 것을 보셨대요. 아무도 나를 거들떠보지 않았대요. 그분이 나를 데려왔다고 해요 …… . 그래 난 그분을 프리돌린이라고만 불러요 …… 프리돌린이라고만. 그게 내겐 익숙해져 있으니까요."

학생은 잠시 동안 자신의 내키지 않는 과거로 방황하게 되었다.

"그러면 너도 …… 너도 버림받은 아이라고 하니 흥미롭군 …… ."

"그럼 그쪽도?"

"나도 …… 버림받은 아이 둘이 서로 만나서, 묻고 있다는 것이 이상해 …… . 서로 만나 묻고 대답하다니 …… ."

소녀는 생각에 잠겼다. 그녀는 버려진 두 아이의 다른 운명에 관해 생각에 잠겨 있었다. '보라, 그들 중 한 사람은 신사가 되고, 다른 한 사람은 언제나 걸인처럼 가난한 것을.'

"저기 천막 속에 사는 것은 매우 나쁘지, 그렇지 않아?"

학생의 음성은 연민으로 온화했다. 그리고 그는 소녀의 손을 잡고서, 매우 사랑스럽게 쓰다듬어 주었다.

"왜 나빠? 할아버지와 프리돌린은 나를 정말 사랑해 주시고, 나를 '작은 태양'이라 부르고 나의 미소를 얻어 내려고 희극경연도 한다구. 특히 프리돌린이. 할아버지는 이상한 사람인가 봐. 프리돌린의 말을 빌리면, 할아버지는 꼭 장터의 예술가만은 아니었다고 했어. 할아버지는 한때 교육을 많이 받은 부자이셨대. 지금도 환자들을 치료해 주고 있어. 지금도……."

소녀의 손도 학생의 손을 힘껏 쥐었다. "넌 저 커다란 노란 집에 사는 게 나빠?"

"저곳에 산다는 것을 누가 알려 주었어?"

"저곳에서 나오는 것을 보았어." 소녀는 거짓말한 것으로 인해 얼굴이 좀 붉어졌다. 어제 벌써 소녀는 그것을 알았고, 밤새도록 저 커다란 노란 집에 대해 생각했었다. 그렇지만 소녀는 지금 진실을 말하는 게 적당치 않다고 느꼈다. "네가 보기에 나빠, 나쁜가?"

"아니, 왜 나빠? 투르텔 할머니는 아주 나를 사랑하시고, 듣기로는 저 집이 내 재산이라고 하지만, 지금의 공식 후견인은 바라뉴요쉬 교수라는 분이야."

"그래."

"그래.…… 두 고아가 서로 만나, 묻고 대답하다니……. 나로서는 이것이 너무 가슴 아파, 울고 싶어. 정말 울고 싶어."

소녀는 눈물이 뿌옇게 된 눈을 바라보니, 자신의 마음도 아파 왔다. 소녀는 이 만남에 대해 왜 울어야 되는지 명확히 알 수 없었지만, 슬프고 감상적인 표정이었다.

장터의 발타자르 스승의 천막 앞에 달려 있는 종이 날카로운 소리를 냈다. 소녀는 뛸 듯이 일어났다.

"가 봐야 돼. 프리돌린이 공연을 벌써 시작했어. 오늘이 장날인데, 난 계산대에 앉아 있어야 돼."

"안 돼, 지금 가지 마!"

"가야 돼. 고등학생 오빠……. 안녕!" 소녀는 길이 있는 아래로 뛰어 가, 그곳에서 되돌아보았다.

"아름다운 시 고마워. 난 이 시를 꼭 배우고 싶어."

학생은 재빨리 사라져 가는 소녀의 모습을 물끄러미 보면서 손으로 작별 인사를 했다. 그는, 그녀가 모퉁이에서 서서 한 번 돌아보지 않는다면, 그는 결코 그녀를 다시 볼 수 없으리라고 생각했다. 거의 신들린 듯, 그는 이것을 믿었다. '그가 바라보고 있으면 소녀는 멈춰 서게 될 것이라고……. 소녀는 곧 모퉁이에 다다를 것이다. 소녀가 그를 바라보지 않는다면, 어떻게 될까? 소녀가 바라보지 않는다면, 그때는 내일 그가 발타자르 스승의 천막을 찾아 가고 싶지 않다.' 잠시 뒤 그는 이러한 생각에 대해 부끄러워했다……. '지금 소녀는 벌써 모퉁이에 다다르지 않았는가. 오, 저런 만약 소녀가 돌아보지 않는다면!'

소녀는 그곳에서 돌아보며 손으로 작별인사를 했다. 학생의 표정은 온화하게 웃으면서 평화로움을 찾고 있었다. 그의 환상은 그 매혹적이고도, 청순한, 그리고 천진난만한 장면을 그 앞에 그리고 있었다. 꿈꾸듯이 그 장면을 생각하고 있었다. 나중에 그는 그녀의 이름을 묻지 않았음을 알았다. 그 소녀에게 이름을 하나 지어줄 수도 있지만, 자기 머릿속에서 그 많은 소녀의 이름들 가운데서 적당하고 꼭 맞는 이름을 하나도 찾아 내지 못했다. 정말, 그도 소녀에게 자신의 이름을 알려주지 않지 않았는가. 왜 말해야 되나? 고아는 새로 지어 준 이름을 가지고 있다. 그들은 이름은 서로 몰라도 서로를 이해할 수 있었다.

교회의 큰 종이 시각을 알리고 있었다. 이제야 그는 학교가 생각났다. 학교 생각이 나자, 수학 과목과 바라뉴요쉬 교수가 떠올랐다. 거의 절망적으로 그는 외쳤다.

"나는 그 소녀의 이름도 몰라. 하지만 지금부터는 수학 공부를 해야 돼. 학교에 가서 바라뉴요쉬 교수께 뭐라고 거짓말하지 …… 안타깝게도 가을날 아침에 봄이 내 앞에 나타나서, 전혀 공부를 못 했다고 말해 볼까. 바라뉴요쉬는 봄을 단순한 계절로만 바라볼 뿐. 코 위에 근시안경을 쓰고 수학과 물리 과목을 가르치는 교수가 이 봄 속에서 무엇을 볼 수 있을까?! 에이, 그래도 나는 그 숙제를 열심히 해야 돼! 그게 나의 임무야. 고등학생은 당연히 배워야 되고, 그 어릿광대 여자는 계산대에 앉아 있어야 돼 …… . 에이, 그게 삶인걸!"

그는 내키지 않았지만 손에 펼쳐진 책을 집어 들고 집으로 향했다. 하지만 가을에 나타난 그 봄은 그를 조용히 내버려 두지 않았다. 배우들이 일하는 천막 앞에 서서, 표와 점성도를 팔고 있는 그 예쁜 숲속의 요정을 바라보는 것은 얼마나 좋은가. 갑자기 이런 생각이 그의 머릿속에서 오락가락했다. 그리고 그는 집으로 달려갔는데, 노란 집 대문을 지나다 거의 넘어질 뻔했다. 그는 정원에서 급히 투르텔 할머니를 불렀다.

백발의 늙은 하인은 당황해하며, 부엌문을 밀쳤다.

"무슨 일이 일어났어? 내 작은 영혼아, 무슨 일이야?"

"투르텔 할머니, 우리 돈이 많이 있지요?"

"많지는 않지. 하지만 아직 우리가 이 달에 쓸 돈은 얼마간 남아 있어요. 교수님께서 다음 달 첫날에 양육비를 다시 주실 거야."

"투르텔 할머니, 존경하는 할머니, 곧 내 심장이 터질 것 같아요. 할머니께서 이십 필레르짜리 동전을 제 손에 가득 쥐어주지 않으시면! …… 할머니, 이십 필레르짜리 동전을 주시면, 난 일주일동안 안 먹고 살 수 있어요."

당황한 늙은 하인은 열이 나 얼굴이 붉어져 있는 소년을 뚫어지게 바라보았다. 그 할머니는 그 이십 필레르 동전이 왜, 무엇 때문에 필요한 지 이해할 수 없었다. '그래 왜 하필이면 이십 필레르의 동전인가? 아마 이 소년은 카드놀이를 하려는 것이구나. 아니지, 아냐! 이 소년은 카드를 아직 모르고 있지.'

"내 귀여운 영혼아, 그 많은 돈을 내가 어디서 구해올 수 있겠니? 그 돈의 절반도 이 집에서는 찾아낼 수 없어요."

"할머니, 아이, 할머니." 그는 애원하며, 늙은 유모를 와락 껴안았다. "그러면 지폐로 주세요. 유대인에게 가면 충분히 그만큼의 이십 필레르짜리 동전으로 바꿀 수 있을 거예요. 내가 그 사람에게 가서 동전으로 바꾸겠어요. 할머니, 주시는 거죠? 내가 받는 거지요. 그렇지 않아요? 아! 존경하는 할머니!"

"그런데 어디 쓸려고 그러니, 작은 영혼아?"

"묻지 마세요. 묻지 마세요. 물으시면, 전 당장 울어 버리겠어요! 만약 이 집이 이십 필레르의 동전들로 지어졌다면, 신이시여, 단연코 저는 이 집을 부수겠어요 …… . 할머니 …… ."

"자, 자, 너무 혈기를 부리지 말고!" 투르텔 할머니는 벌써 마음속으로 웃고 있었다. '온 집을 위험에 빠뜨리는 것보다는 오 펭짜리 지폐 한 장을 주는 편이 현명하지 않은가.' 할머니는 집 안으로 다시 들어가, 색깔이 바랜 낡은 돈주머니를 방석 밑에서 꺼내더니, 그 주머니에서 지폐를 집었다. 이를 보자 그는 기뻐하며 할머니를 안고 춤을 추었다. 할머니는 어— 어— 소리쳤지만, 그 마음은 학생의 마음처럼 즐거웠다.

"자상하신 할머니, 정말 고마워요. 수백 수천 번 고마워요! 하늘이 은혜를 베풀 거예요."

잠시 뒤 학생은 벌써 대문을 빠져 나와, 집 모퉁이를 돌아, 다시 뛰어가고 있었다.

"투르텔 할머니, 이 달 용돈 필요 없어요……. 하지만 바라뉴요쉬 교수님께는 알리지 마세요! 그분은 이십 필레르의 동전마다 영혼이 있다는 것을 모르실테니까요."

벌써 그가 집 모퉁이의 유대인 상점에서 이십 필레르짜리 동전을 한 손 가득히 헤아리고 있을 때, 투르텔 할머니는 이십 필레르의 동전에 영혼이 있다는 것을 듣고 깜짝 놀라 생각에 잠겨 있었다. 정말로 지금까지 할머니는 이렇게 나이를 많이 먹었는데도 이를 모르고 있었다. '그래, 오늘날에는 모든 것이 거꾸로 되어 있구나. 젊은이들이 백발의 노인들보다 더 많이 알고 있구나. 하지만 이십 필레르의 동전이 영혼을 가지고 있다는 것을 안다는 것도 좋은 일이다.' 지금부터 할머니는 그 돈을 더욱 가치 있게 여길 것이다.

시계탑에서 일곱 시 반이 울렸다. 그때 학생은 시장에 다다랐다. 그는 발타자르 스승의 천막으로부터 적당히 떨어진 거리에 서서, 그 앞을 기웃거리는 사람들을 쳐다보았다. 마을 사람들, 노동자들, 거리의 아이들(頑童), 수공업 견습생들이 그곳에 서 있었다. 광대가 그들의 입맛에 맞도록 만담을 할 때, 그들은 때때로 웃음보를 터뜨렸다. 버림받은 아이를 데려다 키우고, 자신의 얼굴에 분장을 한 마음씨 착한 프리돌린. 그는 분장으로 자기 마음을 숨기고 싶은 것일까? 그의 마음은 매우 아름다웠다. 그가 소녀를 '작은 태양'이라고 부른다.

고등학생은 군중 속으로 헤집고 들어갔다. 그곳에서 그는 시장 천막의 요정을 쳐다볼 수 있었다. 그 천막 안에서는 공연이 진행되고 있었다. 관중들의 괴성과 탄성이 천막 안에서 들려왔기 때문이다. 가련한 발타자르 스승이 지금 요술을 부리면서 사람들을 즐겁게 해주고 있으며, 자신의 목소리를 다른 사람의 것으로 흉내 내고 있었다. 전과 다른 목소리였다. 아마 지금은, 학생이 그를 방문했을 때 자신에게 보여 주었던 것을 하고 있는 것 같았다. 이제서야 학생은 자신이 왜 여기에 왔는지 다시 생각하게 되었다. 그는 천막에서 가장 가까운 곳에 서 있는 구경꾼들에게로 다가갔다.

"정말 저 발타자르 스승은 대학자입니다. 어제 나도 그분을 만나 보았어요. 정말, 얼마나 재미있었는지! 자, 한 번 들어가서 보시면, 내가 했던 말이 옳다고 판단할 거예요. 그 하찮은 이십 필레르짜리 동전 한 개를 너무 아까워하지 말아요! 여기 계시는 분들이 돈이 없다면, 제가 드릴 수도 있어요. 다만, 모두 이 안으로 들어 가셔야 됩니다. 내일은 고등학교 전교생이 그분을 만나 뵈러 찾아올 거예요 ……. 정말이라구요! 자, 주저하지 마시고, 이 돈을 내고 들어가십시오! 여러분들의 돈은 제가 대신 내드릴게요."

시계가 여덟시를 쳤을 때, 그의 호주머니에는 이미 한 푼도 남아 있지 않았다. 하지만, 그의 열성적인 선전은 아주 유용했다. 관객들이 발타자르 스승의 천막 안에 아주 빽빽이 들어섰고, 그들은 마치 공짜표를 들고 들어온 것 같았다. 사실 많은 사람들은 공짜로 즐기고 있었다. 작은 요정은 즐거운 기분으로, 푸른 전표를 계속 팔았다. 학생도 정말 기분이 좋았다. 학교나 수학이나, 숙제에 대해서는 잊어 버렸다. 그가 지각했다는 것을 느꼈을 때는, 이미 시계가 여덟시 반을 지나고 있었다. 그리고 그것도 바라뉴요쉬 교수가 담당하는 학과목을! 그는 학교로 달려갔다.

알리쩨 퓨르툐쉬가 살고 있는 집 주위로 길이 나 있었다. 창문 하나가 열려 있었다. 달콤한 속삭임의 웃음소리가 들려 왔다. 그는 잠시 멈추어 섰다. 알리쩨가 저렇게 우쭐대며 웃고 있다니! 그는 즐거워하는 남자의 목소리를 들을 수 있었다. 그는 그 남자가 무슨 대답을 하는지 추측할 수 없었지만 그 남자의 말소리는 그의 마음에 순간적으로 고통스런 상처를 입혔다.

"그래, 만약 어느 어여쁜 소녀가 고등학생들에게 상냥스럽게 웃는다면, 그런 때 고등학생들이 생각하는 것이라고는……. 그 녀석들은 바로 입에서 젖비린내가 나는 고등학생들이거든……." 그는 더 이상 들을 수 없었지만, 계속 듣고 싶지도 않았다. 그는 그들이 자기를 놀리고 있다는 것을 느꼈다. 학교로 가는 길에 그는 알리쩨 퓨르툐쉬가 지금 누군가에게 비둘기처럼 속삭이듯 미소 짓고 있는 것으로 인해 왜 자신이 지금 마음 아파하지 않는지에 대해 생각에 잠겼다. '귀여운 광대소녀가 더 달콤하게, 더 진심으로 웃어줄 것이다. 만약 삶이 코가 오뚝한 알리쩨 만큼이나 그 광대소녀에게도 호의적이라면.' 한 가지 점에 대해서 그는 확신이 섰다. 그녀가 더 솔직하게 웃으며, 그녀는 단지 한 사람에게만 웃지 찬사를 늘어놓는 모든 남자들에게 웃지는 않을 것이라는 확신이. 언젠가 그는 알리쩨에게, 그녀의 달콤한 웃음도 이제는 더 이상 자신에게 감명을 주지 않는다는 것을 느끼게 해주겠다고 결심했다.

그가 다니는 학교의 교내 복도에 도착했을 때, 방금 첫 수업시간이 끝났다. 교실로 들어가는 문턱에서 그는 바라뉴요쉬 교수를 만났다. 그는 고개를 깊이 숙여 인사했지만, 그의 심장은 턱밑까지 뛰고 있음을 느꼈다. '무슨 거짓말을 하지?' 지금 그는 그것도 생각해 보지 못했다.

"자, 친구, 어디 돌아다니다 이제 오는가?"

학생은 귀밑까지 붉어져 왔다. 뭔가 거짓말하고 싶었지만 머릿속에 잡히는 것이라곤 아무것도 없었다. 그는 여러 번 침을 삼켰다.

"늦었습니다. 교수님"

"그건 알고 있어, 친구." 바라뉴요쉬의 목소리는 비꼬듯이 쇳소리를 내고 있었다. "그런데, 왜 늦었지, 친구? 그것이 질문이야."

"저 …… 저 봄 때문에, 교수님." 그는 과감히 낱말들을 끄집어내며 말했다. 바라뉴요쉬 교수의 이마에는 주름살이 백 겹으로 쌓였다. 이것은 그가 가장 크게 놀랐다는 것을 나타내는 습관적인 행동이었다.

"이 친구야, 지금은 가을이라구 ……. 시월 십일 ……. 시월은 가을이라고!"

"어, 교수님, 교수님이 봄에 대해 아시는 것은 무엇입니까?" 학생은 갑자기 의도와는 달리 말이 툭 튀어 나와 버렸다.

"뭐라고? 내가 봄을 모른다고? 자네 돌았군, 친구! …… 더욱이 봄이라고 해서 받아들여질 면책사유가 되는 것은 아니야. 오늘 오후에 내 방에 와서, 이 가을에 자네를 수학시간에 빠지게 한 그 이상한 봄에 대해 설득력 있게 설명해 주게, 알았나?"

"예, 교수님."

"그런데, 수학 숙제는 해 왔겠지? …… 그렇지?!"

"아뇨 ……. 못 했어요 ……. 풀리지가 않아서 ……."

"흠, 그렇지! …… 지금 내가 자네에게 봄을, 가을 속의 봄을 주지! 누가 그런 쓸데없는 것을 말했는지 ……. 그것을 들은 사람이 수학 과목에 대해서는 준비도 않고, 시월 십일을 봄이라 하여 그 죄를 면하려고 하다니 ……. 나로서는 자네가 어디 병이 나지 않았나 하고 생각할 수밖에 없군, 친구,

안 그런가?"

"아닙니다. 교수님."

"자, 좋아……. 좋아……. 오늘 오후에 내가 이 사안을 검토해 볼 걸세."

바라뉴요쉬 교수는 교무실로 갔다. 그의 콧수염 아래에서 숨겨놓았던 미소가 점잖게 흘러 나왔다. 교수는 벌써 학생의 변명을 이해하기 시작했으며, 자신의 마음 깊은 곳에서는 이를 받아들이고 있었지만, 그것을 표출하는 것은 허락되지 않았다. '만약 빼먹은 수업시간과 숙제를 하지 않은 것을 봄이라는 변명의 사유로서 받아들인다면, 교육 원리는 어디로 떨어질 것인가? 더욱이 그 학생은 수학적 재능이 거의 없지 않은가. 그래, 그는 문학과 역사를 가르치는 나의 동료 코빠뉴 교수가 아끼는 학생이지. 이 교수가 좋아하는 모든 학생은 수학적 재능이 별로 없다. 물론 문학이 아니라 수학이 인생의 방향을 가리켜주기는 하지만, 그래도 그 녀석에게는 화를 낼 수 없다. 왜냐하면 그 녀석은 자신을 시인처럼 표현하기 때문이다. 작은 광신자. 슬라브인의 낭만적 기질이 표출되었어.'

바라뉴요쉬 교수가 교무실 문 앞에 서서, 몸을 돌려 그 학생에게 큰 소리로 말했다.

"헤이, 친구, 내일 물리 시간에 자네의 수학 숙제를 해 온다면, 오늘은 안 와도 돼!"

"알겠습니다. 교수님."

학생의 두 눈은 갑자기 기쁨으로 빛나고 있었다. 그렇지만 바라뉴요쉬 교수는 근엄한 표정을 지속하려고 애썼다.

"그리고 시월에 봄이 있다는 그따위 어리석은 짓은 다음에는 하지 말 것. 왜냐하면 그것은 받아들일 수 있는 변명이 되지 않기 때문이야. 자네, 이해가 되는가? 봄은 결코 변명의 사유가 될 수 없어. 나의 학창시절에도 말이야. 자! …… 자네는 끊임없이 생각해 보아야 되네. 지금 자네는 이 학교에서 마지막 해를 보내고 있고, 곧 자네가 고등학교 졸업생이 된다는 사실을 ……. 그럼, 이제 자네는 가도 좋아."

바라뉴요쉬 교수는 얼른 교무실로 들어왔다. 작은 그 러시아 소년의 두 눈이 매우 매혹적이고 장난하듯이 빛나자 교수는 그 소년을 포옹해 주고 싶을 정도였기 때문이다. 하지만 그럴 수 없었다. 지금은 아직 이르다. 성인이 된 뒤에야. 그는 코빠뉴 교수에게 지금까지 일어났던 일을 말하지 않고는 견딜 수가 없었다.

"교수님, 들어보세요, 내가 보호하고 있는 학생이 내 수업을 빼 먹고, 그 변명으로 봄 때문이라고 했어요." 바라뉴요쉬 교수는 썩 기분 좋은 마음으로 웃음을 터뜨려, 만약 학생들이 그를 바라본다면, 선생님이 아니라고 인식할 정도였다. "그 무례한 녀석이 봄이라고 하지 않아요. 하하하!"

동료교수들은 미소를 띠었지만, 홀아비인 교장 선생님만은 차가운 얼굴 표정으로 분개하여 머리를 흔들었다.

"그러나 무엄하군, 교수에게 그런 말을 하다니."

바라뉴요쉬의 표정이 굳어졌다.

"저, 친애하는 교장 선생님, 더 좋은 거짓말이라도 있습니까? 정말 그 학생에겐 시월도 봄입니다. 그리고 우리가 그 봄을 그에게서 뺏을 수 없습니다. 그 학생은 봄에 대한 권리가 있습니다. '자넨 돌았어. 지금은 가을인데, 그것도 시월 십일이야.'라고 말할 수 있지만, 우리가 더 이상 어떻게 할 도리도 없습니다 ……. 친애하는 교장 선생님, 실제로 우리에게 시월 십일이지만, 내 생각으로 귀하께서는 이미 요람 속의 시월 십일이군요 ……. 후!"

동료교수들은 교장이 깜짝 놀라자 남몰래 즐거워했다.

"그렇지만 존경하는 교수님, 봄은 변명의 사유로 받아들일 수 없다는 점을 말할 수 있었을 텐데요."

바라뉴요쉬로부터 다시 한 번 폭소가 터져 나왔다.

"바로 그 말을 제가 했습니다. 그렇게 하도록 교육 원리는 가르치고 있습니다. 젊은이들에게는 모든 것이 면책사유가 될 수 있습니다. 부모님의 증명서를 위조하여 만들어 오는 일, 일상적인 거짓말거리가 있지만 유일하게도 봄만은 그런 종류가 아닙니다. 왜냐하면 이 봄은 가장 원리적이고도 논리적으로 받아들여질 수 있는 진실이기 때문입니다 ……. 시월 십일은, 교수 여러분, 시월 십일입니다. 언젠가 우리의 성탄절 동안에 오월의 장미들이 꽃봉오리를 맺었다는 것을 우리는 잊고 있었습니다."

추억을 생각하게 하는 침묵이 교무실 주위로 자리 잡기 시작하였다. 그날 교수님들은 강의를 하는 동안 이해심 많은 태도로 학생들에게 미소를 보냈으며, 학생들 중 그 봄날이 비밀리에 가을날 속으로 들어와 엄한 교수님의 마음을 봄날의 따뜻함으로 어루만져 주고 있었다는 것을 아는 학생은 아무도 없었다.

한밤의 소야곡

밤은 서서히 시장에 퍼져 갔다. 발타자르 스승이 머무는 천막의 찢어진 작은 틈새를 통해 희미한 빛이 어둡고 인적이 드문 바깥으로 새어 나오고 있었다. 너울거리는 듯 떨리면서 타 들어가는 등잔심지의 불빛. 학생은 벌써 한 시간 전부터 이 불빛을 몰래 훔쳐보고 있었다. 이 불빛의 온화함 속에 그의 마음이 열렬히 타고 있었고, 그는 기다리고 있었다. 그는 기다리고 또 기다렸다.

발타자르 스승과 프리돌린 광대는 천막안의 탁자 옆에 앉아 있었다. 두 희극배우는 가면도 벗고, 가발도 벗고, 분장도 하지 않은 채 있었다. 그 모습은 마치 한 폭의 겨울그림을 연상하게 했다. 백발의 머리, 피곤한 듯한 눈빛, 얼굴에는 삶의 쟁기로 파놓은 듯한 얼굴의 주름살.

"발타자르, 오늘은 운수 좋은 날이지요."

"오늘 참 좋았어."

"특히 아침나절이."

"그래, 프리돌린. 오전에 손님이 아주 많았지. 오후에는 그렇게 많지 않았어."

소녀는 짚으로 만든 가마니 위에 누워 천막의 천장을 바라보고 있었다. 그녀의 두 눈에는 눈물이 빛나고 있었다. 프리돌린은 탁자를 정리하고, 보잘 것 없는 저녁상의 남은 것을 설거지했다. 발타자르는 밤에 쓸 잠자리를 마련했다. 소녀의 입에서는 드러내고 싶지 않은 신음소리가 났다.

"에바, 너 어디 아프냐?" 세심한 애정을 가진 발타자르 스승은 소녀에게로 몸을 돌렸다.

"할아버지, 저는 아프지 않아요……. 저는 생각하고 있었어요."

"프리돌린, 자네 들었는가. 우리의 작은 태양이 생각에 잠겨 있대."

프리돌린은 깜작 놀란 표정을 지었다. 발타자르는 그런 표정을 보고서 웃음이 나올 지경이었다.

"프리돌린, 이제 자네는 가면을 쓰지 않고도 관객들의 마음을 끌 수 있겠는데? …… 에바, 무얼 그리 골똘히 생각하고 있어?"

"할아버지, 무슨 생각이냐구요? …… 어떻게 하면 제가 그것을 할아버지께 설명할 수 있을까요?"

발타자르 스승이 크게 웃었다.

"내가 알아맞혀 봐도 되겠네! …… 음, 우리 작은 태양이 어제 옷가게 진열장 창가에서 보았던 그 따뜻한 외투를 생각하고 있는 거지. 정말로, 그건 아름다운 옷이야……. 그 외투값도 경탄할 정도로 적당하지만 그것을 더 생각할 필요는 없을 게야. 네게 약속했지. 넌 그 옷을 가질 수 있어요."

"할아버지, 틀렸어요. 난 그걸 생각하지 않았어요."

"그런 생각도 가치 있는 일이지. 곧 겨울이 닥쳐 올 테니. 따뜻한 옷이 있어야지. 그렇지 않아, 프리돌린?"

"예, 예, 그런 옷이 필요하답니다. 너는 새 구두, 겨울모자는 있지만 외투는 없잖아. 하지만 그 외투도 내일이면 가질 수 있어요. 그렇지 않아요, 발타자르?"

"그리고 자넨? 무얼 가지고 싶은가? 가을이 될 때마다 자네는 자신을 잊고 있더군."

"그럼 우리는 뭘 가질까요? 우리들은 다시 헌 헝겊이나 가지면 될 거예요. 우리 같은 늙은이들에게는 겨울 추위와 싸울 때, 보호할 것이 뭐든지 상관없어요."

소녀는 울음을 터뜨렸다. 노인들은 당황하여 그녀 주위로 갔다.

"우리의 작은 태양, 네게 무슨 일이 있었니? …… 틀림없이 너 몸이 아프구나."

"두 분은 언제나 좋은, 좋으신 분인데, 저는 나쁜, 배은망덕한 아이예요."

프리돌린의 의구심은 증발해 버렸다. 그는 관심을 딴 곳으로 보내게 하는 익살스런 웃음소리를 들려주었다. 발타자르는 마음을 가다듬고, 소녀의 눈을 오랫동안 주시하였다. 그녀는 재빨리 눈을 감아 버렸다.

"에바, 네 손을 다오!"

발타자르는 매우 온화한 음성으로 말하며 소녀의 손을 잡았지만, 소녀는 손을 빼내 이불 밑으로 넣어 버렸다.

"무슨 일이 있구나, 에바?"

"아무것도, 할아버지. 아무것도. 할아버지께서 제가 무슨 생각을 하고 있는지 아시는 게 저는 싫어요 ……. 난 손도 내밀지 않을 거구요. 할아버지의 두 눈에 시선을 집중하지도 않을 거예요. 그러면 할아버진 추측할 수가 ……."

프리돌린의 얼굴에서는 번뇌가 격렬하게 몸부림치고 있었다. 발타자르는 냉정을 찾으려고 소녀의 머리카락을 빗긴 뒤 계속해서 자기 잠자리를 마련했다. 눈을 한 곳에 집중한 채 소녀는 천막 천장에 붙어 있는 헝겊조각을 하나하나 헤아린다. 갑자기 소녀가 자리에서 일어나, 발타자르의 손을 잡고 입 맞추고서는, 늙은 프리돌린에게 다가가 그의 고랑 파이고 아직도 분장 자국이 남아 있는 얼굴을 뜨겁게 껴안아 쓰다듬었다.

"할아버지, 화내지 마세요! …… 프리돌린, 화내지 마세요! 무슨 일이 있었는지 정말 전 모르겠어요 ……. 저는 울고 싶을 뿐, 아주 많이 울고 싶을 뿐 ……. 저를 용서해 주세요, 화내지 마세요!"

"에바, 화내지 않을게. 너에게 무슨 일이 일어났는지 알아. 화내지도 않을 거야."

발타자르의 목소리에는 깊은 감정이 떨리고 있었다.

"나는 놀라지도 않아. 너는 봄이야. 우리들은 가을이지. 이 천막이 네 영혼을 부숴 놓고 있는 거야. 가련하고 고통 받고 갇혀 있는 작은 태양이 바로 너로구나……. 프리돌린, 에바는 놀고도 싶고, 교제도 필요로 해. 애는 이제 더 이상 어린아이가 아니야."

프리돌린은 고통스런 느낌으로 항의했다.

"애는 이제 겨우 열여섯 살인데요."

"프리돌린, 자네의 표현이 잘못되었어. 애는 이미 열여섯 살이야. 오로지 자네의 그 애틋한 마음 때문에, 이 소녀를 언제나 어린애로 보고 있어. 에바는 성장했어. 저 아이는 우리의 보호를 구속으로 느끼고 있어."

발타자르 스승의 말은 소녀의 마음을 정말 아프게 했다. 그녀는 큰 울음을 터뜨렸다.

"그만, 그만 하세요, 할아버지! 진심으로 저는 두 분 모두 사랑하고 있어요. 저는 언제나 두 분과 함께 있고 싶어요. 저는 착하고 말도 잘 듣는 아이가 되고 싶어요. 당신의 사랑이 제게 구속이라고 말하지 마세요. 결코 저는 두 분을 떠나지 않을 거예요. 결코…… 어느 누가 두 분처럼 저를 사랑해 줄 수 있나요?"

프리돌린은 거의 절망적으로 그녀의 작은 손에 계속해서 입을 맞추었다.

"물론, 너는 우리를 떠나지 않을 거야. 누가 너더러 우리를 떠난다고 말했니? 너는 우리와 함께 있을 거야. 우리와 함께 영원히, 너는 우리의 작은 태양이니까."

발타자르가 소녀 곁으로 다가 앉지만, 그의 시선은 자신의 앞만 향하고 있었다.

마음속에 생긴 애통한 예감 때문에, 프리돌린은 울고 있는 소녀를 힘껏 껴안았다. 등불의 심지는 탁자 위에서 너울거리다가 꺼져 버렸다.
 학생의 마음은 안타깝고 쓰라렸다. 그의 기다림은 허사가 되었다. 실은 소녀가 약속의 언질을 주지는 않았다. 하지만 그녀의 눈빛은 동의하는 듯 미소를 지었는데, 그때는 발타자르 스승에게 그가 칠학년, 팔학년 학생들이 내일 찾아올 것이라고 알린 오후였다. 그는 표를 받는 곳에서 소녀의 손에 쪽지를 내밀었고, 그가 떠날 때, 그녀는 그의 물음이 담긴 시선에 그녀는 그렇게 하겠다고 대답했다. '누군가 그녀가 밖으로 나오는 것을 허락하지 않았거나, 다른 사람이 그 쪽지를 보았을 수도 있겠지.' 이런 생각이 그의 마음을 두드렸다. '그 쪽지 때문에 그녀가 매를 맞았을까?'
 희극배우들은 미묘한 감정을 가진 사람들은 아니다. 학생은 벌써 그런 이야기를 읽었으며, 어디선가 영화로도 보았다 ……. '그렇지 않아! 정말 그렇지 않을 거야! 그 소녀는 두 노인이 자신을 작은 태양이라고 부르고 천막 속에서 사는 것이 나쁘지 않다고 말했어' …… 노란 집에 거주하는 것도 나쁘지 않지만, 그의 최대의 바람은 언제나 그 소녀의 손을 꼭 잡고 집 없는 사람처럼 자유로이 방랑하고 싶은 것이다.
 장시간 그는 기대에 부풀어 기다렸지만, 이제 안타깝지만 포기하고 집으로 출발했다. 그러다가 그는 시장의 저 끝까지 갔다. 그러다 다시 되돌아와서 몰래 그 천막 쪽으로 조심스럽게 다가갔다. 그는 소녀의 잠자리로 추측되는 천막의 한 곳에 귀를 기울였다. 그는 위안으로 그녀의 숨소리를 짧게 몇 초라도 들어보고 싶었다.
 작은 소리의 대화가 그 천막의 천을 통해서 밖으로 들렸다. 발타자르 스승의 높은 톤의 목소리를 들을 수 있었다.

"그래, 프리돌린, 우리는 그 점을 고려해 보아야 돼 …… . 새 외투를 입은 사람을 칭찬해주는 사람이 없으면, 유행하는 새 외투는 적당치 않아. 아무리 번쩍이는 새 구두를 신어도 그것을 알아주는 이가 없다면 그 구두가 무슨 가치가 있겠으며, 겨울 모자의 금테가 아무에게도 기쁨을 주지 못한다면, 그 겨울 모자를 어떻게 자랑하고 다니겠어?"

"이해할 수 없군요, 발타자르. 우리의 사랑은 실로 그 모든 것에 주목하고, 존경하고, 경탄하지만, 저 아이는 다른 사람들의 눈에서 빛나는 기쁨으로 살아가기에는 아직 너무 어려요. 그리고 이 세상이 얼마나 악의에 차있고, 얼마나 배고프며, 얼마나 이기적인가를 잊지 말아야 된다구요!"

"자네도 이기적이군, 프리돌린. 자네도 이 세상 사람들보다 나은 것은 없네."

"내가요?! 그래, 어떻게 그런 얼토당토 않는 말씀을 할 수 있어요?! 나의 이 자상한 아버지로서의 사랑을 그런 종류의 사랑과 비교하다니 …… . 안돼요, 우리 더 이상 이야기하지 맙시다!"

"자네 말이 맞아, 프리돌린. 자네의 그 자상한 아버지로서의 사랑을 지금 꽃 피고 있는 저 아이의 마음이 그리워하는 그런 사랑과는 비교할 수 없지 …… . 우리의 사랑은 깜박거리는 등불과 같아서, 이 등불은 곧 끝까지 타올라가서는 꺼질 것이고, 이 아이를 어둡고 추운 상태로 남겨두게 될 거네. 우리 노인들의 독선 때문에 이 아이는 천막에 갇혀 있어. 프리돌린, 잊지 말게. 저 애는 벌써 열여섯의 나이라는 것을. 어제 저 아이는 이렇게 물었다는 것도. '할아버지, 저 키 큰 고등학생이 뭔가 아주 자신만만한 사람 같지 않아요?'라고 …… . 그래 저 아이가 그것을 물었다네."

학생의 마음은 두근거리기 시작했다. 그는 온갖 신경을 곤두세우고 들었다. 천막 안에는 정적이 흐르고 있었다. 프리돌린은 대답이 없다. 그는 꺼림칙하여 발타자르의 말에 대해 생각에 잠겨 있었다. 나이 많은 그의 동업자 말이 맞다. 오늘도 다녀 간 그 학생 ……. 그래, 그는 이제 기억이 떠오른다. '저 소녀는 이상한 미소로 그에게 인사했었지 ……. 그리고 그 학생은 내일 또 올 것이다. 정말 내일은 그가 혼자 오지 않고 자기 친구들, 많은 고등학생들을 데리고 올 것이지만, 그래도 …….' 프리돌린은 주먹을 쥐었다. '도둑이 집 주위에서 넘보고 있으니, 그 도둑을 주의할 필요가 있다.'

"그들이 서로 아는 것 같이 보였어요?"

"누구?"

"있잖아요, 이 아이와 그 고등학생 ……. 어제와 오늘 우리를 찾아온, 내일도 찾아올 그 학생 말이에요."

"난 그렇게 생각하지 않아. 그 고등학생은 저 아이를 보지도 않았어."

"아닙니다, 보았어요. 그는 표 받는 곳에서 저 아이를 보았어요. 그들은 서로 미소 지었어요. 발타자르, 그 이상한 미소와 그들의 눈이 유난히 빛났다는 것에 대해 어떻게 생각하나요?"

발타자르는 대답하지 않았다. 프리돌린은 혼자서 한동안 더 투덜거렸다. 학생은 숨을 참으며 계속 듣고 있었다. 그의 마음은 떨리고 있었다. 그는 죄 지은 사람처럼 놀라 소름을 느꼈다. '그래, 저 분들의 시선은 그들의 비밀을 누설하고, 정말 그로 인해 그의 숲속의 작은 요정에게, 그 죄 없는 작은 소녀에게, 그 ……, 그 성스러운 소녀에게 비난과 고통을 주었다.'

갑자기 천막 쪽으로 발걸음 소리가 들려왔다. '순찰하는 사람일까 아니면 늦은 밤에 귀가하는 사람일까?' 학생은 배를 땅에 대고 엎드렸다. 그림자를 이용하여 그는 몸을 숨겨 들키지 않으려고 했다. 다행히도 그 장터는 어두웠고, 가까이 다가왔던 사람은 아마 급한 일이 있는 모양이었다. 아주 서둘러 갔기 때문에 그를 알아채지 못했다. 그 사람의 형상이 천막 옆을 지나갔다. 어떤 여자였다. 얼핏 보아 그 여인은 아는 사람인 것 같지만, 그로서는 기억을 더듬어 그 사람을 찾아낼 시간이 없었다. 이미 흘러나오는 프리돌린의 음성이 충분히 그의 주의를 끌었기 때문이다.

"발타자르, 난 저 애가 무엇을 생각하고 있는지, 저 애가 무엇을 꿈꾸는지 알고 싶어요……. 저 애의 손을 한 번 잡아 보세요!"

"저 애가 잠잘 때는 나로서는 능력이 없어……. 그리고…… 나는 꿈을 훔쳐보는 사람이 되고 싶지 않아……."

"그렇군요. 정말이군요. 저 애를 나만큼 사랑하지 않는 것이군요. 그렇게 저 애를 사랑할 수조차 없다는 말이지요. 저 애가 여덟 살 때 당신은 처음 저와 알게 되었지요. 그러나 나는…… 저 곡마단 마차의 발판에 고아처럼 버려진 것을 내가 거두어 돌보았고, 간호하였으며, 떨리는 마음으로 저 애의 숨소리를 주의 깊게 들었으며, 기나긴 밤마다 나는 신께 저 애를 지켜주시고, 나를 위해서라도 꼭 살려달라고 울며 기도 했어요. 발타자르, 당신은 나만큼 저 애를 사랑할 수 없어요……."

"쓸데없는 소리를 하고 있군, 프리돌린. 왜 자네가 절망에 빠지는가? 저 애는 우리와 함께 있다네. 더구나 프리돌린, 나의 가장 오랜 동지인 자네가 엉터리를 강조하고 있군. 자네가 나보다 더 저 애를 사랑한다고 해서 이제 자네가 저 애의 꿈조차 훔쳐보고 싶다고 주장하고 있어. 저 애가 우리를 위해서 자기의 생활을 희생한다는 것만으로는 자네에게 불충분하다 이거군? 지금 저 애의 젊은 마음은 피어나고 있어. 만약 저 애가 그 고등학생에 대해 꿈꾸고 있다면, 자넨 저 애의 기쁨에다 독약을 넣지 말게나. 저 애가 봄의 아름다움에 대해 꿈꾸도록 내버려 두게, 그리고 저 애의 꿈 한 가운데 희끗희끗한 머리나 주름진 얼굴을 내밀지 않도록 해. 왜 저 아이에게 처음부터 사람은 죽어 없어진다는 생각을 갖게 해서 겁먹게 하나?"

"정말 이상하시군요, 발타자르. 나는 저 아이가 잠자는 동안에도 저 애의 삶을 지켜줄 뿐이에요. 저 애의 꿈을 빼앗으려 하지 않아요. 이해하시겠어요, 나의 오랜 친구? 그 고등학생이 저 아이를 꼬여서, 저 애의 순결한 마음에 상처를 낼 수 있고, 그가 듣기 좋은 말로 저 아이를 차지하고서, 나중에는 영원히 떠나 버릴 수도 있어요."

갑자기 학생은 분노가 치밀었다. 그는 이 부당한 단죄로 인해서 화가 났고, 언제나 더 깊이 자신의 영혼을 충만하게 한, 마음을 어루만지는 감정에도 상처를 입었다. 그는 이 같은 추측이 오히려 지금까지 성스러운 여인으로 본 그 소녀에게 해를 끼친다고 생각했다. '프리돌린이 추측한 대로, 소년이 스스로 순수하지 못하고 죄 잘 짓는 사람이라 하더라도 저 소녀의 햇살 같은 순결함이 그를 저 늪으로부터 구해 낼 수 있을 텐데. 악인은 그 소녀 앞에서 무릎 꿇어야 되고, 의심을 가진 사람은 그 소녀 앞에서는 믿는 사람이 되어야 한다.'

"들어 봐, 프리돌린. 난 그 고등학생의 영혼을 알아. 어제 그의 손을 잡아 보았고, 그의 시선도 내 시선과 마주쳤고, 그가 지금껏 살아온 길을 따라가 보았어. 그는 감수성이 예민한 마음을 가졌어. 따뜻하고 동정심 많고, 꿈을 수놓아 가고, 이상에 대해 열성적인 마음을 가졌어……. 하지만 그는 온 생애에 걸쳐 불행할 거야……. 가련한 고아더군."

"고아라뇨?"

"그래, 우리가 사랑하는 작은 태양처럼."

"발타자르, 그들은 서로 안다구요! …… 예, 그들은 어디선가 만났어요. 이제 이해하겠군요 …… . 그때 나는 좀 놀라 웃어 버렸지만, 지금은 …… ."

"무엇 때문에 그렇게 놀라는가?"

"오늘 정오에, 점심을 먹기 위해 쉬고 있을 때 갑자기 저 애가 내게 고아가 서로 만나, 묻고, 대답하고 하는 것에 통곡할 만한 이유를 말해달라고 하더군요."

"그것을 저 애가 물었다구?"

"그래요. 그 말을."

"정말로 그들은 서로 아는군, 프리돌린. 정말 저 애는 그런 상황에서 통곡해야 하는 이유가 무엇인지 이해했기 때문에 오늘 저녁 울음을 터뜨렸어. 가련한 아이들! 저 작은 희극배우와 고등학생 …… . 서로가 서로에게 속해 있다고 느끼는 저 두 영혼의 만남 그리고 …… 그리고 …… 모레면 마차는 희극배우인 소녀를 태우고 떠날 것이고, 그 학생은 학교의 교실의자에 앉아 수학 공부에 매달려 있을 것이고, 그들의 영혼은 봄날의 태양에서 일광욕을 즐기고 있는 이때, 이 모든 것이. 난 프리돌린 자네에게 말하겠네. 정말로 통곡 안 할 수 없는 이유가 있다네. 왜냐하면 운명의 분노가 아직도 그들을 건드리지 않았고, 그들은 내가 말했던 것을 알지 못해 …… . 영혼은 중첩된 길에서 순례하고 있으며, **삶**도 동화를 말해 줄 뿐, **꿈**도 동화를 말할 뿐이라는 것을 그들은 몰라. 삶의 길 위에는 검은 구름이 가리고 있고, **꿈길**은 파란 창공의 미소가 금빛으로 칠해져 있어. 삶의 길에 있는 장식은 땅의 잡초들이요, **꿈길**에 한 장식은 뽐내고 있는 소망꽃들이라 …… . 그리고 그 중첩된 길에서 자기 자신을 고되게 앞으로, 영원히 앞으로 질질 끌며 가야 되는 존재가 인간이지. 그 인간은 몸이 하나, 영혼이 하나로 되어 있지. 인간은 잡초들을 잡아 뜯어다가 모으고, 이 잡초에다 색채와 향기로서 인간이 가는 긴 여정에 의미를 부여할 수 있도록 거짓말하지. 인간은 돌에 찢긴 상처를 부정하고, 대답 없는 이유의 무게 아래 짓눌려 기절해 쓰러지지 않으려고 그 아픔을 기쁨이라 이름 짓지 ……. 그러면 그 목적은 무엇인가? 그것은 끝이라는 것이지. 이 끝을 피하기 위해 인간은 발버둥 치며 자신을 재촉하고, 신비한 빛깔로 거짓말을 하고, 하찮은 것을 부풀리기도 하고, 왜소한 야망을 과장하기도 해. 끝이냐, 아니면 새로운 시작이냐? 인간은 이걸 몰라. 출구의 문턱에 서서 인간은 새로운 질문으로 서로 마주 보고 있는 자신을 발견하고는 나중에 그 필연의 면전에 굴복하고 말지. 끝이든, 아니면 새로운 시작이든지 똑 같아, 왜냐하면 그 이름은 똑같이 죽음이지 ……. 그리고 두려워하고, 실수투성이에다, 비겁한 인간은 자신에게 영원한 삶이라고 거짓말하지. 인간은 허망으로부터 도피하려고 시도하고, 탈출하려고 하며, 삶의 가시밭길에서 벗어나 소망꽃이 가득 피어 있는 꿈길로 넘어가 달려가지. 불멸로 이끄는 무한대에서 시들지 않는 희망을 안고 방황하지 ……. 가련한 이여, 그대는 삶과 꿈의 길이 끝없다는 것을 잊었는가. 왜냐하면 시간도 공간도 존재하지 않고, 다만 존재하는 것이라곤 외양뿐이지. 이 외양에 인간의 모든 학문이 다 걸려 있어. 인간은 그 외양을 위해서, 그 외양 때문에 생활하고, 투쟁하고, 휴식하고, 창조하고, 살인하기도 하지. 그 외양은 인간이 신의 계시라고 여기는 법률이요, 그 인간의 신은 그 외양을 지배하는, 주재하는 분이지. 용서를 구하기 위해서 인간은 그 외양에게 요청해야 하며, 그 외양 법률이 인간을 부수지. 인간이 그 삶의 가시밭길에서 순례하든지, 아니면 소망꽃이 핀 꿈길에서 순례하든지 간에 똑같이 말이야. 용서란 존재하지 않아. 외양만이 삶이요, 꿈이요, 죽음이기에 ……. 그러면, 이런 것이 도대체 무엇인가? 외양들의 윤회적 움직임과 이것이 시간, 공간, 삶, 꿈, 죽음 등의 환상을 가져다주지."

오랜 침묵. 안달이 나 있는 영혼으로 소년은 다 듣고 있었다. 그들이 곧 피어나는 지혜에다 위험한 독약을 집어넣었음에도 불구하고 그는 그 말들을 받아들였다. 그의 마음속에는 저 안의 늙은 희극배우를 향한 말없는 존경심이 일었다. 학생은 그 노인에게서 두려울 정도로 거대한 정신을 보았으며, 오래 전에 망각했던 고대 한 현인의 화신이 그에게 다시 나타났다고 환상 속에서 생각했다.

"이상하고도 진귀한 생각을 갖고 계시군요. 발타자르." 프리돌린은 낮은 목소리로 계속 말했다. "제가 이해하려고 해도 안 되는 군요. 나는 그 말씀을 듣고서 이해하지만, 전적으로 그 의미를 다 파악할 수는 없어요. 제가 마치 꿈꾸고 있는 듯하며, 당신께서는 동화를 말하고 있는 것 같군요. 그 말씀에 제가 보조를 맞출 수 없어요."

"괜찮아. 자네가 이해 못 한다면 더 좋아. 자네를 위해서 외형적 생존을 아름답게 만드는 꿈을 완전히 이해한다는 것은 자비를 없애는 결과를 가져올 것이니. 이 모든 것은 가을의 동화로 여겨. 가을이란 냉혹한 겨울의 입김이 다가오고 있다는 것을 느끼게 하지. 나는 이미 항복의 문턱 앞에 있어. 나는 나의 봄날과 많은 다른 사람들의 봄날을 되돌아봐 왔고, 그렇게 해 왔지 ……. 하지만 내가 오늘 자네에게 말한 것을 결코 이 세상에다 울부짖지 않을 거네. 왜냐하면 그렇게 되면 봄을 죽이게 되고, 이상과 사상, 꿈을 위해 투쟁하는 젊은이들의 힘을 못 쓰게 만들게 되거든. 봄에 대해선 우리의 작은 태양에게 달리 내가 말할 걸세. 그리고 그 고등학생이 내게 조언을 요청하면, 그 빛나는 눈동자의 고등학생에게도 달리 말할 걸세. 아, 자네는 외양을 움직이는 힘의 비밀을 찾지 말게나. 왜냐하면 자네의 길에는 외양적 진실만이 보일 테니, 아무튼 말하고 싶지 않네. 이 말을 자네, 가장 선량하고 순진한 나의 동지에게만, 자네에게만 말했네. 왜냐하면 언젠가 자네 마음에도 봄이 꽃피었다는 것을 잊고 있었기에, 그리고 자네가 잠 못 이루어 온 꿈 때문에 자네는 우리의 외양적 삶의 유일한 선물로부터 우리의 작은 태양을 없애 버리고자 하지. 그 유일한 선물이란 희망 가득한 봄이요, 마음의 꽃봉오리가 자유자재로 개화하는 것이지 ……. 화내지 마, 프리돌린, 그 열렬한 고등학생에게, 왜냐하면 말이야, 두 고아가 서로 만나, 묻고 대답한다는 그 자체가 서러운 일이니까 ……. 그리고 모레면 그들은 영혼의 만남을 잊어야 되는 운명인 걸 …….”

"그럼, 이것은 무엇을 위해서 필요하지요, 나의 오랜 친구여? 당신이 날 울게 만드는 군요 ……. 그리고 마치 당신이 내 마음을 도려내듯이, 내 마음을 비틀어 놓는 군요 …… ”

"프리돌린, 자네가 눈물 흘리다니 기쁘군. 그 눈물이 자네의 마음속으로 흘러가 이제 서리 맞은 머리카락들과 함께 청춘의 권리를 이해하기 때문이네 ……. 자, 너무 크게 울지 말게, 저 애가 깰 수도 있네! …… 저 애는 우리와 함께 남을 것이고 작은 태양의 따뜻한 마음씨가 우리를 사랑해 줄 거야 ……. 만약 저 애가 우리에게서 이해심을 찾는다면, 그 따뜻한 마음씨는 더욱 더 충실할 것이라구. 자, 프리돌린, 자네가 계속 훌쩍거린다면, 나는 한 마디도 더 하지 않겠네! 자네한테 부끄러운 일 아닌가?”

학생은 두 노인의 생각을 몰래 엿듣게 되었다. 깊은 감동을 받은 학생은 그들의 선의에 감사하며, 그분들이 그를 위해서 키워온 그 선물에 대해 높이 평가하고, 언제나 지켜 나갈 것이며, 그분들에게서 빼앗지 않을 것이라고 맹세했다. '저 큰 노란 집에는 발타자르 스승과 프리돌린 광대처럼 피곤한 희극배우들이 거주할 수 있는 충분한 공간이 있다. 아, 얼마나 아름다운가. 얼마나 좋은 일인가!' 그는 이런 생각으로 고무되었고, 힘이 솟았다. 무엇에 대한 힘인가? 그래, 매일 노란 집의 식탁에 올라오는 빵을 위해서 수학 책을 열심히 공부하는 것.

다시 프리돌린의 목소리가 들려 왔다. 그 목소리에는 어린아이 같은 열정과 계획에서 나오는 천진난만한 즐거움이 다시 나타났다.

"발타자르, 당신은 알아요? …… 자, 보세요. 내일 그 고등학생이 온다면 ……. 만약 그 고등학생이 온다면, 그때 나는 …… 그때 나는 익살을 부려 그 학생이 너무 우스워 눈물이 나올 정도로 만들고 싶어요. 그리고 …… 그리고는 나는 그들을 나란히 앉혀 내가 가장 자랑하는 재치 있는 만담을 보여줄 거예요 ……. 그들을 모두 웃게 만들고, 그들의 선량한 마음씨에서 서로가 귀찮아하지 않는 기쁨을 느끼도록 할 거예요. 그들의 기쁨, 고아들의 기쁨은 내 이 늙은 마음에 온갖 따뜻한 마음씨를 비추게 한다는 당신의 말이 맞아요, 나의 오랜 친구여."

프리돌린의 열성에 발타자르 스승도 영향을 받았다. 발타자르는 목소리가 조금 들떠 있었지만, 더욱 온화한 모습이었다.

"그래, 그래, 내 사랑하는 광대여! 자네는 현명한 바보고 나는 우둔한 현자(賢者)이구. 우리는 이제 서로 보답하게 되었군. 사람들이 자기 자신에게 그 영혼의 중첩된 길 위에 기쁨과 아픔, 목표, 승리와 영광이 있다고 거짓말하도록 자네는 가르치게. 그 뒤, 그 사람들이 기꺼이 만들어 놓은 골고다(역주: 예수가 십자가형을 받은 예루살렘 교외의 언덕)로 가서, 고통은 아름답다, 노동은 신성하다, 외양은 실제라고 정의하며, 꿈길에서 꺾은 소망꽃들을 삶의 가시밭길에 심어, 이 꽃들이 시들지 않도록 눈물로 물을 주고, 그 꽃들이 추위에 떨지 않도록 영혼의 미소로 온기를 북돋아주게끔 자네가 가르쳐주게. 그렇게 되면, 그 사람들은 영원히 변하는 외양의 윤회 속에서 자신도 한낱 스쳐 지나가는 외양이라는 것을 잊게 되지. 그렇게만 된다면 훌륭하지. 나의 늙었지만 고귀한 광대여! 사람들이 가시밭길에서 외양적 진실을 꿈꾸며, 소망꽃이 피는 꿈길의 허구를 믿고 살아가도록 자네가 사람들 앞에서 선언하게. 유일하게 그 방법만이 인간은 만물의 영장이기 때문에 영생을 누리게 되어 있다는 환상을 간직할 수 있을 테니까. 그 뒤에 내가 그들 앞에 나서서 피로 물든 나의 심장을 보여주며, 그들의 귓가에 소리치겠어. 결코 뒤돌아보지 말라! 뒤돌아보는 자는, 이미 온 길의 허망함과, 척박한 토양에 심은 소망꽃들이 시든 모습을 쉽사리 보게 될 테니. 그래서 그들 자신이 왜소하다는 것을 알아차린 뒤에는 힘이 빠져 진흙 속으로 넘어지고, 다른 꼬맹이들이, 즉 외양적 키다리들이 그 넘어진 사람을 밟고 지나갈 것이라고 내가 말하지. 봐, 우리 둘이 존경해 마지않는 그 관객들을 효과적으로 가르칠 수 있어. 자네는 주사처럼 붉은 코와 하얗게 칠한 입술, 초록의 가발, 머리엔 원뿔 모자를 갖추고, 나는 옷감으로 된 가면과 까만 예복으로 나서지. 그러면 그것이 진실과 박장대소할 웃음을 가르쳐 줄 걸세! 이렇게 하면 우리의 공연을 보는 그 사람들은 웃지 않고는 못 배길 거야. 인간을 인도하는 것은 감각이 아니라 외양이기 때문이지. 자네가 큰 북을 치면서 그들에게 이렇게 말하며, 즐거움을 말로 표현해 주게. '믿을 수 없는 것을 믿어라, 도달할 수 없는 것에 손을 뻗어라. 당신이 걷는 꿈길의 가장 아름다운 외양으로, 즉 사랑으로 무장하라!'라고. 정말 우스운 일이지! 그러고 나서 우리의 작은 태양에게 눈물 가득한 눈으로 쳐다보면서 계속 말해주게. '사랑은 요술 같은 힘과, 마력을 간직하고 있어요! 사랑은 우리에게 위험을 무릅쓰도록 눈멀게 하고, 투쟁의 허무함을 잊게 만들어요 …….'라고. 자, 바로 그때 박수가 나오면, 확실하게 우리의 노력에 대한 보상이 되는 거지. 왜냐하면 사람들은 자네가 만담을 하고 있다고 생각하기 때문이지. 그리고 나의 늙은 프리돌린, 내가 그들에게 이렇게 말할 때 자네가 나와 주면 좋겠어. '사랑의 광신자가 되라, 그러면 당신은 죽음 뒤에 있는 새로운 삶의 시작을 믿게 될 것이요. 사랑의 통치자가 되라, 그러면 당신은 절망에 대항하여 무장할 수 있으며, 고통이 당신을 먼지 속에 넘어지지 않도록 할 것이요. 사랑의 연인이 되라, 그러면 당신은 영원한 청춘의 샘에서 헤엄칠 수 있을 것이며, 영원한 삶에 대한 환상을 얻게 될 것이다.'라고. 아, 이만큼의 아름다운 문장들을 나열한 뒤에 나는 내 가면을 벗어, 그들에게 나의 수많은 주름살의 얼굴과 백발의 머리를 보여준다면, 그들은 웃음을 정말 터뜨릴 거란 말이야! 그래, 그들은 하늘이 떠나갈 정도로 웃음을 터뜨릴 것이야. 왜냐하면 그 외양이 이 세상의 통치자이기 때문이지. 그러면 다음 차례로 효과를 더 높이기 위해서 자네가 나를 가리키면서 냉소하는 표정으로 그들에게 경고하면 되네. '조심해요, 사랑하는 사람보다는 사랑 자체 때문에 사랑을 하세요. 그러면 당신들은 사랑의 걸인이 될 것이고, 걸인의 밥그릇에서 나온 밥은 눈물로 가득 차 있을 것이에요.' 라고……. 그러면 확실하게 자네를 이 세상에서 가장 훌륭한 재담가로 여길 걸세. 삶의 외양이 무슨 모습인지 이제 이해가 가는가? 그리고, 안타깝게도, 아주 안타깝게도 나는 그들에게 피를 흘리는 심장을 보여주면서 말해야지. '사랑하는 사람에게서 당신들은 목표를 보지 말며, 당신들의 삶의 목표가 되고자 하는 사람을 피하라. 그때는 당신들은 걸인이 되고, 이미 살아 온 길을 되돌아보게 될 것이며, 소망꽃들이 시든 모습을 보게 될 것이라고, 그래서 그 허망함이 당신들의 마음속에서 둥지를 틀고 있음을 알

것이고, 자신의 왜소함에 대해 자각하게 되고, 먼지 속으로 넘어져 외양적 키다리들이 당신들을 밟고 지나갈 것이네' 라고 이런 안타깝게도, 또 헛되게도 내가 그 말을 그네들에게 하게 되는구나. 바로 그 외양이 나의 모든 진실을 비웃고 죽여 버렸기 때문이네. 그리고 나서 자네는 얼굴의 분장을 다 지우고, 연미복으로 갈아입고 훈장이 달린 리본을 장식하고 위엄 있는 포즈로 학자처럼 그들에게 말해주게. '당신들의 최종 연구에 의하면 당신들은 이 지구(地球)의 가임성(可妊性)을 확인하였고, 곧 새로운 달(月)을 낳으려 하지요.'라고. 그러면 내가 강조하며, 그들은 자네의 말을 믿고 있으며, 환상으로 창조된 달을 개발하기 위해서 자네가 거대한 자본을 투자해서 주식회사를 만들 능력이 있다고 말하지 ······. 중요한 것은 유일한 외양뿐이네!"

"어떻게 된 일입니까? 무슨 일이, 나의 존경하는 친구여?"

프리돌린의 목소리는 떨리고, 연민으로 가득 찬 걱정 어린 심정으로 울고 있었다. 프리돌린은 자기 친구이자 같은 운명을 가진 사람이 이렇게 참담한 분위기에 있는 것을 한 번도 본 적이 없었다.

"괜찮아. 걱정할 것은 없지 ······. 일순간 나는 내 과거로 되돌아가 보았어. 다시 한 번 나는 그 여인을 보았어. 그녀는 자신을 나의 삶의 목표라며 거짓말하고, 나의 꿈을 빼앗아 가버렸고, 나를 먼지 속으로 밀어 넣어 버렸거든 ······. 그래, 프리돌린. 나의 경우 그 꽃들이 이른 봄에 노랗게 변했어. 더 이상 그것에 대해 말 않겠네. 자! 우리는 아름다운 꿈을 꾸도록 하세! 내일 우리는 그 소년, 소녀들에게 웃기는 모습으로 나서서, 그들에게 우리는 행복하다고 보이세! 나는 그들에게 마술의 수정구슬로 요술을 부려 찬란한 미래를 보여 주겠네. 그리고 진심으로 그 거짓 그림이 언젠가 실현되도록 빌겠네. 그렇게 되면 좋겠는데, 그렇게 되면 꼭 맞겠네!"

"발타자르 맞아요. 그렇게 하면 더 정확하네요 ……. 그렇게 합시다."

학생의 영혼 위로 혼돈된 사념의 안개가 내려앉는다. 그 안개 속에서 학생은 여기저기 길을 방황한다. 희망, 절망, 감동, 쓸쓸함 등이 교대로 나타났다. 그리고 그는 위안을 갈망하는 영혼으로 기다리고, 기다린다. 그러나 천막 안에는 이제 완전히 침묵만 있었다. 두 노인은 말이 없다. 장터를 따라 차가운 가을바람이 불어오기 시작한다. 학생은 흔들리듯 떨면서, 일어서서 얇은 모피 옷을 당기며, 별이 가득 찬 창공을 바라보았다. 시간도 공간도 존재하지 않고 외양만 존재한다는 것이 생각났다. 그의 마음은 이런 사념으로 아파 오기 시작했다. 그는 하늘의 별들을 바라보고, 또 바라본다. '저 별들이 고정된 채 움직이지 않는 것도 외양이고 그 별들 사이의 짧은 거리도 외양이고, 그 별의 빛이나 존재마저도 외양이라니, 아주 멀리서, 매우 오래되어 없어진 별도 마지막 별빛이 우리에게 도달할 때까지는 살아 있는 별인 것처럼 보인다고 들은 적이 있었다. 그 거리는 잴 수도 없고, 수 세기 또는 수천 년이 흐른 뒤에야 마지막 광선이 우리에게 도달할 것이다. 그렇지만 우리만 홀로 존재하는가? 공간은 정말 무한하고, 무한대에서 방황하는 저 빛은 존재하지 않는 별이 영원히 살아 있다고 거짓말한다. 얼마 전에 그는 어떤 작품을 읽었다. 그 작품의 저자는 지난 세기에 살았으나, 그의 영혼이 남긴 영원한 빛은 죽은 자를 살아 있는 것처럼 거짓말한다. 외양이다. 그 외양이 사랑도 되고, 행복도 될까, 젊은 연인들이 서로 쫓아가는 그 갈망도 외양인가?'

학생은 아주 가까운 천막 안쪽에서부터 달콤한 음악소리가 나는 것을 들었다. 소녀는 자면서 말을 했다.

"그럼요, 고등학생 오빠."

소녀의 말은 소년의 영혼 속에 있는 미신의 예감을 불러 일으켰다. 마치 소녀가 그의 마지막 질문에 답하는 것처럼. '아, 불가능해, 이것이 외양이라니! 안 돼.' 그는 마음이 아파 눈물이 나왔다. 이 천막 벽으로 그를 가두는 것은 외양이 될 수 없다.

"진실은 존재하지, 그렇지, 나의 작은 태양?" 그는 낮은 목소리로 묻고는 천막의 천에다 귀를 갖다 대며, 절망적으로 대답을 기다리고 또 기다렸다. 잠자는 사람들의 숨소리만 들려왔다. 이 침묵은 그에게 잔인하고 완강한 악의처럼 느껴졌다. 그 뒤 위로가 되는 생각이 떠올랐다.

'그녀가 내 생각에 맞춰 대답한다는 것조차도 외양이구나. 하느님 맙소사, 외양만이!'

그는 지금 이 외양에 대해 의지와는 반대로 즐거워하고 있지만, 전에는 바로 그것 때문에 눈물 흘렸다는 것이 입증되었다. '정말 모든 일이 외양인가? 아냐, 전부 다는 아닐 거야. 내가 여기 천막 옆에 앉아 있다. 이것은 외양이 아니지 않은가. 그렇지만 맞기도 해, 나의 영혼이 저 소녀의 짚으로 만든 잠자리 앞에 무릎을 맞대고 앉아 저 잠자는 아름다운 소녀를 즐거이 바라보고 있으니까. 영혼이 있는 곳에 진실이 있어. 그러나 아냐! 인간은 신체가 하나이니 영혼도 하나다. 인간은 외양의 중첩된 길에서 걷고 있다. 그것을 안다는 것은 잔인해!'

밤의 적막 속에 시계탑에서 종소리가 들려 왔다. 종소리가 열한 번 울렸다. 학생은 하나하나 헤아리고 미소 지었다. '실제로 열 한 시일까? 외양의 인간은 외양으로서 시간의 영원함을 측정하고, 그에 따라 자신의 할 일의 방향을 잡는다. 아냐, 아냐! 이 정도로 생각하면 충분해, 더 생각하면 돌아 버리겠는걸. 집으로 돌아가, 집으로 뛰어가서, 이 우둔한 심정을 잠으로 지워 버리자!'

그는 슬그머니 자리에서 일어나서 집으로 출발했지만, 장터의 주변에 이르자 집으로 가지 않고, 그가 반대 방향으로 걸어가고 있다는 것을 알아 차렸다. 그가 되돌아가려고 몸을 돌렸을 때, 가까운 술집에서 큰 소리를 치는 젊은이들이 거리로 쏟아져 나오고 있었다. 집시들도 그들과 함께 나왔다.

"어이, 친구들. 소리를 내지 말고 질서를 지켜! …… 그리고 집시 당신들은 길가에서 흥분하지 말고, 저곳 그녀의 창가 아래에서 연주해줘요! 하지만 그때는 나의 마음을 전해줄 수 있는 것처럼 바이올린을 켜요!"

학생은 그 목소리가 들리는 쪽으로 머리를 돌렸다. 그의 가장 친한 친구인 파울로 바르코의 목소리였다. '으음, 또 무슨 어리석은 짓을 이 녀석이 하고 싶은 거지? 그가 기자 코르모쉬에게 소야곡을 연주할 건가? 확실해, 내일 온 시내가 이 때문에 떠들썩하겠군. 교수들도 알게 되면, 대책을 세우려고 머리를 맞대겠지. 그에게 경고해 주어야겠다. 지금 그는 행복한가 아니면 슬픈가, 어찌되었든 좀 취해 있구나! 그는 자기 행동을 알지 못하고 있구나.'

학생은 작은 무리에게로 다가갔다. 학생이 셋, 집시가 셋. 파울로 바르코는 한 동료의 손을 당겨 붙잡아 두려고 애쓰고 있었다.

"자, 이 친구야……. 정말 그것은 어울리지 않아……. 지금 넌 집으로 뛰어 가고 싶지. 이제 정말 시작인데……. 진짜……. 자, 이리 와, 친구, 내 마음은 이만큼 부풀어 있어……."

"파울로, 난 안 돼. 너도 집으로 돌아가는 편이 더 나아……. 누가 고발할지도 모른다구. 그 교수님들이 엄하다는 것을 잘 알잖아……."

"난 집에 안 가! 지금은 안 돼! 지금 나는 저 창문 아래 서있고 싶어……."

갑자기 힘센 손이 파울로의 어깨를 눌렀다. 파울로가 돌아보며 여기서 다시 친구를 만난 기쁨을 밤의 고요 속으로 마음껏 외쳤다.

"아, 너였군, 친구! …… 네가 어디서 여기로 떨어졌니? 우리와 함께 가!"

학생은 진지하고도 낮은 음성으로 대답하고, 아버지처럼 말했다.

"파울로, 너는 지금 너의 행동에 대해 자각을 못하는군 …… . 나와 함께 가! …… 나하고 우리 집에서 이야기하자구 …… . 그곳에서 같이 자면 되잖아 …… ."

"오, 내 사랑하는 친구, 무슨 일이 있었지? 지금 너 역시 …… 바로 네가?"

"왜 바로 나인가? 보라구, 페트로 보좀은 이미 오늘의 즐거움에 만족하고 있고, 그도 이제는 너와 함께 가고 싶지 않다고 하잖아. 네가 저녁에 술집에 있다는 것 자체가 아주 대담한 거야. 지금 네가 온 동네가 떠나갈 정도로 노래를 부른다면, 자네는 주요 인사들 앞에서 용서를 구해야 돼"

"에이, 괜찮아! …… 집시 여러분, 만사 불문하고 앞으로!"

"나는 집에 갈 거야. 그럼, 안녕. 파울로! 너는 집으로 가든지, 아니면 라베쮸에게로 가. 교수님들을 염두에 두지 않고 이러면 어울리지 않는다는 것을 알잖아 …… . 자, 또 만나!"

페트로 보좀은 빠른 걸음으로 작은 무리를 떠났다.

"비겁한 …… ." 바르코가 좀 큰 소리로 말했다.

세 번째 학생은 말을 좀 더듬거리는 소년으로, 겁먹은 표정으로 술집 문의 그늘 속으로 몸을 숨겼다. 전혀 얘기치 않게 그는 교칙을 위반하는 이런 행동의 중심에, 이런 밤중의 놀음에 빠져 들었던 것이었다. 저녁이 채 되기도 전에 그가 산책하면서 파울로 바르코를 만나자 붙잡혀 버린 것이었다. 처음에 팔학년 학생이 육학년 학생인 그에게 모든 비밀을 쏟아 부을 때는, 큰 영광이었다. 하지만 파울로가 그를 술집으로 끌고 들어갔을 때, 그때는 만사가 아주, 너무 괴로운 것이 되어 버렸다. 아, 학교사환이 나타나 그들을 놀라게 한다면?! 그는 벌써 오래 전부터 달아나고 싶었지만, 사환보다도 파울로 바르코를 더 무서워했다. 페트로 보좀도 술집주인은 아주 마음씨가 좋아서, 그들을 배신하지 않을 것이라고 그에게 조언해 주었다. 거리에서는 페트로 보좀이 가졌던 큰 용기는 수포가 되어 사라졌으며, 집으로 뛰어가 버렸다. 지금 그도 무슨 일이 벌어지더라도 집으로 되돌아갈 시간이다. 그는 반대할 명분을 대려고 용기를 냈다.

"비— 비— 비겁하다고요? 그도 비— 비— 비겁하지 안— 않아요, 하지만 그의 과-과-관심은, 저어 ……."

"더듬거리지 마, 넌 나와 함께 가는 거야, 알았어?"

"하지만, 나—나—나는 저—저—저 장학금을 잃게 될 거에요. 만약 내가 …… 정말, 내가 …… 화를 내지 말아 줘요. 하지만 마—마—마찬가지로 나의 과—과—관심은, 저 …… 저 ……."

"좋아! 집에 가, 임마, 토끼 같은 겁쟁이 녀석아! …… 그렇지만 너, 내 친구인 너는 나와 함께 남겠지! 봄은 너의 마음에도 있지. 용감하게 너는 바라뉴요쉬에게 의견을 말했어. 허, 어찌나 그 안경 쓴 늙은 부엉이가 입을 벌리고서 눈을 멀뚱멀뚱 거리고 있던지! 하하하!"

"또 뵙겠습니다!" 그 두려움 많은 금발의 학생은 작별인사를 했다.

"그래, 가!" 멸시하는 투의 대답이었다.

"잘 가세요, 라베쭈 선배!"

"잘 가." 학생이 대답했다.

한결 마음이 가벼워진 금발의 소년은 서둘러 사라졌다. 바르코는 침을 뱉었다.

"그래, 팔학년생이 저런 젖비린내 나는 육학년생을 친한 친구로 사귄다면, 그렇게 되고 말구……. 에이! …… 자, 우리 가세!"

학생은 자기 친구의 팔짱을 끼고서 설득하듯 말했다.

"파울로, 우리도 집에 가자……. 봐, 다른 사람들은 이미 네 곁을 떠났어. 우리 집에서 함께 자는 게 더 낫겠어."

"안 돼, 안 되고 말구! 너는 나와 함께 가야지! 나는 기자 코르모쉬의 창문 아래 서서 보고 싶어, 그리고 너도 내 마음 속의 행복으로 나의 행복을 위하여 나의 눈물이 굴러 떨어지는 것을 볼 수 있도록 하고 싶어! 들어 봐, 그녀가 내게, 날 좋아한다고 말했어! 자네 듣고 있나? 이해가 돼, 사랑하는 친구?"

벌써 '내게도 그녀가 작년 오월 소풍 때 말했었다'라는 말이 학생의 혀끝까지 나왔지만, 갑자기 그는 그 비밀을 다시 삼켰다. '아마 그때는 그렇게 되었고, 지금은 이렇게 있는구나. 이 외양의 세계에서 사람들은 무엇을 알 수 있을까? 여기 파울로 바르코는 행복해서 울고 있다. 통속적으로 사람들은 행복 때문에 웃는다. 눈물은 고통의 현상이다. 에이, 우리가 언제 철학적으로 되어 버렸지, 어서 이 술 취한 동료를 집으로 데려 가야지!'

"자, 파울로, 우리 집으로 가자! 집시들과의 약속을 취소하고 가자! 페트로 보좀 말이 정말 맞다구. 교수들을 고려하지 않는다는 게 어울리지도, 좋지도 않아……."

"뭐라고 — 오? 그럼 자네도 비겁한 친구군? 그래, 그럼 너 혼자 집으로 꺼져 버려!"

"내가 비겁하다구?" 학생의 눈은 반짝거렸고, 손은 이미 때릴 자세로 주먹을 쥐었다.

몇 분 동안 두 친구는 위협하듯 서로 노려보았다. 갑자기 그 학생이 살짝 웃기 시작했다.

"겉으로 보기는. 겉으로 보기는 그래, 파울로."

소년 바르코는 소년 라베쥬의 목에 매달려, 그의 입에 입 맞추고는 감동적으로 껴안았다. 그의 목소리는 우정의 감정으로 떨리고 있었다.

"물론 외양으로만 그렇지! 결코 넌 비겁한 녀석이 아니야, 내 친구! 너는 그 엄한 바라뉴요쉬 교수께 그렇게 용기 있게 말했었지 ……. 너는 나와 함께 가는 거야!"

"하지만 파울로!"

"한 마디도 하지 마! 너는 나와 함께 가는 거야! 자, 집시 여러분, 우리 뒤를 따라 오세요!"

두 친구는 걷기 시작했으며, 집시들이 그 뒤를 따랐다. 열 걸음 정도 그들이 움직였을까 바르코가 명령하듯이 소리쳤다.

"멈춰! …… 친구, 말해 봐, 자네 마음의 연인은 어디에 있는가? 누구의 연인이 더 가까이에 있는지, 먼저 그 사람에게 우리가 소야곡을 켜주어야지."

그 학생의 마음은 '작은 태양 아가씨에게 소야곡을 바치고 싶은' 생각과 함께, 집시를 천막 아래로 무릎 꿇게 하여, 그 잠자는 소녀에게 마음을 어루만지는 멜로디로, 말로는 표현하기 어려운 것을 고백하고 싶은 생각이 나기 시작했다. 이런 생각이 그를 사로잡았지만, 파울로 바르코 앞에서 그는 그 천막을 부끄러워했다.

"어, 왜 말 안 해?"

"들어봐, 파울로, 나의 연인은 정말 창문을 열 수 없고, 자네처럼 레이스 쳐진 커튼 뒤에서 몰래 볼 수도 없어."

"왜 안 돼? 그녀는 정원이 있는 작은 집에 사니? 그렇다면 자네를 위해 여섯 개의 담장도 기꺼이 기어 올라갈 수 있어."

"그녀는 그런 정원이 있는 작은 집에 살지도 않고, 그 담장을 넘어 가지 않아도 돼."

"그럼, 그녀는 고층에 사나? 괜찮아. 나의 친구, 우리는 먼저 자네 집으로 가서, 작은 사다리를 가져 와, 그것을 그녀의 집으로 가져가면 돼. 그런 복잡 미묘한 것을 나는 아주 좋아 하지. 아, 얼마나 즐거운 일인가! 우리는 저 집시들에게, 제기랄, 올라가게 할 거야! 십 펭의 돈이면 그들은 성경에 나오는 야곱의 사다리에도 기어 올라갈 거야. 안 그런가요, 검은 얼굴의 사람들이여? 내가 대가를 지불하지요."

"에이, 당신이 아주 존경하는 그 연인의 손에 키스는 수천 번 할 수 있지만, 나는 어릴 때부터 현기증이 잘 나거든요. 특히 밤에는 더 그래요." 두려움을 느끼는 집시가 힘주어 반대했다.

"에이, 파울로, 그곳은 사닥다리도 필요 없어 ……. 그녀는 고층에 살지도 않고, 저 …… 저 …… 그녀는 이 장터에서 살고 있어 ……. 저 작은 장터 천막 안에. 천막의 아래 쪽 끝에 웅크리고 앉아 그곳에서 바이올린을 켜는 것으로 충분해."

"그래요, 그래요, 그래요! 더 쉬운데요, 예 ……. 나는 어릴 때부터 웅크리는 것에는 익숙해 있어요." 그 집시는 만족감을 표시했다.

"에이, 친구, 너는 어느 아름다운 집시여인과 사랑에 빠졌군?!"

파울로 바르코가 가벼운 마음으로 자신의 팔꿈치로 친구의 옆구리를 밀었다.

"너는 교활하군, 나의 친구, 그러나 그건 자네 일이지 ……. 자, 검은 천사들이여, 천막으로!"

학생은 자기 친구의 부적절한 주의에 기분이 나빴다. 물론 천막이 외양이고, 작은 태양은 백작의 가문에서 태어날 수도 있어. 그녀는 고아지만 매우 우아하다.

"들어봐, 파울로, 그 애는 집시여자 같은 사람이 아냐······. 그리고 뭐랄까······ 뭐랄까······. 그녀는 작은 태양인데, 신의 사랑스런 선물이야······. 우리는 그러니까 서로 만난 지는······."

"나로서는 그녀가 흑인 공주라 해도 마찬가지야, 친구. 그녀는 너의 작은 꽃이고, 넌 그녀가 있음으로 기뻐하고 있고······. 허, 파라오(역주: 이집트 왕의 칭호, 이스라엘에서 솔로몬 왕조 때까지 이렇게 부른다)의 후예들이여, 귀가 아프도록 그렇게 조율하지 마시오! 발끝으로 사뿐사뿐 가까이 가시오. 발끝으로!"

학생은 집시들에게 다소 흥분하여 지시를 내렸다.

"당신들은 그녀가 꾸는 꿈이 무서워 달아나지 않을 정도로 그렇게 조용히 켜시오. 달콤하게, 즐겁게, 사랑하듯이. 저기를 보아요! 저기······ 저기 그녀가 잠자고 있어요. 저기서 무릎을 꿇고 달콤하게 사랑하듯이 켜 주시오!"

천막 아래 가장자리에서 바이올린이 울려 퍼졌다. 나이 많은 집시는 마치 자신의 사랑을 추억하듯이 아름답게 연주했다. 그 멜로디는 그의 바이올린 활 아래서 웃기도 하고 울기도 했다. 두 친구는 서로 팔짱을 끼고, 듣고 있었다. 때로 파울로 바르코는 자기 손에 눈물이 떨어지는 것을 알아 차렸다. 그만큼 엄숙하고 심각한 감정인가? 그는 라베쮸를 쳐다보았고, 그의 우정 어린 마음은 더욱 감동되었다.

갑자기 천막 안의 발타자르 스승이 반쯤 잠에서 깨어나 높은 목소리로 말했다.

"누구시오?"

"접니다. 발타자르 스승님. 저, 고등학생입니다 ……. 저희들이 작은 태양에게 소야곡을 켜도록 허락해 주십시오 ……. 발타자르 스승님, 짧은 한 곡만, 그 다음 저희들은 질서정연하게 물러나, 조용히 떠나갈 것입니다 ……. 발타자르 스승님, 버려진 아이가 버려진 아이에게 ……. 우리도 우리의 봄을 간직할 수 있도록 짧은 한 곡만을 ……."

학생의 목소리는 간청하고 있었다. 이 때문에 발타자르의 두 눈은 젖어 빛나고 있었다. 그는 등불을 밝혔다. 그 소녀는 짚 가마니에 앉아, 머리를 천막의 벽에 기대고 있었다. 등불이 커질 때, 그녀는 깜짝 놀라, 발타자르의 얼굴을 탐색하듯 쳐다보았다. 프리돌린의 주름진 얼굴도 헝겊으로 만든 이불 속에서 나왔다.

"무슨 일이예요? 무슨 일이 있어요?"

"프리돌린, 나쁜 건 없어. 그 고등학생이 우리 작은 태양에게 소야곡을 하기 위해 왔어. 저 고등학생이 와서 짧은 노래 한 곡을 연주하도록 허락해 달라고 했어 ……. 버려진 아이가 버려진 아이에게, 프리돌린. 저 속에 나쁜 것은 하나도 없어."

프리돌린은 작은 태양을 쳐다보았고, 그 소녀의 눈은 기쁨으로 빛나고 있었다. '마음씨 좋은 할아버지는 음악 때문에 화도 내지 않으시고, 저 마음씨 좋은 할아버지는 저렇게 온화한 표정을 짓고 계신다.' 그녀의 기쁨은 프리돌린의 마음을 사로잡았다. 그는 더듬거리며 흥분되어 말했다.

"그리고 지금 …… 그래요, 발타자르, 지금 우리가 무엇을 해야 됩니까? …… 풍습에 따르자면 창문을 밝히는데 …… 그러나 우리는 그런 것이 없어요 ……. 당신은 어떻게 하는지 알지요? 내가 …… 내가 통로 쪽으로 등불을 비출까요, 그렇게 할까요?"

"조용해요, 프리돌린! 자네를 위해 저 사람들이 소야곡을 선사하는 것이 아니지 않는가. 만약 털이 무성한 자네의 큰 손이 한 밤에 등불을 내밀고 나온다면, 아름다운 응답이 될 것으로 말하고 싶지만, 그때 집시는 놀라서 자기 바이올린의 활을 떨어뜨릴 수도 있어."

프리돌린은 무안했지만, 행복하게 미소 지었다.

"오, 하느님. 그럼 무엇을 해야 하지요? ……. 작은 태양, 넌 꼭 알아야 돼 ……. 너는 저 아름다운 소야곡을 선사받은 그런 소녀라는 것을 말이야. 내가 그런 소녀가 될 수 없다는 것을 알아야 되겠구먼."

"그것은 자네가 주의를 주지 않아도 다 알아, 프리돌린. 더 이상 소리 내지 마. 에바, 입구로 가서 저 음악이 끝날 때, 이 영광스런 일에 적절히 감사하다고 말해 줘……. 자, 가 봐! …… 그리고 자네, 프리돌린, 소리 내지 말게!"

그 소녀는 따뜻하고 큰 천으로 몸을 감싸고, 등불을 들고 입구의 틈에 섰다. 그 틈을 통해서 그녀는 밖을 훔쳐보았다. 그녀의 심장은 더욱 빨리 뛰었다. '아, 얼마나 이상하게 빨리 뛰는지!' 학생은 등불이 움직이는 것을 발견하고 입구 쪽으로 다가와, 밖으로 흘러나오는 작은 불빛을 사랑을 갈망으로 바라보려고 그곳에 멈춰 섰다.

달콤한 멜로디가 한 밤의 정적 속에서 울려 퍼져나가고 있을 때, 여러 사람들의 마음은 감정에 충만하였다. 두 늙은 희극배우들은 행복하게, 감동 되어 서로 손에 손을 마주 잡았으며, 그들의 시선은 어두운 장터 쪽으로 훔쳐보고 있는 저 소녀의 모습을 따사로이 어루만져 주고 있었다. '아, 저 애도 저만큼 컸구나! 그녀가 벌써 소야곡을 받다니. 오, 아주, 아주 이것은 대사

건이구나! 그래 아주 큰 사건이다.'

바이올린이 돌연 멈추었다. 떨리는 듯 목청을 가다듬은 소녀는 대못으로 고정되어 있는 갈라진 틈을 통해서, 조용히 속삭이듯 읊으면서, 자신의 손을 밖으로 힘들게 내밀었다.

"아름다운 음악에 대해 대단히 감사합니다. 고등학생 오빠."

학생은 내민 작은 손을 어루만졌다. 그는 첫사랑의 경건하고 순수한 열정으로 그 소녀의 손에 입을 맞추고는, 먼발치에 있는 바르코에게로 뛰어갔다.

"이제, 파울로, 지금부터는 자네의 아름다운 연인에게로 가세. 그리고 만약 모든 교수가 그 곳을 잠행하고 있더라도, 이 모든 것을 관계치 말고 ……. 나의 파울로, 자네는 봄이 있다는 것을 알지, 봄 말이야! 가을은 외양뿐이라구."

소녀가 몸을 돌렸을 때, 벌써 저 멀리 떠나가는 사람들의 발걸음 소리가 들려왔다. 그녀는 두 노인이 미소 짓고 주시하고 있기 때문에 얼굴이 붉어졌다. 모든 것이 그녀로서는 이상해서, 마치 꿈처럼 느껴졌다 ……. 고등학생 오빠가 와서 자신을 위해 음악의 밤을 마련해 주고, 자기 손에다 입 맞추고, 할아버지와 프리돌린은 행복하게 미소 짓고 있으니, 그녀는 자꾸 울고만 싶어진다. 왜냐하면 그녀의 마음은 달콤한 기쁨의 눈물바다에서, 그 눈물 속에서 헤엄치고 있기 때문이다. 그녀는 더 이상 참을 수 없어서, 짚 가마니에 몸을 던지고서, 울었고, 크게 울었다. 당혹한 시선으로 프리돌린은 발타자르를 바라보았다.

"괜찮아, 프리돌린. 나쁜 것은 없어. 기쁨만이 ……. 오로지 영혼을 비옥하게 하는 봄의 가랑비가 ……."

프리돌린의 표정은 온화한 미소로 주름살이 보였지만, 오래 지니고 있었던 고마움을 그는 억누를 수 없었다.

"만약 내일 그 고등학생이 온다면 ······. 그 고등학생이 내일 오면, 나는 그 익살스런 표정을 지어, 그 표정을 만들어, 그가 평생 웃음을 참지 못하도록 만들어 볼 테다."

가을 속의 봄

무척 아름답고, 태양이 내리쬐는 가을날의 오후. 칠학년 학생과 팔학년 학생들이 장터에 모였다. 마흔 명이나 되었다. 이 많은 학생들이 저렇게 크지 않은 천막 안에 다 들어갈 수 없을 것 같았다. 소년들의 표정은 매혹적으로 장엄했다. 그저께 오전과 어제 오전 두 차례에 걸쳐 라베쭈가 이들에게 발타자르 스승과 프리돌린 광대에 대해 말해두었다. 그는 이분들에 대해 세상 사람들이 말할 수 있는 온갖 찬사로 이야기했으며, 오늘도 수업시간 사이의 쉬는 시간에 그는 심금을 울릴 만큼 감동적으로 이야기하자, 학생들은 구경 가기로 하고, 책상에 이십 필레르의 동전을 내놓으며, 만약 공연이 자기들의 호감을 사지 못하더라도 손바닥이 빨갛게 될 때까지 손뼉을 치기로 결정했다. 하지만 여전히 다른 원인이 있었다. 파울로 바르코가 학생들에게 중대한 비밀을 누설했기 때문이다. 한 학생은 놀랐고, 다른 한 학생은 미소 지었고, 잠시 아연해하던 학생들도 몇 명은 있었지만, 결국에는 모두 악수로 공감을 표시했다. 왜 아니었겠는가? 라베쭈 소년이 그 엄한 바라뉴요쉬 교수에게 봄이 있다는 것을 용기 있게 말했다. 그래서 그때 진정한 봄이 펼쳐지는 것이다! 다 알려진 비밀과 악수로써 확약된 공동의 결정은 이 소년들의 표정을 그토록 장엄하게 만들어 놓았다. 그들은 서로 미소를 지으며 바라보았고, 호기심과 의미심장한 눈초리로, 장터 천막에서 푸른 입장권을 나눠주고 있는 요정을 바라보고 있었다.

에바는 한 무리의 학생들을 보고는 흥미와 존경의 시선을 느꼈다. 당황하고 수줍은 탓에 그녀의 얼굴은 장밋빛이 되었다. 그녀는 프리돌린에게 속삭였다.

"프리돌린, 저기 고등학생들이 도착했어요."

프리돌린은 이렇게 많은 학생들이 와 있는 것을 보자, 이상한 흥분에 사로잡혔다. 그는 발타자르가 있는 안쪽으로 달려가 넌지시 알려주었다.

"발타자르, 저기 고등학생들이 도착했어요. 좀 서둘러요! 저들은 아주 많아요."

그렇게 말하고 그는 작은 선전용 단상으로 달려 나왔다. 원기왕성하게 머릿속으로는 어제의 약속을 되살려, 자신의 재담을 시작할 참이었다.

"에바, 저 학생들 중에 그 학생은 누구니 ……. 넌 내가 묻는 그 학생 알지 ……. 나는 그의 얼굴을 기억하고 있지 않아 ……. 지금부터 나는 익살스런 표정을 지어, 그 표정으로 나는……. 저 학생들 가운데 누구니?"

"아직 이곳에 오지 않았어요 ……. 아마 나중에 오려나 봐요 ……. 그는 안 올지도 …… ."

"오지 않는다구? 얼토당토 않는 소리를 하는군? 아마 저 학생들은 그를 기다리고 있어. 그 때문에 저 학생들은 천막에서 저 만큼 멀리 서 있지."

"그가 정말 오리라고 생각하세요?"

"물론이지, 정말 그는 곧 도착할 거야."

소녀의 두 눈은 기쁨으로 빛나고 있었다. 오늘 소녀는 축제 때 입는 복장으로 나왔다. 하루 종일 소녀는 이 옷만 입고 있었다. 그 "고등학생 오빠"가 와서 보면 참 잘 어울릴 옷이다. 소녀의 작은 심장은 그 고등학생이 자신을 아름답다고 판정해 줄지 어떤지에 대한 생각 때문에 조바심으로 가득 차 있었다. 소녀의 순박하고 수수한 옷차림으로는 자연이 소녀에게 가져다 준 매력적이고 순결한 아름다움을 알아차릴 수 없다는 것은 놀랄 일이 아니다. 그러나 소년들은 소녀의 아름다움에 시선을 두고 경탄했다. 학생들은 손으로 넥타이를 정연하게 매만지고, 긴 외투와 조끼들이 폼이 나도록 끌어당겼다.

프리돌린 말이 맞았다. 학생들은 누군가를 기다리고 있었다. 그 누군가가 이미 공터를 지나 그들 앞에 도착했다. 그는 파울로 바르코였다. 환호하는 박수로 그들은 그를 반겼다.

"이렇게 많이 모여 줘서 고마워요. 여러분. 그런데 여러분은 지금 아름답고도 위풍당당하군요! 이해하겠지요? 공연에 대해 의논하러 광대를 만나러 갔다 오겠어요. 라베쭈가 도착하면 우리는 들어갈 것이니 좀 기다려 줘요, 여러분!"

파울로 바르코는 천막으로 다가가, 존경심 가득히 모자를 살짝 들고는 계산대에 앉아 있는 소녀에게 인사를 했다. 소녀는 당황해 하면서도 살짝 웃으며 그에게 답례했다. 프리돌린은 익살스런 표정을 위해서 준비하고 있었는데, 다행히도 그는 어제의 그 고등학생과 이 학생이 많이 닮지 않았다는 것을 확인하게 되었다.

"프리돌린 선생님," 바르코가 말을 시작했다. "저희들은 한 사람을 지금 기다리고 있어요. 그가 오면 곧 들어갈 것입니다. 저 가능하다면 ⋯⋯."

"그럼, 고등학생, 불가능한 게 뭐 있는가. 자네들의 후의에 감사할 뿐이지. 물론 가능하구 말구." 이렇게 말하는 그의 목소리는 감동으로 떨리고 있었다.

"그럼 좋아요, 하지만 우리의 요청은 우리가 관람하는 공연시간에 외부 사람들은 들어오지 않게 했으면 ……. 지금 천막 안에서 공연을 하고 있습니까?"

"그럼 하지만 곧 마치네 ……. 지금 이맘때는 발타자르 스승께서 마지막 프로그램을 하고 계시네."

"그럼, 외부인은 안 됩니다!"

"물론, 선생."

파울로 바르코는 인사를 하고서 고등학교의 가장 상급반 두 반 학생들의 대표로서 걸맞게 위엄을 차려서 다시 자기네들 편으로 돌아왔다. 이때 장터에 온 사람들의 시선은 그들에게 멈췄다. 여기, 이 고등학생들은 확실히, 학생들은 다시 뭔가 일을 저지를 것에 대해 의논하고 있다. 장이 설 때마다 학생들은 스캔들을 만들어왔다.

천막에 들어갔던 손님들이 나왔다. 프리돌린은 자신의 연단으로 뛰어올라가, 기다리고 있던 학생들에게 큰 소리로 말했다.

"여러분, 여기로, 여기로 오면 되요! 발타자르 스승이 이미 여러분을 기다리고 계십니다 ……. 그리고 나도 천막에서 가장 재치 있는 재담을 공연할 거구요. 자, 고등학생 여러분, 이곳으로!"

파울로 바르코가 인솔하여 이 학생들의 무리는 출발했다. 라베쭈는 일부러 맨 뒷줄에 섰다. 그런 방식으로 그가 문에서 가까운 곳의 장소를 찾아 차지해야, 공연 내내 자신의 작은 태양 아가씨를 바라볼 수 있기 때문이었다.

맨 앞의 학생이 계산대에 도착하자, 탁자에 일 펭을 놓고 의도적으로 거스름돈의 동전에 대해 개의치 않고 진심으로 미소를 지어 소녀에게 국화 한 송이를 전해 주었다.

"작은 태양을 존경한다는 뜻으로……. 내 이름은 요제포 베두입니다."

그 학생은 그리고 나서 계산대 탁자를 떠났다. 소녀는 깜짝 놀라면서 미소 지었다. 그녀에게는 대답할 시간이 없었다. 벌써 둘째, 셋째, 넷째 학생이 끝없는 순서로 진심어린 미소를 하고서 다가와서는 일 펭짜리를 댕그랑 놓았고, 작은 탁자 위에는 꽃들이 쌓였으며, 이름을 알려주는 목소리가 연이어 들려 왔다.

소녀는 이미 표를 주지 않고, 다만 바라볼 뿐, 소녀의 미소조차 울먹이고 있었다. 프리돌린은 긴 시간의 이런 공격에 저항할 수 없어 천막 안으로 달려가 침을 삼키면서 발타자르에게 낭패감을 표시했다.

"발타자르, 나는 실패했어요……. 익살스런 표정을 해낼 수 없어요……. 나는 실패했어요." 그리고는 다시 계산대로 달려가 젊은이들의, 그 젊은이들의 밀려오는 물결을 바라보고, 바라보고만 있었다. 학생들의 펼친 가슴으로부터 가을의 한 가운데 있는 계절에 향기를 내뿜는 아담한 꽃들이 쏟아져 나왔다. 늙은 희극배우는 눈물이 나서 앞을 바라볼 수 없었다. 모든 것이 그의 앞에는 가려져 있고, 감사의 뜻으로 익살스런 표정을 지어야 된다는 것조차 잊어버렸다. 하지만 만약 그가 다른 사람들의 눈을 보았다면, 그를 쳐다본 학생들은 벌써 그가 짓고 있는 아주 슬픈 표정이 가장 달콤한 기쁨으로 관객들의 마음을 어루만져 주고 있다는 것을 확언할 수 있었을 것이다.

그러나 눈물을 애써 멈추려는 사람은 프리돌린뿐만이 아니었다. 라베쭈도 목이 짓눌려 질식할 것 같았다. 이 장엄함에 대해 그는 전혀 모르고 있었다. 이것은 방랑자 파울로의 두뇌에서 확실히 나왔을 것이다. 맞다. 이 모든 아이디어는 그에게서 나왔다. 갑자기 그는 자기 친구의 팔을 잡았다.

"오, 파울로, 그렇게 하면 나빠, 아주 나빠. 파울로 내가 사랑하는 …… 네가 이렇게 날 놀라게 하여, 날 고문하는구나. 너는 하느님의 축복과 보상을 받을 거야. 나는 …… 나는 …… 파울로 …… ."

"자네에게 무슨 일이 있는가, 친구?"

"난 꽃도 일 펭도 없어. 단지 이십 필레르 동전만 얻어 왔어. 그것조차도 어려웠어. 왜냐하면 투르텔 할머니가 말씀하셨거든. 이십 필레르의 동전으로 영혼을 가질 수 있다면, 그때는 사람들이 이 돈을 더 높이 평가해야 한다고 하셨을 때, 얼마나 부끄러웠던지! 아, 부끄러워 혼났어 …… . 난 지금 떠나고 싶어. 파울로 …… 난 가겠어 …… ."

"자네가 간다구, 나는 어디로 가야 될지 모르겠군! 자, 그럼, 자네가 떠난다면, 저 어여쁜 소녀의 빛나는 눈동자에 눈물이 흐를 텐데 ……. 여기 남아! 나는 혼자야, 내가 너를 저 소녀에게 데려다 줄 테니까. 아무 걱정 마! 나는 친구잖아? 우리 함께 가는 거야, 그리고, 음, 단 한 마디라도 반대하는 소리를 난 듣고 싶지 않아!"

학생들은 물통 속의 청어들처럼 천막 안에서 벌써 분잡을 일으켰지만, 모두의 두 눈은 출입구에 집중되고 있었다. 호기심어린 마음은 즐거웠다. 사랑하는 두 버려진 아이의 만남. 모든 학생은 파울로 바르코가 몰래 알려주었기 때문에 대단한 비밀을 알고 있었다. 마음에 미소를 담고서 발타자르 스승은 자신의 작은 탁자 뒤에 섰다. 그리고 이 모든 것이 이론에 의하면 외양이라는 것도 잊어 버렸다. '가을날에 봄날을 다시 꿈꾸는 저 젊은이들에게 하느님의 축복을 내려 주소서.' 이 세상의 여느 마술쟁이의 지팡이에서보다는 젊은이의 마음에서 더 많은 기적이 흘러나온다.

친구와 팔짱을 끼고 온 파울로 바르코는 계산대에 멈추어 섰다. 그 소녀와 학생은 서로 쳐다보았다. 그들은 시선으로 빛나는 인사를 나누었지만 입으로 아무 말도 하지 않았다. 그들은 넋이 나간 듯 서로 한동안 바라만 보고 있었다. 그 때문에 그들 둘은 파울로 바르코가 수북이 쌓인 돈에다 십 펭짜리 지폐를 내미는 것을 알아차리지 못했다. 그는 쉽게 그렇게 할 수 있었다. 그의 아버지는 이 도시에서 가장 부자였으며, 증기방앗간 주인이었다.

"작은 태양에게 꽃을 가져오지 못했어요." 그가 말을 시작했다. "대신 따뜻하게 우정을 느낄 수 있는 이 마음을 받아 주세요. 이것도 가치 있는 일이기 때문입니다." 그는 라베쭈 소년을 살짝 밀어 자기 앞으로 내세웠다. "자, 친구, 이제 말하라구!"

그 학생은 살아오면서 이렇게 어색하게 고개를 숙여 인사를 한 적이 없는지라, 귀 밑까지 새빨갛게 되었다.

"아다모 라베쭈입니다."

"아다모라고요?" 소녀의 양 입술의 놀란 표정은 저 멀리로 날아갔다.

"예, 아다모……. 정말 썩 좋은 이름은 아닙니다."

당황한 소녀는 작은 소리로 자신을 소개했다.

"에바라고 해요."

"에바?!" 학생은 존경어린 표정으로 되풀이 말했다.

버려진 두 아이는 주저하면서 손을 내밀어 악수했다. 파울로 바르코가 박수를 보내며 소리쳤다.

"만세!"

학생들의 합창은 마음껏 쾌재를 불렀다.

"만세! 만세! 만세!"

파울로 바르코가 미소를 지은 채 그 연인들 사이에 끼어들었다.

"저도 이름을 밝힐 수 있도록 해주십시오. 파울로 바르코라고 합니다 ……. 파울로라고 불러 주십시오. 작은 태양 아가씨."

장터의 군중들이 벌써 오래 전부터 그 천막 앞에 모여 있었다. 소년들은 멍하니 바라보는 많은 사람들의 눈길에 따가움을 느끼자, 바르코가 프리돌린에게 몸을 돌렸다.

"자, 프리돌린 선생님, 공연을 어서 시작해 주십시오!"

학생들은 좁은 장소에 어떻게든 자리를 잡았다. 라베쭈만 입구에 남아 있었다. 그곳에서는 그가 자연스럽게 작은 태양을 볼 수 있었다. 그녀는 꽃으로 만든 왕관을 쓴 것처럼 서 있었다. '에바가 그녀의 이름이다. 버려진 아이들의 이름으로는 아다모와 에바 외에는 다른 것이 될 수조차 없다. 아주 자연스런 이름이다!'

공연이 시작되었다. 발타자르 스승은 음성이 조금 떨렸지만, 자신의 재능을 충분히 발휘하여 관객들의 충분한 경탄을 불러 일으켰다. 광대 프리돌린은 온 마음을 다 쏟아 재담과 웃음을 만들어 냈으며, 그의 훌륭한 유머를 계속 퍼내어도 바닥나지 않는 샘처럼 많이 보여주었다. 젊은이들은 감사할 줄 아는 마음을 지닌 청중들이다. 발타자르 스승의 천막에는 박수소리가 천둥쳤다. 이 박수는 늙은 희극배우의 노력에 대한 가장 아름다운 보답이다.

갑자기 어느 학생이 완전히 의외의 제안을 큰 소리로 말했다. "우리는 작은 태양 아가씨의 연기를 보고 싶습니다!" 다른 학생들도 박수치며 동의했다. "우리는 그녀의 연기를 보고 싶어요, 들어봅시다." 발타자르 스승이 좀 당황하여 작은 태양 아가씨는 공연을 하지 않으며, 요리하고, 빨래하고, 늙은이의 옷을 기우는 일만 한다고 해명해야 했다. 이 때문에 발타자르 스승이 학생들에게 대단히 유감이라고 선언하려 할 때, 갑자기 입구에서 소녀가 나타나 낮은 목소리로, 좀 떨리는 듯 말했다.

"저 고등학생들이 허락한다면, 할아버지, 짧은 시 하나 정도를?!"

"만세! 좋고 말구요! 들어봅시다!" 정열적인 함성이 고무되어 소리 났다.

단정하고 깨끗한 축제복 차림으로 소녀는 학생들 앞으로 나섰다. 그녀는 램프의 발열로 인해 눈처럼 창백할 정도로 하얗게 되었지만, 마음씨 고운 고등학생들의 기분에 맞춰 감사의 표시로 무언가 해야 했다. 학생들의 고무된 영혼은 박수를 보내 소녀에게 용기조차 불러일으키도록 해주었다.

맨 첫 구절에서는 낮게, 좀 떨리면서 소녀의 목소리가 들려왔다.

아침, 숲은 적막하네 ······
가을의 삶 소리는 대자연에 흐르는
장가(葬歌)에서만 어슬렁거리네.

라베쭈는 한편으로 심장이 두근거렸고, 한편으로는 놀랐다. 그것은 지금 이 시가 어제 아침 자신이 지은 것이라는 것을 알아 차렸기 때문이다. 램프의 열이 그마저 사로잡았다. 시를 지은 이는 그 소녀의 낭송이 성공하도록 조바심이 났다. 소녀의 목소리는 점점 강해졌으며, 그 낭송은 감정의 그림에 색채를 더하게 되었으며, 제 1연의 끝부분에서는 벌써 그녀의 온 마음이 시구 안에서 연주되고 있었다. 두 희극배우는 기뻐, 빛나는 눈으로 서로를 쳐다보았다. 암울하면서도 서정적인 정조에 제압당한 학생들은 호흡을 참아가면서 주의를 기울이고 있었다.

맨 마지막의 세 구절에서 그 젊은 마음의 간청은 소녀의 목소리를 갑자기 울게 만들어, 경건하게 내쉬는 기도의 마음처럼 감동을 주었다.

가을아, 너는 죽음이지, 삶은 여름.
봄의 사랑이여, 날아가지 마.
아! 언제나 …… 내 마음 속에 있어 다오!

감동한 학생들로부터 폭발적으로 찬사가 터져 나왔다. 그들은 박수 치고, 갈채를 보내고, 함성을 지르고, 요청했다.
"다시 한 번 더요!"
그 소녀는 손을 뻗어 뽐내는 듯 또 기쁜 마음으로 라베쭈를 지명했다. 그러자 그 고등학생은 얼굴이 홍당무가 되었다.
"저 사람이 지었어요 ……. 그래요. 고등학생 오빠 여러분, 그가 만들었어요 ……. 어제 아침 저 숲 속에서 시를 짓고 있는 그를 보았어요 ……."
바르코는 다른 사람들의 외침을 능가하는 큰 소리로 말했다.
"여러분 들었어요, 아다모 라베쭈가 지었다고?! 그가 지었다고 ……. 이 친구야, 내가 너와 포옹할 수 있도록 이리 와! …… 친구 여러분, 이것이야말로 뭔가 훌륭하고, 뭔가 위대한 일 아닌가요 ……. '가을아, 너는 죽음이지, 삶은 여름, 봄의 사랑이여, 날아가지 마, 아, 언제나 내 마음 속에 있어 다오!' 작은 태양, 다시 한 번 더 이 시를! …… 여러분, 설사 바라뉴요쉬 교수 백 명이 모두 오늘은 시월 십일이라 해도 우리에겐 봄이라구요!"
학생들은 라베쭈 소년을 에워 싸, 악수하고, 축하의 표시로 그를 헹가래 쳤다. 소녀는 이유를 모르지만 지금 자신이 저 학생과 같은 길을 가고 있음을 느꼈다. 이런 생각이 그녀의 마음을 따뜻하게 했다. '저 고등학생 오빠의 성공을 위해서라면, 언제나 함께 걸어가고, 자신이 할 수 있는 모든 일을 해 줄 수 있다면 얼마나 좋을까! 고등학생 오빠가 시를 짓고 희극배우 에바

는 그 시를 읊는다면.'

 갑자기, 무슨 생각에 고무되어, 라베쮸는 벤치로 뛰어 올랐다. 그의 뺨은 빛나고 있었고, 그의 마음은 더 한층 두근거렸다. 그는 감사의 마음으로 충만해 있었다. 감정을 표출하는 것, 쏟아 붓는 것. 왜냐하면 그 감동은 폭발해 버릴 것이기에.

 "소년 여러분" 그는 말을 시작했으며, 그의 목소리는 은은한 종소리처럼 맑은 소리를 냈다. "오늘 일에 대해 여러분께 감사의 말씀을 드립니다. 여러분의 마음이 열려, 그 따뜻한 마음씨를 우리 같은 기구한 운명을 지닌 두 노인분께 선사할 수 있도록 해주어 고맙습니다. 오늘은 바로 축제일입니다. 소년 여러분……."

 "맞아요, 맞아, 축제일……. 결코 오늘 만큼 아름다운 일요일을 맞아 본 적이 없어요……." 눈물을 조금 흘리면서 프리돌린이 말했다.

 "예, 여러분 내 인생의 축제일입니다. 이 축제날, 내가 당신들의 고마움을 결코 잊지 못할 것입니다. 하느님의 축복이 있을 겁니다! 보세요, 친구 여러분, 이 어두운 천막 안에도 작은 태양, 따뜻한 사랑, 청순하고 뽐내는 봄이 있어요……. 소년들이여, 밖에 숲속의 마른 낙엽이 무엇이라고 거짓말하든지 지금은 봄입니다."

 "맞아요. 그래요! 작은 태양 아가씨 만세! 만세!"

 "그리고. 오래 사셔야 돼요." 라베쮸가 소란함을 잠재우는 큰 소리로 말했다. "버려진 아이를 몸소 거두어 주신 프리돌린 광대 만세. 사랑의 이해로 자신의 양식을 그들과 함께 나누시는 발타자르 스승 만세. 이분들은 오래 사셔야 됩니다!"

 좁은 천막에는 우레와 같은 만세와 갈채 소리가 충만했다. 관심 많은 구경꾼들은 천막 주위에서 쑥덕거렸다. '저 안에서 과연 무슨 일이 일어난 거야?' 학생들은 아주 즐겁게 시간을 보냈으며, 공연은 그들의 마음에 쏙 들었다.

프리돌린은 작은 단상으로 뛰어 올라가 큰 소리로 시장의 시끌벅적함 속에서도 소리쳐 말했다.

"자, 여러분, 오늘은 축제일입니다. 축제일 ……. 우리에게 봄이 왔습니다 ……. 우리의 다음 공연은 누구든지 공짜로 입장할 수 있습니다. 무료입니다 ……. 자, 들어 오십시요. 신사 숙녀 여러분, 벌써 발타자르 스승께서 여러분을 기다리고 계십니다!"

두 사람은 모두 버려진 아이

장터의 인파는 벌써 줄어들었다. 장사꾼들은 벌써 짐을 꾸리기 시작했다. 내일은 이곳의 셋째 마을에서 정기시장이 서고, 일요일에는 성(城)의 소재지에서 시장이 열린다. 마차나 기차로 원하는 장터에 도착하려면 서둘러야 된다.

발타자르 스승과 프리돌린은 천막에 묵묵히 앉아 있었다. 그들의 침묵은 뭔가를 말하는 것 같았다. 단지 시선이 그들의 물음이자 대답이다. 소녀는 천막 밖의 작은 의자에 앉아 노란 집으로 향하는 길을 바라보고 있었다. 소녀의 입술은 울음을 터뜨릴 듯 떨고 있었으며, 뾰로통해졌다. '아, 이 장도 이제 파장하는가!' 그러나 그녀가 꿈꾸고 있는 것은 장이 아니었다. 그녀로서는 장은 결코 지나가지 않고 장이 서는 곳만 바뀔 뿐. 오늘은 여기서, 내일은 저기서. 그녀의 생활은 언제나 장에서 계속된다.

갑자기 바람이 불어 와, 그녀는 장터 인근 숲에서 불어오는 가을의 메마른 냄새를 느낄 수 있었다. '저기 키 작은 나무 뒤에 숨어서, 시를 짓고 있던 그 고등학생을 몰래 바라본 그때가 얼마나 좋았던가!' 어제 아침의 그 장면이 그녀 앞에 펼쳐졌다. '그 뒤로 얼마나 많은 사건들이 일어났던가!?' 그녀의 영혼 속에는 다시 소야곡이 울려 퍼지고, 그 다음 얼마나 많은 꽃들, 얼마나 많은 고등학생들이 찾아왔나, 박수갈채와 헤어짐 ……. '그래, 작별도 하지 않고 헤어지다니. 그는 끊이지 않았던 갈채소리가 말없는 작별이라고 생각하지 않겠지. 내일은 렌케팔바에 장이 서는 날이지. 한 시간 뒤엔 할아버지와 프리돌린이 이 천막의 말뚝을 뽑아, 마차에 싣게 될 것이고, 야간열차로 떠나갈 것이다. 이른 아침엔 새 장터에서 새로 천막을 치게 될 것인데.' 그녀는 마음이 아파, 참고 있는 울음은 그녀에게 고통만 주었다

갑자기 그녀는 '그 고등학생 오빠를 한 번 더 만나보려는' 생각이 들었다. '그를 만나지 못한다 하더라도 그가 살고 있는 큰 노란 집이라도 …… 그리고 창문을 통해 쳐다보고, 떨리는 마음으로 다시 몰래 보며, 마지막으로 창을 살짝 두드리고는 달아나자 ……. 영원히 달아나기! 창문을 두드려 나는 작별인사를 하리라. 똑똑, 똑똑!' 그녀는 자신의 심장 고동소리에 맞춰 두드릴 것이다. '아, 내 마음은 지금 얼마나 아파오는가!'

천막 안에서는 프리돌린이 긴 침묵을 깨고 말했다.

"오늘, 아니면 내일?"

이는 그들이 렌케팔바의 정기 시장으로 갈지, 성의 소재지에서 열리는 장으로 갈 것인지 궁리하고 있다는 것을 뜻하는 것이었다. 발타자르도 바로

가을 속의 봄 **223**

이 문제를 골똘히 생각하고 있었다. 내일보다 오늘이 더 좋지만 그는 쉽게 결정할 용기가 나지 않았다.

"저 아이에게 물어 볼 필요가 있어."

"그래요, 적어도 저 아이에게 물어 보는 것이 낫겠어요 ……. 그들은 서로 작별인사조차 하지 못 했어요 ……. 작별인사를 하는 것이 정말 필요해요."

"하지만 저 아이는 원하지 않을 걸 …… ."

"뭐라고요, 무엇을 그 아이가 원치 않는다구요?"

"'누가 알아? 더 이상 만나지 않는다면, 작별인사를 하지 않는 것이 현명할지도 모르지!"

"그렇군, 정말이군. 작별인사 없이 떠나가는 것이 현명하군. 자, 그럼 짐을 꾸립시다, 늙은 친구! 저 큰 상자를 열어 줘요!"

그들은 짐을 꾸리기 시작했다. 프리돌린은 언제나 서투르다. 발타자르는 오랫동안 큰 상자의 밑바닥을 쳐다보고 있었다.

"프리돌린, 우리가 지금 매장하고 있다는 것을 아는가? 이 상자가 그 매장되는 관이야."

프리돌린은 대답하지 않고 물끄러미 상자만 내려다보았으며, 난생 처음으로 이 끝없는 방랑을 아픔으로 느꼈다. 그래도 내일보다 오늘이 출발하기에 더 낫다. 그는 주의 깊게 입구의 천을 접어서 상자의 밑바닥에 놓았다.

소녀가 천막 안으로 들어섰다. 그녀는 창백하였지만, 그녀의 두 눈은 불타고 있었다. 오랫동안 그녀는 말없이 짐을 꾸리는 두 노인을 바라보고 또 바라본다. 그녀의 마음은 '결코 우리는 다시 만날 수 없구나, 고등학생 오빠'라는 생각 때문에 아파 피 흘리며, 몸부림치고, 슬피 울고 있었다. '우리는 왜 만나야 했을까? 버려진 아이들은 서로 만나지 말았어야 하는 건데 …….'

그녀는 작은 탁자로 가서, 고등학생들이 자기에게 선사한 아름다운 꽃다발을 껴안았다.

"할아버지, 저는 지금 가겠어요."

발타자르와 프리돌린이 깜짝 놀라 그녀를 바라보았다. 그러면서 그들은 동시에 물었다. "어디를 가겠다고?"

"갈게요 …… 나는 이 꽃들을 저기 멀리 갖다 놓으려고요. 그리 멀리 가진 않겠어요. 저 길가의 십자가상이 있는 곳까지 만요 ……. 곧장 돌아와 짐을 꾸리는데 저도 도울 게요 ……. 저 십자가의 발아래에 이 꽃들을 놔두고 속히 돌아오겠어요."

그녀의 목소리는 똑똑치 않았지만 평탄했으며, 두 눈에는 눈물도 없었다. 두 노인은 머리를 끄덕여 동의 했다. 멀어져가는 소녀를 바라보고 있었다.

"발타자르, 하지만, 내일 떠나는 것이 현명하지 않을는지요?"

"안 돼. 프리돌린. 오늘이 더 나아. 덧붙이자면 오늘이든 내일이든 다 마찬가지인 걸."

등이 굽은 늙은 희극배우 두 사람은 말없이 짐을 싸고 있었다. 프리돌린은 다시 환상 속에 있었고, 발타자르는 철학적 사념에 잠겨 있었다. '천막 속에서 살아간다는 것은 좋은 일이 아니야. 지금이 바로 마을에서 마을로 떠돌아다니는 이 방랑생활을 그만 둘 적당한 때인데. 천막에서는 저 작은 태양의 따뜻한 마음씨조차 죽어 사라져 버린다. 저 아이가 벌써 성장한 소녀가 되었구나. 에이, 이 따위 허망한 환상은 그만두자. 희극배우는 장터의 천막에서 살아가야 되는 운명이야. 언젠가 몸이 튼튼하고 혈기왕성한 회전목마 타는 사람이 오면 ……. 그때는 ……. 모든 것이 잘 될 거야. 학문을 배운 사람에게는 아리따운 아가씨가 어울리고, 학교 문 앞도 안간 희극배우와는 안 어울려, 그것이 진실이야. 낭만은 소설가들에게나 어울린다고 보아야지. 그렇지만 그 고등학생은 작별 인사하러 올 것도 같은데. 그들이 벌써 만났다면, 작별 인사하는 것이 왜 어울리지 않겠어?'

상자에는 짐이 반쯤 찼다. 프리돌린은 반복하여 하는 일이라 익숙해진 솜씨로 장식물을 철거하고, 발타자르는 짐을 꾸리고 또 꾸린다.

"발타자르 스승님, 여쭈어 봐도 ……." 갑자기 그들 뒤에서 학생의 목소리가 들렸다.

두 노인은 일하던 손을 멈추고 등을 돌려 그를 쳐다보았다. 순간의 미소가 그들의 얼굴을 스쳐 지나갔다. '아, 그래도 그는 작별인사를 하러 왔구나.'

"발타자르 스승님, 에바가 어디 있는지 여쭈어 봐도 되겠습니까?"

"그 아이는 길옆의 십자가로 갔는데, 그곳으로 자기가 받은 꽃들을 가져갔네."

"내가 소녀에게 달려가겠어요. 나중에 세 분이 함께 저희 집으로 ……. 투르텔 할머니께서 맛있는 저녁식사를 마련했어요. 우리는 함께 저녁시간을 보내게 될 것입니다. 같이 모이니 잔칫날이지요, 그렇지 않아요. 프리돌린 아버님? …… 그런데 이게 무엇입니까? 짐을 꾸리고 계시군요? 설마……."

현기증을 느낄 듯한 기분으로 학생은 주위를 둘러보았다. '벌써 끝난 것일까?' 그는 이렇게 빨리 끝나리라고는 지금까지 생각해 보지 못했다. '그들이 떠나면 만사가 끝날 것인가? 아냐, 안 돼, 안 돼!'

"오늘 밤 우리는 떠나갈 것이네 ……. 내일 렌케팔바에서 정기적으로 장이 서는 날이거든."

"발타자르 스승님, 벌써 떠나신다고요? 오, 하느님!"

"우리는 그래야만 돼요 ……. 이곳은 아주 아름답고, 잊지 못할 정도로 아름답지만, 이 작은 도시로는 우리들의 밥벌이를 충당해 줄 수 없어요 ······. 봄에 큰 장이 설 때 또 올 걸세 ······ 정말이네."

"정말 ······. 봄에 ······. 그 봄이 언제입니까? 결코 오지 않을 거예요!"
학생의 말은 거의 절규처럼 들려왔다.

발타자르는 이 소년에게 뜨거운 연민의 정을 느껴, 그에게 다가가 그의 어깨를 다독거리고는, 뭔가 말을 하고도 싶었지만, 스스로 그 봄은 결코 돌아오지 않으리라고 느꼈다. 그 말을 발타자르가 소년에게 해 줄 수는 없지 않은가?!

"에바는 저 십자가로 갔네 ······. 그 아이를 놀래 주렴 ······. 서로 이야기를 해 보게!"

학생은 고개를 떨어뜨리고서, 그의 마음을 짓누르는 그 아픔에 대항하여 싸우고 있었다. '발타자르 스승은 한 마디 위로의 말씀조차 하지 않는가? 그는 소년의 고통을 바라보고 있는데도, 그는 아무 말도 ······? 결코 봄은 더 이상 오지 않고 언제나 가을 또 가을만 되풀이 될 것인가?'

프리돌린은 두 아이들의 대화가 저녁까지 계속될 것이라고 내다보고는 소녀가 감기에 걸릴 수도 있겠다는 생각이 들었다. 그는 소녀의 새 외투를 집어 학생에게 내밀었다.

"이걸 갖다 주게! 에바의 새 외투. 오늘 우리가 그 아이를 위해서 샀어요. 그래, 정말이지! 그리고 그 아인 아름다운 작은 구두와 따뜻한 모자도 있어. 그래, 그래요, 하지만 그것들은 모두 겨울용이라서 ······."

학생은 외투를 건네받고, 말없이 서둘러 나갔다. 프리돌린은 그 뒤를 바라보다가 들릴 듯 말 듯 혼자서 중얼거렸다.

"프리돌린 아버님이라 ······. 그 소년이 내게 말했어! 프리돌린 아버님이라고……. 에바 조차도 나에게 그렇게 말한 적이 한 번도 없었는데. 삶이란 얼마나 싱그러운가!…… 발타자르, 그가 나를 프리돌린 아버님이라고 부르는 것 들었지요?"

"그래, 들었네……. 꿈을 엮어 가는, 꿈을 위해 살아가는 아이……. 결코 그는 행복하지 못할 거야. 그의 마음은 때로는 자신 때문에, 때로는 다른 사람들 때문에 항상 피 흘릴 걸세."

"그리고 우리 작은 태양은요?! 그 아이는 어떨 것 같습니까, 무슨 일이 기다리고 있나요."

"프리돌린, 난 잘 모르겠네. 하지만 내가 느끼는 것은 그 아이가 회전목마 타는 사람의 자녀들을 기르고 돌본다 하더라도, 이 봄에 대한 아름다운 꿈은 언제나 간직하고 있을 거야."

"회전목마 타는 누구를 말하는 겁니까?" 프리돌린은 깜짝 놀라, 아연실색하며 동료를 쳐다보았다.

"내가 어느 회전목마 타는 사람과 저 아이를 결혼시킬 줄로 생각하세요? 오! 그렇게는 안 돼요! 저렇게 아름다운 공주를 한낱 회전목마 타는 남자에게로?!"

"하지만, 프리돌린. 만약 저 아이가 우리와 함께 남아 있다면, 회전목마 타는 남자에게만 어울릴 걸세……. 그리고 저 아이는 우리와 함께 남아 있어야 되고……. 왜냐하면, 우리가 저 아이를 먹여 살리니까. 하지만 저 아이는 아름다운 추억 하나를 가질 걸세. 보게, 그 때문에 저 고등학생을 그 아이에게 보냈던 걸세. 하나의 행복한 외양으로, 뒷날의 추한 외양들에 대한 보답으로."

프리돌린은 거의 절망적으로 고집스럽게 그 행복한 외양에 매달리고 있었다. '적어도 희망이라도 그와 그들 편에 남아 있으라.' 특히 그의 늙은 마음에는 위로해 주는 희망이 필요했다.

"봄에 우리는 큰 장이 설 때 돌아온다고 이야기 했지요?"

"그 봄이란 아직도 너무 멀어. 저 젊은 마음들은 목말라 있어. 그들은 첫사랑의 달콤한 순간을 맛보았고, 그 성급함 때문에 그들 주위에 다가오는 모든 사람에게서 그 첫 연인을 찾게 될 거네. 왜냐하면 여자는 연약하고, 남자는 들뜬 마음으로 행동하기 때문이지. 첫사랑으로 서로를 묶는 사람들에게만, 죽을 때까지 그 하나 된 마음을 지니고 살아가지. 일천 쌍 가운데 하나 정도 성공할 수 있어. 그러니 왜 바로 그들이 예외가 되어야 되나?"

"그들이라고 예외가 못 되리라는 법이 있나요?"

"자, 프리돌린, 한 사람은 신사답도록 교육받았고, 다른 한 사람은 하찮은 희극배우라는 것을 잊고 있군. 한 사람은 훌륭한 신사가 될 것이고, 다른 한 사람은 회전목마 타는 사람의 여자가 될 걸세. 황금 숟가락은 흙으로 빚은 항아리에는 어울리지 않는 법이니까."

두 노인은 말없이 계속 짐을 꾸렸다. 천막의 자락을 걷을 때가 되었을 때, 프리돌린은 미신적 기우를 느끼며 말했다.

"머리카락 뭉치는 그들이 기념으로 서로 주고받지 말았으면 ……. 주면 안 되는데!"

"왜, 프리돌린?" 발타자르가 너그러운 표정으로 미소 지었다.

"머리카락을 선사한다는 것이 마음에 걸려서요 ……. 선물로 받은 머리카락은 언제나 그 선물을 주고받은 사람들을 헤어지게 만들어요. 나는 알아요. 언제나 나는 사귀던 연인들로부터 머리카락을 받았기 때문에 결혼도 못하고 이렇게 늙어 버렸지요."

발타자르는 터져 나오는 웃음을 막을 길이 없었다.

"프리돌린, 프리돌린. 자네는 지금까지 거울을 한 번도 안 본 모양인데, 그렇지 않고서야 자네가 결혼을 하지 못한 이유가 오로지 하찮은 곱슬머리에 있다고 스스로 아첨하는 허황된 이야기를 하겠는가. 하하하!"

"쓸데없이 놀리시는군요." 흥분한 프리돌린이 대답했다. "머리카락을 준다는 것은 좋지 않아요. 그럼요! 이해하시겠어요? 머리카락을 선물로 주고받는다는 것은 이별을 의미해요. 나도 알아요. 그럼요!"

"물론 그것은 헤어짐을 의미하지만, 사람들이 헤어질 때 작별의 순간에 머리카락을 선물로 주는 걸. 사람들은 그것을 기념으로 주는 거지."

"그래도 이 아이들은 서로 그런 선물을 주고받지 말았으면 해요! 자! 그리고 나를 흥분하게 만들지 말아요! 만약 그들이 영원히 헤어져, 우리 작은 태양의 눈에는 눈물이 글썽이고 저 고등학생은 사랑의 소망 때문에 죽어 버리는 것을 바라는 것은 아니겠죠? 그들이 서로 머리카락을 선물로 주지 않도록 하는 점에 각별히 유의해야 해요. 그럼! 이제 날 조용히 내버려둬요!"

발타자르는 낭만적인 동료에 대해 온화하게 웃었다. '이 사람도 고등학생과 마찬가지로 미신을 믿고 있구나. 하지만 정말 그들이 자기 머리카락을 기념으로 선사하지 않으면 더 좋을 텐데. 왜냐하면 그렇게 되면 프리돌린은 이런 희망은 가질 수도 있지. 말하자면 저 두 소년소녀는 언젠가 한 쌍이 되어, 저 고등학생은 그 주고받은 머리카락 때문에 첫사랑의 꿈이 실현되지 않았다는 생각으로 자신을 책망하지는 않을 것이라는 희망 말이야.'

상자가 거의 다 찼다. 발타자르는 무거운 짐처럼 그 상자 위로 앉는다.

"자, 프리돌린, 와서 이 상자 자물쇠를 잠가 주게. 그리고 슬퍼하지 말아요! 그들은 머리카락을 기념으로 선물하지 않을 걸세."

"어떻게 알아요?"

"그들은 가위를 갖고 있지 않아요……. 서로 머리카락을 자른다는 것은 첫사랑의 여명에는 시작하지 않는 법이라네."

발타자르는 입의 크기만큼 웃었다. 프리돌린도 화를 삭이고 그와 함께 웃었다. 발타자르는 머리에 쓰고 있던 모자를 벗고 눈물이 날만큼 웃었다.

"늙은 친구, 그 연인들은 자네의 머리카락 뿌리까지 기념으로 잘라갔나요……. 하하하! 한 때 당신은 정말 돈주앙과 막상막하가 될 때도 있었군요. 그렇지 않은가?"

두 노인은 웃고는 또 크게 웃는다. 갑자기 발타자르의 유쾌함을 자르는 뭔가가 있었다. 학생이 창백하고 침통한 표정으로 들어오고 있었다. 그는 거의 천막에 쓰러질 뻔 했다.

"어디에……. 에바는 어디 있어요? 십자가 근처에는 없었어요. 그곳에 에바가 남겨둔 꽃은 보았지만, 에바는 보지 못했어요. 나중에 숲으로 달려가 이름을 크게 불러 보아도, 아무 대답이 없었어요. 에바가 집으로 돌아왔나요. 발타자르 스승님?"

두 늙은 희극배우들의 마음은 일시에 걱정으로 둘러 싸였다. '하느님, 그 아이는 어디에 있어요? 그 아이가 자신에게 뭔가 나쁜 일을 저지르지나 않았을까? 그러나 왜? 아무도 그녀에게 마음 아프게 하지 않았는데.' 먼저 발타자르가 평정을 되찾았다.

"잘못된 일은 없을 거야. 걱정할 필요가 없네. 그 뒤 그 아이는 시내로 산책하러 갔거나, 짐 싣고 갈 마부를 구하러 갔을 수도 있어."

"그래, 그래요……. 그런 일이 있을 수 있지." 프리돌린도 진정을 되찾았다. "하지만 내가 그 아이를 마중하러 가볼까요."

"그 아이를 마중하러? 헌데 어느 방향으로?"

"어느 방향이라뇨? 마차를 끄는 사람이 있는 쪽은 내가 가고, 발타자르 당신께서는 저 십자가 쪽으로."

"왜?"

"그래요, 정말, 왜냐구요? 그 아이가 그곳에 뭔가 쪽지를 남겨두었을 수도 있다고 생각해 보았어요……. 오늘 오후 그 아이는 뭔가 쓰고 있었고, 내가 그것을 보지 못하도록 몸을 숙이고 있었어요. 오, 내 사랑 작은 태양, 너에게 무슨 일이 있는 거야?"

"프리돌린, 쓸데없는 상상은 그만하고, 침착하게 기다려 봅시다! 곧 돌아온다고 그 아이는 말했어."

"정말 그렇게 말했지만, 그 아이는 우리를 떠난 지 오래 되었어요. 그 아이가 돌아올…… 돌아올 시간이 되었어요."

그들은 침착해 지려고 애쓰면서 기다리고 있었다. 학생의 마음속에 프리돌린의 말이 되새겨졌다. 학생은 더 이상 평정을 유지할 수 없었다. 그는 길로 뛰쳐나가, 그곳에서 다시 소리쳤다.

"에바에게 무슨 일이 생기면, 그때는 나도 이 세상에 더 있고 싶지 않아요!"

그는 십자가 쪽으로 다시 뛰어 가며, 말없이 달리기만 했다. '아마 그곳에 쪽지가 남아 있을 것이다. 그러나 왜? 왜?! 그가 단 한 마디 말로도 소녀의 마음을 상하게 하지 않았고, 자신의 사랑에 대해 말하지도 않았는데, 더욱이 노인들이 그 아이를 꾸짖지도 않았는데. 왜 그 소녀는 자신에게 나쁜 일을 저지를까? …… 왜? 그녀는 장터의 희극배우들로부터 교육을 받은 여자이고, 소년은 학생으로 교육받고 있고, 이 하찮은 일 때문에 우리가 서로 사랑할 수 없고, 우리가 언젠가 한 쌍으로 될 수 없다고 생각하고 있기 때문일까? 바로 그 때문일까? 소녀는 두 버려진 아이가 서로 만나 묻고 대답할 때, 장엄하고도 아름다운 일이라고 그처럼 느끼지 않았는가? ……' 그는 무작정 달리고 또 달렸다.

노인들을 억누르고 있는 것은 초조함이었다. 특히 프리돌린은 매우 흥분하여, 전신을 떨고 있었다. 발타자르도 그를 진정시키려고 했지만, 자신도 침착한 듯이 가장하고 있을 뿐이었다.

"내가 마차꾼들이 있는 상점으로 가보지요." 프리돌린이 말했다. "아마 그 아이는 그곳으로 갔을 겁니다."

그가 나가려고 막 일어서려는데, 천막의 입구에 소녀가 들어섰다. 그가 갑자기 기뻐, 화난 듯이 소리치자, 소녀는 얼굴이 창백해졌다. 필시 그녀는 뭔가 다른 일로 이미 창백해져 있었으며, 지금 그 아이의 두 눈은 두려워 휘둥그레졌다.

"에바, 어디 있었지?! 어디, 말해봐?!"

그녀는 당황해서 땅만 내려다보고 있었다.

"십자가 있는 길에요."

"거짓말! 그곳을 떠나, 벌써 오랫동안 다른 곳에 있었지. 어디 갔었어?"

프리돌린의 목소리는 여전히 앞서의 흥분으로 떨려 나오고 있었으며, 그런 음성은 소녀의 감수성을 상하게 만들었다. 그녀는 아무 잘못한 것도 없었고, 이제까지 아무도 결코 그녀에게 그런 식으로 이야기하지 않았다.

"자네는 왜 저 아이에게 큰 소리로 화를 내는가? 왜 저 아이가 두려워하게 만들어?" 발타자르가 말했다. 그러고 나서 그는 그 소녀에게 몸을 돌려 말했다. "확실히 넌 그 마차꾼들이 있는 상점에 갔었지, 그렇지?"

발타자르가 온화하게 말하자 그 아이는 평정을 되찾았다.

가을 속의 봄

"저는 그곳에 가지 않았어요. 할아버지 ……. 저는 숲속에 있었어요."

"그리고 나선 어디에?"

"저는 고등학생 오빠의 창가로 갔어요. 그 큰 노란 집으로 갔어요. 창문의 창을 두드렸어요."

"유리창을 두드렸다고?"

"잠깐 동안 만요, 할아버지, 살짝 만요, 똑똑 똑똑 ……. 나의 마음이 가리켜 주는 대로 ……. 작별인사를 하는 것이 필요하지요, 그렇지요?"

두 노인은 서로 쳐다보며 미소 지었다. '물론 작별인사는 해야 되지 않겠어. 그 고등학생도 작별 인사하러 왔는데, 그들이 서로 못 만났다는 것에 대해 누가 책임을 지겠는가. 그런 것이 삶인걸.' 마음은 서로 찾고 있지만, 그 많은 외양들 사이에서 그 마음은 서로를 다시 만나지 못한다.

"그래, 고등학생이 창문을 열어 주던가?" 프리돌린이 미소 지으며 묻고는, 발타자르에게 윙크했다.

그 소녀는 슬퍼하며 고개를 내저었다.

"제가 아주 작게 두드려서 ……. 그가 듣지 않았으면 하고 바랐어요. 나는 어느 마음씨 고운 사람의 집 처마에 둥지를 틀고 여름 내내 언제나 모이 조각을 찾던 철새마냥 작별인사를 했어요. 철새도 역시 유리창을 한두 번 두드리고는 날아가 버리지요. 착한 사람은 그 작은 새가 두드렸는지 알 필요가 없어요."

"그러나, 작은 태양. 우리의 사랑스런 작은 새." 발타자르는 감동하여 말했다. "그 착한 사람이 방금 그 새를 찾아 뛰어갔어요. 방금 그가 십자가가 있는 두 번째 길로 뛰어 갔어요."

갑자기 소녀는 기쁜 표정으로 뺨이 붉어졌다.

"정말, 할아버지, 나를 찾아왔나요 ……. 그가 나를 찾았나요? …… 그리고 저 길 옆의 십자가에서?"

소녀는 그 방향으로 뛰어나갔다. 그 아이의 머리카락이 헝클어져 공중에 날리듯이, 그렇게 빨리 달리고 있었다. 다정한 미소를 머금은 프리돌린이 쳐다보며 말했다.

"허허, 저 아이들은 서로 달리기 경주를 하는군."

"그렇군. 그들은 아름다운 꿈을 두고 달리기 경주하고 있네 ……. 달리고 있네. 그것은 삶의 가시밭에 소망꽃을 심을 수 있다고 믿기 때문이지."

"그렇지만 가능하다면, 발타자르? …… 머리카락만은 서로 선물하지 말았으면!"

"내가 자네에게 얘기했지. 그들은 가위를 갖고 있지도 않고, 저 사랑하는 이들은 머리카락을 뿌리 채 선물하는데 익숙하지 않다는 것을."

시월 열하루날

마차는 출발하기 시작했다. 프리돌린은 마부 옆에 앉았다. 발타자르는 상자 위에 앉아 하늘을 바라보고 있었다. 학생과 소녀는 손에 손을 꼭 잡고서 마차 뒤편에서 걸어오고 있었다. 기차역까지 그들은 간다. 먼지투성이의 길에는 침묵이 억누르고 있지만, 기름을 치지 않은 바퀴는 삐거덕삐거덕 울며 불평하고 있었다.

십자가 옆을 지나면서 학생은 쓰고 있던 모자를 벗었다. 소녀는 열십자로

성호를 긋고는 다시 바라보았다.

"저 많은 국화들이 얼마나 아름답게 피어 신선하게 빛나고 있는지 봐!"

"내일이면 저 꽃들도 이미 시들어 버릴 거야." 그가 말했다. "내일이면 모든 꽃이 시들어 버릴 거야."

소녀는 대답하지 않고 학생의 손만 더 세게 잡았다. 학생은 고개를 들어 하늘을 쳐다보았다.

"저 별들이 얼마나 아름답게 빛나고 있는지 봐!"

"저 별들도 내일이면 저렇게 빛나지 않겠지." 소녀는 신음하듯 말했다. "내일이면 저 창공의 별들도 더 이상 볼 수 없을걸."

고등학생은 소녀의 손을 자신의 안쪽으로 끌어 당겨, 입맞춤은 하지 않고 입술로 조용히 쓰다듬어 주었다.

"에바, 정말 작고 섬세한 손이야! 우단처럼 흰 손을! 더구나 이 손은 얼마나 아름답게 떨고 있는지 ……. 아, 정말 내 마음을 이 손에 두고 싶은 걸."

"그 마음은 여기 있는 걸. 난 그것을 느낄 수 있어. 네 손을 만지면, 너의 마음이 내 손에 전해지는 것 같아."

학생의 시선은 길옆의 큰 나무와 맞닥뜨렸다.

"저기, 봐, 에바. 사과나무 ……. 우리들의 사과나무 ……. 저 나무를 기억하고 있어?"

"너의 마음이 저 나무 아래서 나에게 준 그 꿈을 간직하고 있을게. 아, 얼마나 아름다운 나무인가, 결코 잊지 못할 나무야."

"그래, 에바, 아주 아름다운 환상의 꿈. 우리는 저 나무를 영원한 삶을 가져다주는 나무로 꿈꾸었어."

"그리고, 저 나무에서 내 손으로 영원한 삶의 열매를 땄어."

"마치 성서에 나오듯이."

"성서의 아담과 이브가 그러했듯이 ……."

"또 우리는 영원히 하나가 되었다고 꿈꾸고 있었지. 아무 발자취도 남기지 않고 수천 년이 우리의 청춘 위로 흘러 가, 이 대지에는 아무도 살지 않고, 우리 둘만 있었지. 그래, 우리와 봄만은 유일하게 결코 떠나지 않았지. 우리를 위해서 자연이 살아가고 있고, 저 늙은 대지는 영원한 청춘의 에덴동산이 되었지. 우리는 마지막 남은 한 쌍의 인간으로서, 영원한 삶의 열매를 먹은 우리는 ……. 최후까지 남아 있는 한 쌍의 인간. 아다모와 에바 ……. 아, 얼마나 아름다운 꿈이었던가!"

"그래, 정말 아름다웠지. 우리의 마음이 그 꿈을 수놓았지."

"언젠가 나는 그런 주제로 시를 짓겠어. 아름다운 운율을 갖춘 시를 지어, 그 시를 너에게 줄 수 있도록 명성을 쟁취하겠어. 에바, 너에게만 줄게, 내 사랑."

"그리고 그 말을 정직하게 지키고 있겠어. 아, 나는 그 언약을 꼭 지킬 테야! …… 그런데 그런 이야기는 왜 하지? 사과나무 아래에서 꾼 꿈은 결코 실현되지 않는다고 했어."

그런 의구심이 학생에게는 아주 불쾌하게 들렸다.

"나를 믿지 않니, 에바? 내 마음의 크고 순수한 사랑을 믿지 않아?"

"그렇지만 나는 너를 믿어, 내 자신을 믿듯, 굳게 믿지만, 삶은 믿지 않아."

학생은 당황해서 소녀를 바라보았다. 그는 이 말을 여러 번 되뇌어 보았다. '나는 너를 믿지만, 삶을 믿지 않아. 이 말은 무슨 뜻일까? 모든 야망의 죽음을 보는 잔인한 진실인가, 아니면 가을날 저녁의 거센 바람에 고취된 생각이란 말인가?'

"에바, 어떻게 그런 말을……?"

"그것을 느끼고, 알 수 있어……. 이런 꿈도 내가 잘 때 꿈꾸었던 말하는 인형을 갖고 싶어 했던 꿈과 마찬가지로 사라질 거야. 그 당시는 내가 아직 자그마한 소녀였어. 프리돌린은 큰 곡마단에서 일하고 계셨어. 한번은 프리돌린이 나를 시내로 데려가 상점들을 구경시켜 주었어. 한 상점에는 레이스 달린 셔츠를 입은 작은 인형이 있었는데, 내 마음에 들었지. 우리는 안으로 들어갔어. 아, 얼마나 아름다운 인형이었던지! 그 인형은 눈을 감고 있었어. 누가 그 인형의 등을 누르면 인형이 "파파, 마마"라고 말하지. 하지만 프리돌린은 그 인형을 사줄 정도의 돈이 없었어. 그래서 내게 타이르기를, "돈을 절약하면, 저 작은 인형이 너의 아주 좋은 선물이 될 거야!"라고. 그날부터 나는 신사숙녀로부터 받은 모든 동전을 한 곳에 모아, 하루에도 세 번씩 돈을 헤아렸지. 저녁마다 나는 진열장에 놓인 그 작은 인형을 쳐다보러 갔어. 프리돌린이 약속한 금액에서 얼마 모자라지 않았지. 곧 내 꿈을 실현하려고 내가 좋아하는 아름답고 말하는 인형을 사러 갔는데. 그때는 어떻게나 흥분되었는지. 그러나 우리가 상점으로 들어선 바로 그 순간에, 그 인형을 어떤 점원이 우아하게 차려입은 소녀를 위해서 싸고 있지 않겠어. 나는 울고, 또 울었어. 프리돌린은 날 달래려고 얼굴이 부풀어 오른 누더기 인형을 사주었어. 내가 여러 주간을 꿈꾸어 왔고, 절약해서, 모든 순간적인 것들을 참고 기다린 뒤 사려고 한 나의 아름답고도 말하는 인형을 다른 소녀가 사 가버렸어……. 마찬가지로 이 아름다운 꿈도 사라질 거야. 내가 어떻게 그 꿈을 위해서 싸우든지 그 목표에 도달할 때는 어느 다른 사람이 내게서 그 아름답고 말하는 인형을 빼앗아 가버리고, 내겐 얼굴이 부풀어 오른 누더기 인형만 안겨줄 거야."

고통스런 생각이 학생의 마음을 헤집어 놓았다. 그는 스스로를 위로할 적당한 말을 찾지 못했으며, 힘껏 소녀의 손을 잡을 뿐이었다. 마치 그로서는 이 손을 놓고 싶지 않다는 듯이. 그녀는 손에 쥐가 나도록 아파왔지만, 그 강한 악력으로부터 손을 빼지 않았다. 그 손이 아파 오더라도 개의치 않는다. 몇 분 동안의 아픔이나 고통으로서 그녀가 여전히 자신의 소유물인 그 아름다운 인형을 자기 손 안에 있다는 것을 느낄 수 있다면, 이러한 아픔이나 고통으로 대가를 치루는 것도 환희이다.

마차가 그들 앞에서 멈췄다. 그들은 이제 기차역에 도착했다는 것을 알게 되었다. '아, 이렇게 빨리! 이제 일행은 상자와 천막의 말뚝을 기차에 실을 것이고, 그 다음엔…… 그 다음엔?' 그 다음엔 무슨 일이 일어날 것인가? 잔인한 뭔가가, 마음을 찢는 뭔가가, 그리고 이제 그들이 함께 할 시간이라곤 반시간 정도.

발타자르와 프리돌린이 마부와 함께 마차에서 내려오고 있을 때, 소녀와 학생은 계단으로 갔다. 그들은 긴 의자에 앉아, 서로 꼭 붙어 앉아서 말없이 손을 잡고, 계속 손만 꼭 쥐고 있었다. 지금 서로 손을 놓는 것은 적당한 때가 아니다! 그들이 손을 서로 놓을 때, 그때는 이 모든 아름다운 것들이 가 버릴 것이다. 그 꿈조차 죽어 버릴 것이다.

프리돌린이 그들에게 다가와, 에바에게 기차표를 건네주었다.

"십 분 뒤 기차가 도착되고……. 그리고……. 뭐랄까……. 그래 착한 고등학생, 우리는 진심으로 자네의 성의에 감사하네, 그리고…… 봄에, 우리는 다시 올 걸세. 그때 우리가 다시 와서……."

"예." 둔하고 평탄한 목소리로 학생은 말하고서 손을 내밀었다. "안녕히 가십시오! 하느님께서 도우실 거예요, 프리돌린 아버님!"

프리돌린의 눈에 뭔가가 흘러 내렸다. 그리고 갑자기 그는 소년소녀를 뒤로 하고 개찰구로 갔다.

"발타자르가 아직 저 철도원들과 할 말이 있다는 게 이해가 안 돼……."

학생이 한숨을 쉬었다.

"십 분 뒤 기차가 도착해."

"그래, 십 분 뒤에 기차가 도착해서 오 분이 지나면 다시 기차는 출발하지."

"그래, 그 기차는 또 출발하지."

소녀의 두 눈에는 눈물이 글썽거렸고, 학생의 두 눈도 젖어 있었다. 학생의 눈은 저 멀리 전철기의 전등 불빛을 바라보며 움직이지 않았다.

"그리고, 에바, 돌아오지?…… 봄에 돌아오는 거지?"

"다시 올게!"

"하늘에 맹세코?"

"맹세코!"

갑자기 심장을 찢는 한탄처럼, 칠흑 같은 밤에 기관차의 기적소리가 날카롭게 들려 왔다. 학생은 다시 입술로 소녀의 손을 쓰다듬고 있었다.

"그리고 나에게 자주 편지하겠어, 에바?…… 할거지. 그렇지? 쾨리스파가(街)의 아다모 라베쭈 앞으로."

소녀는 자유로운 한 손을 호주머니에 집어넣어, 잠시 뒤 슬픈 미소로 편지를 끄집어냈다.

"벌써 썼는걸……. 오늘 오후 공연이 끝난 뒤……. 우표도 이 봉투에 붙어 있어. 자, 받아!"

"뭐라고 썼어?"

"너는 직접 말한 것을……. 그렇게 아름답게 표현했지만, 난 그렇게 표현할 수 없었어……."

귀를 찢는 듯한 폭음과 함께 기차는 도착했다. 이 소음은 그들의 마음을 잔혹하게 흔들어 놓았으며, 그들의 숨소리도 순간적으로 멈추었다. 발타자르와 프리돌린이 곧 그들 옆으로 나타났다.

"자, 착한 젊은 친구, 우리는 자네의 착한 마음에 감사하네. 언제나 자네를 잊지 않겠네……. 우리 작은 태양도……. 그렇지, 프리돌린?"

프리돌린은 머리를 끄덕였다. 학생은 오른손을 그들에게 내밀었고, 왼손은 아직도 소녀의 손을 힘껏 잡고 있었다.

"발타자르 스승님, 프리돌린 아버님." 학생의 목소리는 울음을 참느라 떨고 있었다. "허락해 주세요. 이것은 죄가 아닙니다……. 우리는 마치 부모를 잃은 고아와 고아처럼, 오누이로 만났어요……. 제가 한 번만 이 소녀와 키스할 수 있도록 허락해 주십시오."

발타자르는 동의하듯 머리를 끄덕이며 돌아섰고, 프리돌린은 기차를 타러 서둘러 갔다. 학생의 입술이 소녀의 입술과 합쳐졌다. 입술이 합쳐지고, 눈물도 함께 흘러 내렸다.

"에바, 사랑하는 나의 작은 태양, 언젠가 나를 기억해 줘!"

"아다모, 난…… 꼭…… 정말 반드시……."

소녀는 눈길로 그 말을 끝내고 있었다. 소녀는 그에게서 손을 빼내, 프리돌린의 뒤를 따라 달려갔다. 경련을 일으킬 듯한 힘으로 학생은 발타자르의 팔을 잡고 간청했다.

"발타자르 스승님, 당신께서 하느님을 믿으신다면, 그때, 봄에……. 그 봄에 다시 저 소녀를 데리고 와주십시오!"

발타자르는 가슴이 뭉클하여 소년을 쳐다보았다.

"그래, 봄에 …… 봄에 우리는 다시 오겠네."

기차는 출발했다. 어느 삼등칸 좌석의 창가에서 작별을 알리는 하얀 손수건이 펄럭이고 있었다. 학생은 서서, 어두운 밤이 기차를 삼켜버릴 때까지 쳐다보았다. 그리고 그는 시내의 길로 달려왔으며, 마치 그가 어떤 고통으로부터 벗어나고 싶은 것처럼 달리고 또 달렸다.

그는 이제 멈추어 서서 천막이 있었던 곳을 다시 찾았다. '이 곳에 있던 그들은 가 버렸어, 가 버렸구나!' 그는 이젠 결코 이 장터를 즐겁게 웃으며 지나 갈 수 없을 것이라고 느꼈다. 갑자기 편지 생각이 나자, 어제 파울로 바르코를 만났던 그 길모퉁이의 전등불빛으로 달려가, 편지봉투를 찢었다. 눈물에 가린 눈으로 그는 서툴게 쓴 간단한 문장을 읽어 내려갔다.

정말 존경하는 고등학생 오빠, 나는 그 아름다운 시, 아름다운 소야곡, 그 많은 꽃에 대해 감사해요. 그리고 나는 고등학생 오빠가 내게 보여준 착한 마음 씀씀이에 대해 정말 고마워요. 그리고 나는 자주 고등학생 오빠를 생각할 거예요. 지금 나는 두 버려진 아이가 만나, 묻고, 대답한다는 것에는 무엇이 서러운 일인가를 이미 알아요. 애석하게도, 그 속에는 슬픈 사정이 있어요! 존경하는 당신에게 인사를 전하면서
에바 …… .

추신 : 봉투 안에 기념으로 뭔가 넣어 놓았어요. 그 때문에 화내지 말아요!

그는 떨리는 손으로 봉투에서 흰 국화와 금발의 머리카락 뭉치를 꺼내었다. 흰 국화는 묘지의 꽃이다. 미신적인 생각의 고통으로, 그는 울음을 터뜨리며 그 선물에 입 맞추고 있었다. 갑자기 누군가의 손이 그의 어깨를 눌러

왔다. 잘 아는 분의, 건조하고 쇳소리를 지닌 그분의 음성이 그 학생에게 들려왔다.

"자네가 저 술집을 자주 드나든다는 것이 사실이군, 친구. 이야, 그래 물론 봄이지, 그렇지 않아? 그렇지?!"

학생은 고개를 들었다. 전등불빛이 그에게 쏟아졌다. 고통에 짓눌린 표정으로 울고 있는 학생은 바라뉴요쉬 교수를 망연히 쳐다보고 있었다. 그만 당황하여, 진심어린 연민의 태도로 바라뉴요쉬는 자신의 말을 떨고 있었다.

"어, 무슨 일이야? …… 무슨 일이 자네에게 있었군, 친구?"

"교수님, 제가 솔직히 말씀드린다면, 지금은 가을입니다 ……. 가을……. 시월 열하루……."

엄한 교수는 인간적 연민으로 표정을 누그러뜨리고, 선의의 보호자의 마음이 되어 다독거려 주었다.

"자, 젊은 친구, 고개를 들게! 봄은 다시 찾아올 거야……. 아름다운 봄들이, 많이."

믿기지 않는다는 듯 학생은 자신의 아름다운 머리를 내저었다.

"이 가을에 있었던 봄과 같은 이처럼 아름다운 봄은 결코 다시 오지 않을 것입니다, 교수님……. 결코 오지 않을 것입니다."

중국어판 역자 후기

　내가 이 제목 『가을 속의 봄』으로 소설을 써 달라고 누가 요청한다면, 나는 작법(作法)을 율리오 바기와는 확실히 달리 했을 것입니다. 그러나 내가 바기의 이 작품을 읽었을 때, 나는 여러 번 눈물을 글썽였습니다. 그 눈물은 감동의 눈물이었고, 늙은 장터 배우 발타자르 스승의 말처럼, 봄비가 영혼을 촉촉이 적시는 것과 같은 것입니다.
　발타자르 스승과 같은 인물들도 있었다고도 할 수 있습니다. 율리오 바기는 연극배우의 아들로서, 떠돌이 연예인들과 함께 생활하면서, 정말 그런 인물들을 만났을 가능성도 정말 많았습니다. 그러나 발타자르 스승의 신비적 운명론을 우리는 결코 믿을 수 없습니다. 바기의 소설에서 그 운명론은 장식품 이외의 다른 역할은 하지 않고 있습니다. 어떤 장식품이냐 하면, 작가가 그 작품이 온화하고, 달콤하면서도 우울한 이야기가 되도록, 이 작품에 담긴 반항의 색을 숨기고 싶었거나, 좀 더 정확히는 완전히 없애기 위한 장식물입니다. 바기는 평화주의자로서, 휴머니스트로서, 그런 상태라야만 작품을 만들 수 있었을 겁니다. 그러나 이 작품은 아주 아름답게, 아주 감동적으로 썼던 것입니다. 그리고 이 달콤하면서도 우울한 이야기에서조차도 나는 뭔가 반항의 정신을 느꼈습니다.

내가 "내가 그것을 얻기 위해 얼마나 애를 썼든지 간에, 그 목표지점에 가면, 다른 사람이 나의 아름다운 말하는 인형을 나에게서 앗아가 버리고, 나를 만족시켜주려고 그 삶은 내 앞에 얼굴이 부풀어 오른 누더기 인형을 내민다."는 부분을 읽었을 때, 나는 온몸이 타올랐습니다. 작은 태양아, 너는 네 할아버지(발타자르 스승)로부터 속았어. 왜냐하면 그것은 삶이 아니라 불합리한 사회제도인거야. 두 버려진 아이의 만남에서 울만한 가치가 있는 이유는 불합리한 사회제도 때문이야. 삶 그 자체가 원인이 될 수 없단다.

삶이란 봄으로 충만하여 있습니다. 가을 속의 봄이든지 겨울 속의 봄이든지, 많은, 많고 많은 봄들이 있습니다. 아다모라는 학생이 말했습니다. "그렇게 아름다운 봄은, 가을 속에 봄과 같은 것은 결코 다시 찾아오지 않을 것입니다." 그건 큰 착오입니다. 반대로 바라뉴요쉬 교수의 말이 맞습니다. "봄은 아직도 올 거야……. 많은 아름다운 봄들이."

많은, 더 아름답고도 많은 봄이……. 그렇게 나는 믿고 있습니다.

나는 4년 전, 봄에 파리의 어느 호텔에서 머물면서, 나의 친구에게 편지를 썼습니다. 지금 그 사람은 자신의 손으로 자신의 목숨을 버렸습니다. 그리고 편지는 내 손으로 되돌아왔습니다.

내가 다음과 같은 내용의 그 편지를 읽었을 때는 겨울이었습니다.

"봄이네. 내 인생에 기쁨이 가장 가득 찬 시기라네. 살기가 도는 잔혹함이 가득한 겨울을 보내면서, 나는 황금같이 빛나고 아름다운 봄으로 되돌아왔을 때, 나의 마음은 다시 희망으로 가득 차 있고, 아름다운 미래에 대한 나의 믿음은 더욱 확고했네. 악마와 싸운 뒤에 나는 다시 활기를 찾았네. 난 창조하는 능력을, 생명력을 가지고 있네! 봄은 나에게 모든 것을 가져다주었네."

"룩셈부르크의 오래된 나무에도 새싹이 돋았네. 세느 강은 다시 불어났어. 죽은 것은 다시 살아나고, 잠자던 것은 다시 깨어나고, 움직이지 않던 것은 움직이고 있네. 전에는 나도 인생을 절망하고 마음 아파하였지만, 봄은 다시 나에게 희망과 용기를 주어, 나는 내 주변 환경에 대항하여 싸울 확고한 의지를 갖게 되었고, 적에게도 굴복하지도 않았어 …… ."

"봄바람아, 난 너에게 고마움을 전하네. 네가 내 생명에 불꽃을 다시 피웠고, 나의 슬픈 기억들을 다 날려 보냈어. 봄아, 난 네게 고마움을 전하고 싶어. 네 가슴 속에서 나는 생명이란 어디라도 존재하는 것임을 느낄 수 있었어 …… ."

그런 말들을 읽고 난 뒤에, 나는 마치 겨울 속의 봄을 보게 된 것 같았습니다. 나는 나를 속이지 않았고, 차가운 바람이 내 귓전을 스치고, 내 손을 얼게 만들어, 내가 펜도 잡을 수 없을 이런 시기에도, 나는 여전히 4년 전에 따뜻했던, 햇빛이 반짝이는 봄에 쓴 말들을 여전히 믿고 있습니다. 그 아름다운 봄은 사라지지 않고, 지금 내 마음속에 남아 있습니다.

『복숭아빛깔의 구름』에서 동면하는 쥐 마르모트가 "봄은 절대로 죽어 없어지지 않아"라고 했듯이 말입니다.

그래요. 봄은 절대로 죽어 없어지지 않습니다. 다음 해 봄에 발타자르 스승은 작은 태양과 함께 돌아올 것이고, 버려진 두 아이는 다시 만나게 될 것입니다.

그리고 그 고등학생처럼 외칠 필요는 없습니다.

"봄의 사랑이여, 날아가지마,

오, 남아 있어 ······. 내 마음 속에 남아 있어 주오!"
왜냐하면 봄의 사랑은 영원히 달아나지 않을 것입니다.

끝으로 바기에 대해 몇 마디 하는 것을 허락해 주십시오.

율리오 바기는 헝가리 시인이자 소설가입니다. 에스페란토 문학계에서 제1급 작가입니다. 그는 소설, 시집, 연극대본 등 여덟 작품을 에스페란토로 지었습니다. 그의 소설『희생자』는 열세 나라의 말로 번역되었고, 여러 나라에서 상당히 많은 부수로 출판되었습니다. 그는 배우의 아들로, 그 스스로도 셰익스피어 연극에서 주요 역할을 해냈던 한 때의 연극배우였습니다.『햄릿』에서 햄릿의 역할을 하기도 했습니다. 유럽전쟁에 참가하면서, 그는 러시아 포로가 되어, 시베리아의 수용소에서, 고독 속에 신음하며 살면서, 그곳에서의 자신의 아픈 마음을 우울한 톤으로 읊고 있습니다. 그의『희생자』는 시베리아에서의 인생의 고충을 기록한 것입니다. 얼음과 눈의 배경 뒤에, 초현대적 성격과 영웅들의 헌신성, 감동어린 열정과 강대한 서사(敍事)의 비극적 이야기는 의심 없이 독자들로 하여금 씻겨버릴 수 없는 감동과 많은 공감을 불러 일으켰습니다. 그래서 그 작품이 에스페란토 문학에서 제1급의 저작물로 평가되고 있습니다.

그의 작품세계는 러시아적 우울함이라는 문체를 가지고 있지만, 그럼에도 불구하고 그 속에는 희망이 빛나고 있습니다. 문체에 있어서 그는 도스토예프스키와 매우 비슷합니다. 그리고 그의 작품이 말하고 있는 것은 독자들의 마음속으로 곧장 침투하여 들어갑니다. 그에게 있어서 모든 사람들은, 그들의 삶이 얼마나 가난하고, 그들이 사회에서 얼마나 낮은 위치에 있더라도, 그들에게서 반짝이는 빛을 발견할 수 있습니다. 달리 말해서, 가난하면서도 칙칙한 외관 아래에는 순수한 영혼이 숨어 있습니다. 그것은 청춘남녀들에게는 이해가 되지 않는 것이 당연합니다. 그 당시 투르게네프(Ivan S. Turgenev; 1818~1883)와 그리고로비치(Dmitrii Vasil'evich Grigorovich; 1822~1899)가 자신들의 하인들의 삶을 그린 작품을 발표했을 때, 많은 아리스토클레스같은 사람들은 놀라 물었습니다. "그런 사람들도 감정이 있고 사랑을 알고 있습니까?" 그러면 그런 사람들은 바기의 작품을 읽지 마십시오.

『가을 속의 봄』은 바기의 새로운 작품 중 하나입니다. 그의 작품 중 벌써 장편소설『희생자』와 단편소설『오직 인간(*Nur Homo*)』은 종 시안민이 중국어로 번역하였고, 연극대본『유산』(단편)은 소피오가 중국어로 번역하였습니다.

나의 번역물은 주로 낱말에 따른 번역이지만 번역을 하면서 한두 가지 불필요한 형용사를 빼버렸습니다. 절대적으로 낱말에 따른 번역에 나는 동의하지 않기 때문에 몇 군데 내가 고쳤지만, 원문의 animo(영혼)나 sopirfloro(소망꽃)는 중국어에서는 달리 적었습니다만, 여타 낱말의 중국어 번역에 대해 다 적는 것은 바람직하지 않아 이만 줄입니다.

1931년 12월 31일
바진

* 이 글은 바진 선생이 중국어로 이 작품을 번역하고서 남긴 글이다.
** 출전 : 중국 광저우 린 리유안(Lin Liyuan)이 편집하는 월간지 PENSEO (제12호, 1991년 6월호)에 실린 왕 총팡(Wang Chongfang)선생의 에스페란토 번역본이다.

부록

바진과 한국인 (이영구)
우리의 바진, 우리의 언어 (츠언 유안)
바진과 20세기 (리스쥔)
에스페란토와 율리오 바기의 삶
역자 후기

바진(巴金)과 한국인(韓國人)

이영구*

[중국에스페란토협회 명예회장 바진(巴金), 본명 리야오탕(李堯堂)이 2005년 10월 17일 101세를 일기로 상해에서 세상을 떠났다. 1904년 사천성 성도에서 태어난 바진(巴金)은 일찍이 한국인과 에스페란토를 통해 교류를 하였고, 한국인을 소재로 소설을 집필하기도 했으며, 또한 북한에도 몇 차례 체류한 적이 있는 우리와 깊은 인연이 있는 세계적 작가이다. 그의 별세를 계기로 그의 작품세계와 에스페란티스토로서의 삶에 한국이 끼친 영향 등을 되새겨본다.]

중국 정부로부터 "중국 당대 문학의 거장" 이라 불린 바진(巴金)(1904~2005)은 중국문학사에 있어 살아있는 화석임이 틀림없다. 중국 대학의 중문과 현대문학사 수업과정에 꼭 언급되는 유명 작가들인 루쉰(魯迅), 꿔머로(郭沫若), 마오뚠(茅盾), 바진(巴金), 라오서(老舍), 차오위(曹禺) 등에서 루쉰(1881), 꿔머로(1892), 마오뚠(1896), 라오서(1899) 등은 19세기 말에 태어났

---

* 한국에스페란토협회(KEA) 회장, 한국외국어대학교 중국어과 교수

고, 바진(1904), 차오위(1910)는 20세기 초에 태어났다. 그리고 루쉰, 꿔머로, 마오뚠, 라오서, 차오위가 각각 1936, 1978, 1981, 1961, 1996년에 세상을 떠난 후, 여섯 사람 중 유일하게 살아있는 사람은 네 번째의 바진 뿐이었는데 그도 2005년 10월 17일 101세의 일기로 세상을 떠남으로써 1919년 일어난 "오사"신문학운동 최후의 거장이 모두 사라진 셈이다.

파킨슨씨병, 만성 기관지염, 고혈압 및 저혈압 등 각종 병마와 22년간 싸웠던 바진은 오랫동안 상해화동병원에 입원하면서 여전히 중국전국정협 부주석, 중국작가협회 주석, 중국에스페란토협회 명예회장 등 중요한 직무를 맡고 있었다.

바진에게 2003년은 매우 뜻 깊은 한 해이다. 그해 11월 25일은 그의 99세 생일이었기 때문인데 당시 중국 공산당 중앙정치국 상임위원 리창춘(李長春)은 중국 공산당 중앙총서기 후진타오(胡錦濤) 및 당 중앙을 대표하여 바진이 입원한 상해화동병원에 병문안을 했다. 중국국무원도 당일 바진에게 '인민작가(人民作家)'라는 명예로운 호칭을 수여하는 의식을 진행했고 중국의 각종 매체에서도 이 사건을 대대적으로 홍보하였는데 한 작가가 이렇게 융숭한 대접을 받는 것은 신 중국 수립 후 보기 드문 일이다.

바진의 문학 명작 『가(家)』, 『춘(春)』, 『추(秋)』, 『무(霧)』, 『우(雨)』, 『전(電)』 등은 중국 현대문학사에서 높은 위치를 차지하고 있으며 평생 1,300만자의 작품을 남겼다.

바진(巴金)은 1904년 11월 25일에 사천성 성도에 사는 봉건지주의 가정에서 태어났다. 그의 본명은 리야오탕(李堯棠)이며 자는 패감(芾甘)으로, 1927년 초 프랑스에 유학을 가서 1928년 그의 처녀작인 장편소설 『멸망(滅亡)』을 발표할 때 '바진' 이라는 필명을 쓰기 시작했으며 이 소설로 문단에서 유명해졌다. 바진이 1949년 중화인민공화국이 수립되기 전에 창작한 그의 작품은 위에서 언급했던 작품 외에도 『한야(寒夜)』가 있고 개혁 개방 이후 그의 작품은 '문화대혁명'을 회상하는 수필 『수상록(隨想錄)』이 있다.

중국의 당대 문학사가들은 '한국전쟁에서의 생활과 투쟁을 반영한 것은 바진 작품 중에 제일 중요한 소재와 성과'라고 여긴다. 바진의 한국전쟁을 반영하는 소설 『단원(團圓)』은 영화 「영웅아녀(英雄兒女)」로 개편되었고 통신기사 「우리는 팽덕회 사령관을 만났다(我們會見了彭德懷司令員)」는 중학교 어문교재에 수록됨으로써 중국의 청소년들에게 큰 영향을 끼쳤다. 2003년 상반기 중국에서 총성 없는 전쟁인 싸스 기간에도 바진이 지원군을 위해 창작한 『영웅들 사이에서의 생활(生活在英雄們的中間)』은 또다시 중국 국민들의 머릿속에 떠올랐으며 각종 행사에서 낭송되었다.

그는 1952년 봄과 1953년 가을에 한국 전선에 두 번 다녀 온 적이 있다. 그때의 생활과 창작에 대해서 바진은 아주 자랑스럽게 생각하면서 "내가 만일 한국전쟁터에 가지 않았더라면 나의 작품 속에는 황문원(黃文元)(『黃文元同志』), 장외량(張渭良)(『張渭良堅强戰士』), 이대해(李大海)(『無畏戰士李大海』) 같은 새로운 영웅적 이미지가 없었을 것이다."라고 말 한 적이 있다.

그는 한국전쟁 생활 속에서 세 편의 문집을 남겼다. 1953년 2월 인민문학출판사에서 출판된 통신보고문집 『영웅들 사이에서의 생활(生活在英雄們的中間)』, 1953년 9월 핑밍(平明)출판사에서 출판된 소설 산문집 『영웅의 이야기(英雄的故事)』, 1954년 11월 중국청년출판사에서 출판된 통신보고문집 『평화를 지키는 사람들(保衛和平的人們)』 등이 있다.

또한 한국전쟁을 근거로 하여 창작한 『단원(團圓)』 및 『무외전사이대해(無畏戰士李大海)』 등 7편의 단편소설은 1961년 12월에 작가 출판사에서 출판 되었으며 제목은 『이대해(李大海)』이다. 이 외에 1956년에 창작한 아동문학 소설 『활명초(活命草)』 및 『명주와 옥희(明珠與玉姬)』도 1957년에 중국 소년아동출판사에서 출판 되었다. 문화대혁명이 종료된 후, 그는 다시 창작을 시작해서 『양림동지(楊林同志)』 같은 소설을 창작하였는데(上海文藝 第一期), 이 소설은 『바진전집(巴金全集)』에 있는 마지막 단편소설이다. 1960년 7월, 바진은 산문 『조선의 꿈(朝鮮的夢)』에서 뜨거운 감정을 품고서 끝없이 꾸는 한국의 꿈을 묘사한 적이 있다. 아쉬운 것은 12만 글자로 집필하려고 했던 바진의 중편소설 『세 동지(三同志)』는 영원히 독자들과 만나지 못하는 미완의 작품이 되었다는 것이다.

바진이 한국전쟁에 관심을 갖고 이렇게 많은 작품들을 창작한 것은 당시 중국의 정치 상황과 관련이 있을 뿐만 아니라 그의 사상과 입장이 이를 뒷받침하고 있다고 볼 수 있다. 그는 젊어서 무정부주의 사상의 깊은 영향을 받은 적이 있고 인도주의 정신에 기초하여 한국 사람과 깊은 인연을 맺었다.

일본의 이토 히로부미(伊藤博文)를 암살한 애국지사 안중근이 어린 시절부터 숭배했던 그의 영웅이었다. 20년대 초 사천성 성도에서 무정부주의를 선전하는 잡지 『반월(半月)』에 3편의 문장을 발표했는데, 그 중 한 편에 「에스페란토의 특징」이란 원고를 기고했다. 당시 바진은 에스페란토를 배우지는 않았지만 에스페란토 언어가 지니고 있는 사상, 즉 "언어를 통해서 세계평화"를 실현할 수 있다는 이상을 좋아하고 지지했던 것 같다. 얼마 후 에스페란토를 구사하는 사람이 제20호 『반월(半月)』지를 들고서 바진을 찾아와 에스페란토를 어떻게 보급할 것인가를 함께 상의하자고 했다. 이 사람이 바로 한국인 에스페란티스토로 고자성(高自性)이란 가명을 썼는데 원명은 유화영(柳華永)이며 혹은 유림(柳林)이라 불렸으며 성도사범학교 영문과 학생이었다. 이때 바진도 성도외국어전문학교의 학생으로 한국인 유화영에게 에스페란토를 가르쳐 달라고 요청하여 배웠다. 유화영은 무정부주의자가 되어 또 다른 한국인 무정부주의자인 유서(柳絮) 및 유자명(柳子明) 등과 중국 각지에서 적극적 활동을 펼쳤다.

이처럼 한국인에게 에스페란토를 배운 바진은 문화대혁명 후 스웨덴의 스톡홀름에서 개최된 제65차 세계에스페란토대회에 중국의 대표로 참석하였고 브라질에서 개최된 제66차 세계에스페란토대회에서 세계에스페란토협회 명예위원으로 선출되었으며 중국에스페란토협회 명예회장으로 있었다.

또한 그는 율리오 바기의 소설 『가을 속의 봄』을 중국독자에게 소개했으며, 이 작품의 자매편이라고 할 수 있는 『봄 속의 가을』(1932년)을 지어, 중국의 젊은 청춘 남녀의 사랑을 묘사하고 있다. 그는 이 작품의 서문에서 "온화한 눈물을 흘리게 하는 이야기일 뿐만 아니라, 우리 젊은 세대 전부의 호소이기도 합니다. 나는 무기처럼 펜을 들어, 이 젊은 세대를 위해 질풍같이 달려 나가, 죽어 가는 사회를 향해 주저하지 않고 외칠 것입니다." 라고 말하고 있다. 이 작품은 나중에 스웨덴어와 에스페란토로 번역되었고, 한국어로도 장정렬 협회 교육이사가 번역 중에 있다.

끝으로 그는 중국현대문학관을 건립하고 명예관장으로 있었으며 줄곧 잔혹한 10년간의 문화대혁명을 잊지 않으려고 "문화대혁명기념관"을 만들자고 주장했는데 아마도 그의 유언 같은 이 사업은 조만간에 이루어 질 것이라고 굳게 믿는다.

* 출전: 한국에스페란토협회 기관지 『란테르노 아지아(Lanterno Azia)』지 2005년 12월호

우리의 바진, 우리의 언어

츠언 유안*

　　많은 독자들은 바진과 그분의 작품을 사랑하고 있고, 우리 에스페란티스토들은 바진과 같은 진실한 인물이 우리들 사이에 함께 있다는 점을 자랑스럽게 생각하고 있다. 그분은 평생 에스페란토를 사랑하셨다. 그분은 에스페란토 사상을 자신의 몸속에 체화시켜 두고 계셨다. 그분은 70년 이상을 에스페란토를 위해 싸워 왔다. ― 그분은 겸손하게도 당신이 에스페란토 운동에서 이미 오래전에 멀어져 있었다고 말씀하시지만, 이는 그분이 에스페란토운동의 조직에서 역할을 더 이상 하지 않고 있었음을 말할 뿐이다. 에스페란티스토이면서도 다른 분야에도 박식한 분이라면 모두가 에스페란토 운동의 조직자가 되기를 요구하지는 않는다. 실제로 바진은 에스페란토를 한 번도 잊은 적이 없는 분이다. 1982년에 그분은 이렇게 말씀하셨다. "8년간의 항일 전쟁과 10년간의 문화혁명을 지나, 벌써 40여 년이 흘렀습니다만

---

* 츠언 유안(CHEN YUAN, 1918~2004). 이 글은 1994년 발표되었다.

저는 에스페란토에 대한 사랑을 결코 잃지 않았습니다." 1921년 17살의 나이로 바진은 「에스페란토의 특징」이라는 글을 썼다. 그때 그분은 에스페란토의 기초를 배웠지만, 에스페란토 창안자인 자멘호프의 이상에 고무되어, 에스페란토를 보급하기 위해 애썼다. 3년 뒤인 1924년 난징에서 그분은 진지하게 에스페란토를 배웠다. 그분은 당시 접할 수 있는 모든 에스페란토 서적을 읽었다. 1928년 그분은 프랑스 파리로 유학을 가서, 후유쯔(Hujucz) 선생을 만나게 된다. 그 두 분은 서로 견고한 우정을 쌓아, 함께 중국에스페란토운동의 새로운 페이지를 열게 되었다.

지난 70년간 그분의 수많은 문학작품은 그의 수많은 동시대인과, 그 다음 세대에게 많은 영향을 끼쳤다. 우리 에스페란티스토들은 그분이 저술 활동 외에도 외국에서 발간된 에스페란토 작품을 중국어로 일만 낱말 이상 번역했다는 사실에 대해서도 자랑스럽게 생각하고 있다. 이는 중국 작가나, 중국 에스페란티스토 중에서는 귀한 사례이다.

수많은 독자들은 그분의 작품 『가(家)』를 읽었다. 작가 자신도 스스로 이 작품을 사랑한다고 한 바 있다. 그분은 이 작품을 직접 에스페란토로 번역하고 싶어 하셨다. 나는 『가(家)』를 읽고 감동을 받아, 전쟁 시기에 그 작품의 수십 페이지를 번역해 두었다. 젤레죠(Ĵelezo) 선생은 나에게 이 번역작업을 계속하라며, 번역이 되면 출판에 도움을 주겠다고 격려해주셨다. 그러나 일제 침략자들의 폭탄에 그만 내가 살던 집이 부서지고, 내 번역원고도 망실되었다. 다행스럽게도, 몇 년 전 어느 에스페란티스토가 그 작품을 번역해, 그 번역본의 서문을 바진 선생이 직접 썼다는 것을 알게 되었다. 그러나 1994년 현재 에스페란토 번역판은 여러 가지 사정으로 출간이 늦추어지고 있다.(역주: 1999년 웨이 이다(Wei Yida)에 의해 번역되어, 중국에스페란토출판사(Ĉina

Esperanto-Eldonejo)가 1999년 11월에 548쪽 분량으로 출간하였다. 이 작품은 1931년 중국신문 『시대(時代)』에 연재되었다가, 1933년 책으로 발간되었다.)

바진 선생이 직접 에스페란토를 원본으로 하여 중국어로 번역한 것 중에는 아미찌스(E. De Amicis)의 희곡 『과거의 꽃(La Floro de l' Pasinto)』, 아키타 우자쿠(Akita Ujhaku)의 『해골의 춤(Danco de Skeletoj)』과 뷔히너(G. Buchner)의 『단톤의 죽음(La Morto de Danton)』이 들어 있다. 1988년 산롄(Sanlian)출판사가 펴낸 『바진 번역작품 선집(Elektitaj Tradukoj de Bakin)』은 바진이 편집하였지만, 위에 언급한 에스페란토에서 중국어로 번역한 세 작품은 빠져 있다. 그 선집에는 열 개의 작품이 실려 있는데, 그 중 하나만 에스페란토에서 중국어로 번역된 것이다. 그 번역 작품은 헝가리 에스페란티스토이자 작가인 율리오 바기(Julio Baghy)의 『가을 속의 봄(Printempo en la Aŭtuno)』이다. 이 온화하면서도 우울한 로맨틱한 작품은 1930년대의 젊은 독자들을 고무시키고 감동을 안겨 주었다. 1950년대에 나는 여러 번 북유럽에서 작가인 율리오 바기를 만나, 나를 비롯한 동시대 독자들이 가진 고마움의 뜻을 전하기도 했다. 그리고 수년 전, 나는 『가을 속의 봄』을 번역한 바진 선생에게 편지를 써서, 나는 그분의 작품 『가(家)』를 아직도 좋아하고 있다고 하니, 바진 선생 당신도 그 작품을 아주 좋아하고 있다고 회신해 주었다. 나는 그분이 서문에서 쓴 구절을 결코 잊을 수 없다. "인생은 봄, 가을 속의 봄, 겨울 속의 봄과 수많은 봄으로 가득하다."

슈 산슈(Xu Shanshu) 씨가 『바진과 에스페란토(Bakin kaj Esperanto)』라는 책을 편집해서, 우리 독자가 바진 선생이 에스페란토를 원전으로 번역한 모든 작품을 읽을 수 있게 되었다. 그런데 아쉽게도 슈 산슈(Xu Shanshu) 씨는 이 책이 출간되기 전에 병으로 작고했다.(역주: 이 책은 중국어로 436쪽의 분량으로 원작품, 번역 작품, 그분의 서신이 실려 있는데, 1995년에 출간되었다.)

노구와 노환에도 불구하고, 여든 살의 바진 선생은 150편의 수필을 모아, 이를 『진실에 대한 서적』이라 이름하고 그 아래에 『수필집』이라 적고 있다. 그 작품집에서 바진 선생은 현대 중국지성인의 양심을 드러내고, 수많은 독자를 감동시켰다.

150편의 수필 중에는 에스페란토를 주제로 한 것이 두 작품이다. 하나는 『세계어(*Esperanto*)』이고, 다른 하나는 『가』의 에스페란토판 서문이다. 그밖에도, 다른 많은 수필에서 에스페란토나 에스페란티스토들에 대한 언급을 볼 수 있다. 이는 그분의 에스페란토에 대한 끊임없는 사랑을 보여주고 있다. 그분은 에스페란토를 사랑하는데, 이는 그분이 인류와 미래를 사랑하기 때문이다. 그분은 미래는 아름다울 것으로 믿고 있다.

1980년 바진 선생은 제65차 세계에스페란토대회에 참석하러 스톡홀름으로 출국했다. 이는 중국과 스웨덴에 있는 친구들을 놀라게 했다. 그때 그분은 말했다. "내가 여행을 시작하기 전에 내 친구들은 그만한 나이에 대회에 참석하지 않는 편이 낫겠다고 조언해 주었다. 그분들은 내가 지난 날 국제어에 대한 관심을 결코 잃지 않았다는 것을 모르고 있었다. 그리고 그 대회가 끝난 뒤 나는 에스페란토에 더욱 큰 믿음을 갖게 되었다. 에스페란토는 틀림없이 인류의 공통어가 될 것이다."

스톡홀름에서 그분은 자신의 스웨덴 친구들에게 말했다. "에스페란토는 틀림없이 급속히 발전할 것이지만, 이 언어는 어느 민족어를 대신하지 않고, 다만 공통의 보조어 역할을 할 것이다 ······. 만일 모든 사람이 이 에스페란토를 배운다면, 이 세상은 전혀 새로운 모습을 보이게 될 것이다."

그 다음 대회에서 바진 선생은 세계에스페란토협회의 명예후원위원회의 회원이 된다. 이는 에스페란토에서 가장 영광된 자리이다. 이 위원회에는 에스페란토 운동과 인류 문명에 지대한 공헌을 한 인물만 회원이 될 수 있다. 바진 선생은 그 영예를 받을 자격이 충분하다.

나는 스톡홀름에서 돌아 온 그분을 만날 기회가 있었다. 그 만남에는 우리를 제외하고도 후유쯔(Hujucz)와 젤레죠(Ĵelezo; Ye Laishi)선생도 합석하였고, 아마 예천찬(Chun-Chan Yeh), 장기청(Zhang Qicheng) 선생도 합석하였을 것이다. 그 모임에서 우리는 세계 에스페란토 대회를 중국에 유치하고자 하는 희망을 표현했다. 그렇게 해서 제71차 세계에스페란토 대회(UK)가 1986년 베이징에서 개최된 것이다.

바진 선생과 후유쯔 선생, 두 분의 우정은 아주 깊다. 바진 선생은 말했다. "후유쯔는 나의 오랜 친구이다. 에스페란토 운동이 우리를 연결시켰다. 우리의 우정은 그분이 돌아가시기 전까지 계속되었고, 그분은 아직도 내 마음 속에 살아 있다."

바진이 후유쯔에게 보낸 첫 편지에는 에스페란토가 주요 화제였다. 1920년 바진은 청두(Chengdu)에, 후유쯔는 상하이에 살았다. 그때 후유쯔는 당시 중국에서 가장 유명한 잡지인 『동방잡지(東方雜誌)』의 편집자였고, 그 잡지에 에스페란토에 대한 글을 발표했다. 1922년, 그들의 3년차 교류에서, 후유쯔는 에스페란토를 체계적으로 다룬 장문의 글 「국제어의 이상과 실제("La Idealo kaj la Realo de Internacia Lingvo")」를 그 잡지에 발표했다.

나중에 1928년 후유쯔는 프랑스를 방문했고, 당시 온 세계가 톨스토이(Lev Tolstoj) 탄생 백주년을 축하하고 있을 때였다. 앙리 바르뷔스(Henri Barbusse)가 편집하고 있던 『르 몽드(La Mondo)』지는 「톨스토이론("Pri Tolstoj")」 기사를 썼다. 후유쯔는 당시 프랑스에 있던 바진에게 이를 중국어로 번역해 달라고 요청했고, 이 번역본을 자신의 『동방잡지』에 「트로츠키의 톨스토이론」이라는 제목으로 발표했다. 후유쯔의 도움으로 바진은 중국에서 처음 자신의 번역 글을 발표하게 되었고, 그 뒤 프랑스에서 썼던 작품들을 발표하게 되었다. 그 때문에 바진은 후유쯔를 자기 작품의 최초 편집자로 여기고 있었다. 후유쯔 선생이 돌아가시고 난 뒤, 바진 선생은 깊은 그리움을 담은 글을 썼다.

"과거에 나는 그분을 자주 뵙지는 못했다. 그런데 내가 낙상으로 병석에 눕기 전에는 자주 만났다. 그분의 에스페란토에 대한 열의와 중국 에스페란토운동의 발전에 대한 그분의 노력을 보면 나 자신이 부끄럽다. 그분이 90세의 나이로 이 세상을 하직한 것에 그분은 아쉬움이 없을 것이다. 그럼에도 나로서는 나에게 오랫동안 관심을 가져 주신 선생님이자 잘못을 지적해 주는 친구를 잃었다. 그렇지만, 그분의 모습은 내 앞에 언제나 서 있고, 그분의 목소리도 언제나 내 귀에 들리고 있다. '명성과 이익을 바라지 말고 일을 많이 하라, 공허한 말을 하지 말고 현실적인 일을 하라.' 이 말들이 내 삶을 비추어 주었다."

명성과 이익을 바라지 말고 일을 많이 하라;
공허한 말을 하지 말고 현실적인 일을 하라.
(Multe faru, anstataŭ ĉasi famon kaj profiton;

Solide laboru, anstataŭ senenhave paroli.)

바진 선생과 후유쯔 선생은 이 글귀를 평생 잘 지켜 왔다.

＊ 출전 : http://esperanto.china.org.cn/world/shi-window/kiu_e_k/01.htm

바진과 20세기

리스쥔(Li Shijun)

1982년 세계에스페란토협회 [명예 후원위원회]의 회원이 되신 바진 선생은 중국의 탁월한 작가 중 한 분이다. 그분은 1904년 11월25일 청두(成都)에서 태어났고, 1918년 에스페란토를 학습하였고, 1927년 그의 최초의 작품인 소설『패망』을 지었다. 그분의 작품은 26권에 이를 정도로 방대한 분량이다. 그분은 또 영어, 불어, 독일어, 스페인어, 일본어, 러시아어와 에스페란토어 저작물을 중국어로 번역하기도 했다. 그분의 작품은 영어, 아랍어, 불가리아어, 체코어, 핀란드어, 독일어, 스페인어, 헝가리어, 이탈리아어, 일본어, 한국어, 크로아티아어, 몽골어, 네덜란드어, 노르웨이어, 폴란드어, 포르투갈어, 루마니아어, 러시아어, 세르비아어, 스웨덴어, 태국어, 우크라이나어, 우즈베키스탄어, 베트남어와 에스페란토로 번역되었다. 그분은 프랑스, 이탈리아, 일본, 미국, 소련 등의 나라의 여러 기관에서 명예 칭호나 메달을 받기도 하고, 수상자로 선정되기도 하였다. 그분은 중국 내에서뿐만 아니라 세계에서도 빛나는 문화계 인물이 되었다. 1983년 당시 프랑스 대통령 미테랑(Francois Mitterrand)은 프랑스 정부를 대표해 직접 바진 선생께 프랑스의 최고명예훈장을 직접 수여했을 때, 대통령은 그분을 "거장(Majstro)"이라고 불렀으며, "금세기의 위대한 증언자"라고 평가했다. 바진 선생에 대한 연구는 1930년대에 벌써 시작되었으나, 중국뿐만 아니라 외국의 연구자들이 바진에 대한 연구 성과를 50권 이상 발간할 정도로 관심이 지대했다. 그리고 상하이(1989년 11월 21일~25일), 청두(1991년 9월 12일~16일)와 베이징(1994년 4월 14일~16일)에 걸쳐 바진에 대한 심포지엄이 개최되었다. 베이징에서 개최된 1994년의 심포지엄은 "바진과 20세기"라는 제목으로 개최되었다. 이 행사에서 에스페란토 관련 부문만 잠시 보고하고자 한다.

1992년 탕산에서 전국에스페란토대회가 개최되었을 때, 베이징, 상하이, 청두의 에스페란티스토들이 "바진과 에스페란토"라는 제목으로 심포지엄을 열기로 특별한 모임을 가졌다. 여러 에스페란티스토들이 이와 관련하여 논문을 준비했으나, 그 심포지엄은 연기되었다. 나중에 우리는 "바진과 20세기"라는 심포지엄이 개최된다는 소식을 듣게 되었고, 나와 세 명의 다른 에스페란티스토 — 슈 산슈(Xu Shanshu), 양 지아탄(Yang Jiatan)과 왕 얀징(Wang Yang Jing) — 가 이 행사에 참석했다.

이 심포지엄에는 일본과 한국에서 온 6명의 연구자들을 포함하여 70여 명이 참석하였고, 30여 편의 논문이 발표되었다. 장엄한 개회식에는 장 커쟈(Zang Kejia), 장 광얀(Zhang Guangjan), 린 마하(Lin Maha), 츠언 황메이(Chen Huangmei), 펑 무(Feng Mu), 빙신(Bingxin), 까오 유(Cao Yu), 마 펑(Ma Feng), 샤 얀(Xia Yan), 예 칭(Ye Qing) 등 유명 작가들을 포함해 300명 이상이 참석했다. 또 베테랑 작가들은 서신이나 축전으로 이 심포지엄의 개최를 축하해 주었다. 이 개회식에는 바진 선생의 26권의 작품집과, 그 옆에는 에스페란토로 발간된 바진의 작품 『봄 속의 가을』, 『한야』, 『중국문선(Ĉina Antologio; 1919~1949, 1949~1979)』 두 권과 바진이 중국어로 번역한 내용이 함께 실린 『가을 속의 봄』의 책자도 함께 소개되었다. 이 작품들은 텔레비전 카메라의 관심을 끌었고, 또한 이 작품들에 대한 강연이 있었다. 40여 명의 발제자의 발표가 있었는데, 그 중 에스페란티스토 발표자는 세 사람이었다.

슈 산슈(Xu shanshu) 씨는 바진의 전체 활동과 개성에 대한 연구 없이는 바진의 에스페란토를 위한 활동을 깊이 이해할 수 없고, 바진에 대한 연구도 에스페란토 분야의 활동에 대한 연구 없이는 불완전하다고 피력했다. 나는 바진 선생은 청년기부터 에스페란토를 가르치거나, 또 에스페란토로 된 작품을 중국어로 번역함으로써, 에스페란토 운동에 열렬히 투신했음에 주목할 필요가 있다고 했다. 또 그분이 에스페란토에서 중국어로 번역한 작품들, 예를 들면, 『가을 속의 봄』, 『해골의 춤(Danco de Skeletoj)』, 『과거의 꽃(La Floro de l' Pasinto)』, 『웃음(Rido)』, 『카스토르의 죽음(La Morto de Kastor)』, 『단톤의 죽음(La Morto de Danton)』 등은 작가의 휴머니즘적 경향과 외국문학으로부터 그분이 받은 영향을 명확하게 보여주고 있다고도 했다. 나의 논문 「에스페란토를 원전으로 한 작품들의 번역기법에 대하여」, 양 지아탄(Yang Jiatan)의 「바진과 에스페란토 운동」, 슈 산슈의 「잡지 신청년(Novaj Junuloj)의 토론을 통한 에스페란토에 대한 바진의 기여」와 「에스페란토 운동에서 바진의 푸조우(Fuzhou) 세계어학교와 교육관계」라는 츠언 드민(Chen Demin)의 논문 모두는 바진의 에스페란토에 대한 활동의 면면을 조명하고 있다.

바진 연구가이자 이 심포지엄의 주요 책임자인 리 춘관(Li Cunguan) 씨는 참석자들에게 이 심포지엄에 에스페란티스토들이 참석함으로써 이 행사가 한층 신선한 내용으로 풍부하게 되었다고 특별한 언급을 했다. 이 심포지엄에서는 바진 선생의 진실한 인간성의 일관성과 그분의 문학, 봉건제도와 제국주의에 대항한 싸움에서의 바진의 중요한 기여와 민족의 각 구성원들과의 우정과 세계 평화를 위한 지대한 공헌을 강조했다. 바진이 애국자이면서도 온 인류의 운명을 걱정한 휴머니스트라고 이 심포지엄의 참석자들은 평가했다.

이 심포지엄의 끝에, 쓰촨 사회과학학술원 부회장인 탄 레페이(Tan Lefei)씨는 바진 연구를 위한 연구소를 창설하는 것을 제안했고, 그의 제안에 따뜻한 박수로 참석자들은 동의했다. 물론, 바진의 생애와 저작에 대한 탐구와 연구는 새로운 단계로 나아갈 것이다.

에스페란토와 율리오 바기의 삶

율리오 바기는 헝가리 사람으로 연극배우이자 작가이자 에스페란토 교육자이다. 그는 1891년 1월 13일 세게드(Szeged)에서 태어났다. 그의 아버지는 연극배우였고 어머니는 극장에서 공연 때 배우들을 위해 대사를 읽어주는 직업을 가졌다. 학업을 마친 뒤, 그도 여러 극장의 배우이자 연출가가 되었다. 전쟁으로 인해서 6년간 조국을 떠나 러시아 전쟁포로수용소 생활을 해야 했다. 어려서부터 그는 여러 잡지에 많은 시와 소설을 발표했다. 1911년 에스페란토를 알게 되었으며, 에스페란토의 '내적 사상(內的 思想)'에 매료되었다. 그의 폭넓은 에스페란토 활동은 시베리아 전쟁포로수용소에서부터 벌써 시작되었는데, 이곳에서 그는 여러 나라 사람들에게 에스페란토 강습회를 많이 개최했다. 전쟁이 끝난 뒤 헝가리로 귀국해, 에스페란토 운동의 지도자 가운데 한 사람이 되었다. 다양한 수준의 에스페란토 강습, 에스페란토 친선모임(ESPERANTO-RONDO AMIKA)의 지도, 문학의 밤 개최 등, 다수의 세계 에스페란토 대회에서 그는 대회 연극을 맡아, 배우 겸 연출가가 되었다. 에스페란토의 국제 조직을 강화하기 위해 상세한 제안(예를 들면, 「공공(公共)의 편지」(1931))을 하기도 했다. 바기는 에스페란토 계의 정신적

수준을 더 높이기 위해 많은 노력을 했다. 이를 위해 에스페란토의 창안자 자멘호프의 탄생일을 에스페란토 책의 날로 제안했는데, 이 또한 그의 이러한 목적을 달성하기 위한 시도이다. 말년에는 체－방법(CSEH-metodo: 에스페란토로 에스페란토를 가르치는 방법)의 교사로서 에스토니아, 라트비아, 네덜란드, 프랑스 등지에서 많은 강습회를 지도했다. 바기는 많은 에스페란토 잡지들과 협력했으며『문학세계(Literatura Mondo)』의 편집장으로 1933년까지 일했다. 그의 생애에서 말하고자 했던 사상은 그의 문학 작품을 통해서 잘 나타난다. 그의 사상이란 "사랑이 평화를 창조하고, 평화는 사람다움을 지니게 하며, 그 사람다움이야말로 가장 높은 이상이다."라는 것이다.

에스페란토는 모든 분야에서 적당한 표현력을 가지고 있으며, 국제어가 어느 민족어와도 쉽게 비교될 수 있다는 것이 입증된다. 더욱이 국제어는 적절한 감동을 주는 성격을 가지고 있으며, 이런 감동적인 성격을 작품에 잘 나타낸 사람을 들자면 자멘호프, 쁘리바, 율리오 바기이다. 바기는 국제어 민중의 공동 기초인 그 근본적 인간성을 감동적으로, 서정적으로 통역한 사람이다. 이 때문에 비(非)에스페란티스토에게는 어렵게 이해되는 가장 "에스페란티스토다운" 시인들 가운데 한 사람이다. 그가 지은 시에는 곡조가 자발적이고 풍부한 형태가 있다. 그의 리듬은 순간적 고무(鼓舞)에 의해 좌우되며, 필요에 따라 더해진다.

그의 초기 시(詩)들은 러시아 전쟁포로수용소 생활에서 나왔다. 이것들은 놀라움과 기쁨을 불러 일으켰다. 자멘호프의 시가 형식을 넘어 성장하는 성실하고 고상하고 열렬한 감정이 시 속에 들어 있어 시적 언어의 불완전성을 잊게 만든 반면에, 바기는 제1차 세계대전의 냉혹함을 겪은 뒤 개인적이며, 새롭고, 멜로디가 풍부한 시를 썼다.

『삶의 곁에서(*Preter La Vivo*)』(1922)는 그의 첫 시집으로 에스페란토 시의 새 장을 열었으며, 그림들이 새로운 의미로 주목 받았으며, 새로운 아름다움이 많이 첨가되어, 독자들은 사적 주제 때문이든지, 인류인주의(人類人主義) 사상 때문이든지 그것에 매료되었다. 왜냐하면, 저작 활동은 그의 필요에 의해서 이루어지고 그는 언제나 감정표현에 본래적인 형태를 만들어 놓고 있기 때문이다.

『순례(*Pilgrimo*)』(1926)는 그의 둘째 시집으로서 그의 재능이 성숙했으며, 시는 낭만적인 향기에 비장감이 더 강하게 나타난다.

『유랑하는 깃털(*Migranta Plumo*)』(1929)에 쓰인 시들은 새로운 형식을 추구한다.

『방랑자는 노래한다(*La Vagabondo Kantas*)』(1933)는 그의 마지막 시집으로 고전적 에스페란토로 되돌아오며, 청교도적인 특별한 시구를 만드는 재능을 입증함과 아울러, 자신의 조국 헝가리 시의 영향을 받고 있다.

『무지개(*Ĉielarko*)』(1966)는 열 두 민족의 동화를 시로 다시 창작해 발표했다.

『가을의 낙엽들(*Aŭtunaj Folioj*)』(1970)은 그의 사후에 발표되었다.

소설가로서 그의 활동을 살펴보면 다음과 같다. 바기의 소설과 이야기는 결코 복잡한 구성을 하고 있지 않다. 때로는 이 구성이 스케치와 비슷하다. 그의 음색은 가장 온화한 고요함에서 나온다. 인간의 나약함에 대한 연민의 정을 가지고, 가장 해학적 만화로까지 가는 작품들에서 작가는 얼굴을 찌푸리면서 부정의와 위선을 나타내며, 윤리적으로 증명되는 불같은 폭발의 순간에 도달한다.

『꼭두각시들은 춤춰라(*Dancu Marionetoj*)』(1927), 『유랑하는 깃털』(1929), 『가

을 속의 봄』(1931)에서 그는 자신을 평화를 위해 싸우는 사람으로, 곳곳에 검은 색을 사용하지만 풍자문학가로서 날카로운 펜을 사용한다.『가을 속의 봄』에서는 매우 센티멘털한 비장감이 젊은 남녀 주인공들의 싹트는 사랑을 특별히 아끼며, 주인공들의 심리를 예리하고 세밀하게 파스텔화로 그리고 있다. 문체, 구성, 내적 정열, 유머로 독자들은 낭만적 인물의 허구성에도 불구하고 이 소설을 애호하지 않을 수 없다. 왜냐하면 이 시인은 그가 믿고 있는 것을 우리에게 믿게 하는 방법을 알고 있기 때문이다.

『만세!(Hura!)』(1930)는 가장 의미 있는 작품으로, 인간의 지식과 사회 구성원의 일부를 빛나는 풍자로, 일부는 유토피아로 찌푸린 얼굴모습 옆에 놓는다.

『초록의 돈키호테들(Verdaj Donkihotoj)』(1933)에서는 더욱 더 풍자로 이끌고 간다.

『극장의 바구니(La Teatra Korbo)』(1934)는 어린 시절부터 가지고 있었던 추억과, 인간과 작가에 대한 고백을 담고 있다.

『희생자들(Viktimoj)』(1925)과 『피어린 땅에서(Sur Sanga Tero)』(1933)는 그의 소설 가운데 애호되는 작품으로 그의 시베리아수용소 생활에 관한 것을 소재로 하고 있다. 이 두 작품은 1970년 한 권의 책으로 출판되었다. 소설 『희망의 섬(Insulo De Espero)』을 계속 썼으나 전쟁 중에 잃어 버렸다.

연극작가로서 바기를 보면, 그는 주로 1악장짜리 연극을 만든다. 그의 작품들은 잡지에 발표되거나 또는 원고 형태로 남아 있다.

『사과나무 아래에서 꿈꾸며(Sonĝe Sub Pomarbo)』(1956)에는 두 젊은 남녀의 사랑이 서정적이고 감동적인 이야기로 구성되어 있고, 우리 세계에 사랑이 필요하다는 것에 대한 상징적 논문이 되었다.

『네덜란드 인형(*La Holanda Pupo*)』(1966)은 제3회 국제예술제(부다페스트)에서 공연되었다.

그밖에 바기와 불가분의 관계를 갖는 것이 『문학세계』라는 정기 간행물이다. 이 간행물은 제1차, 제2차 세계대전사이에 세계 에스페란토 계에 가장 큰 영향력이 있었고, 가장 큰 사랑을 받은 문학 정기 간행물이다. 이 『문학세계』를 이끈 이들을 부다페스트 학파로 부른다. 대표적인 인물은 칼로차이(KALOCSAY)와 바기, 블라이에르(BLEIER)이다. 칼로차이는 높은 지성, 박학과 다방면의 천재성으로, 바기는 생기발랄함, 열성과 열심으로, 블라이에르는 조직적 재능으로 부다페스트를 에스페란토 문화의 중심으로 여러 해 동안 명성을 누리게 했다. 이 잡지의 첫 시리즈는 1922년부터 1926년 사이에 나타난다. 제2시리즈는 1931년부터 1938년이다. 이 잡지는 언어, 문체, 비평에 있어 탁월하여, 문학 문제의 공공토론장이 되었으며, 번역, 원작 작가들을 고무시키는 역할을 했다.

또한 율리오 바기의 작품은 외국어로 다수 번역되었다. 『만세!』가 프랑스어, 독일어로, 『가을 속의 봄』이 프랑스어, 헝가리어, 중국어로, 『희생자들』이 중국어로, 『인간만이(*Nur Homo*)』가 중국어로 번역되었다. 특기할 만한 것은 『가을 속의 봄』을 번역한 바진(巴金)이 이에 대한 화답 형태로 『봄 속의 가을』을 펴냈다는 것이다.

그밖에 칼로차이와 바기를 하나로 묶은 전기가 『은의 듀엣(*Arĝenta Duopo*)』(1937), 『황금의 듀엣(*Ora Duopo*)』으로 발표되기도 하였다.

1933년에는 『헝가리 문학선집(*Hungara Antologio*)』이 위의 두 사람에 의해 편집되기도 하였다. 또한 바기는 1930년대에 에스페란토로 헝가리 문학, 전통과 성숙된 예술을 알리는 여행을 했다.

1956년 헝가리의 문교부령에 따라 헝가리 에스페란토 평의회(Hungara Esperanto-Konsilantaro)가 바기의 시도로 창립되었으며, 1960년에 헝가리 에스페란토 협회로 그 명칭이 바뀌었다.

헝가리 에스페란토 협회는 정부의 지원을 받으면서 해를 거듭할수록 발전하였으며, 제51차 세계 에스페란토 대회가 부다페스트에서 열려, 이 대회가 성공적으로 개최되어, 그 발전의 원동력을 갖게 되었다.

그는 1939년에 에스페란토 학술원(Akademio De Esperanto)의 16명 회원 가운데 한 명의 회원으로 된다.

끝으로 강습에서 가장 많이 쓰이는 교재가 바로 율리오 바기의 『푸른 마음(La Verda Koro)』이다.

* 출전 :

Enciklopedio De Esperanto, Hungara Esperanto-Asocio, Budapest, 1979. pp. 35~37.

Esperanto En Perspektivo, Centro De Esploro Kaj Dokumentado Pri La Monda Lingvo-Problemo, Rottterdam, 1974 관련 페이지

역자후기

『봄 속의 가을』, 『가을 속의 봄』 두 작품의 번역에 대한 감회

바진의 작품 『봄 속의 가을(春天里的秋天)』을 만나기까지 ……

　지금으로부터 15년 전, 1992년 8월 24일은 우리나라가 중국과 정식으로 국교를 수립한 날이다. 그 수교소식을 나는 중국 칭다오에서 들었다. 당시 우리 에스페란티스토 일행은 중국 칭다오(青島)에서 개최된 제5회 태평양에스페란토대회(Pacifika Kongreso de Esperanto) 8월 17일~8월 22일)에 참석차, 그 도시의 황하이 호텔의 대회장에 있었다. 에스페란토란 무엇인가?
　에스페란토는 1887년 폴란드의 라자로 루도비코 자멘호프(Lazaro Ludoviko Zamenhof) 박사가 창안한 국제어이다. 에스페란토는 국경과 민족을 넘어선 민간 교류에 중요한 언어 도구가 되어, 다양한 정치, 이념, 경제 방식에도 불구하고 인류의 상호 이해의 폭을 넓히는데 크게 이바지하고 있다.

한국은 한반도를 둘러싼 정치 경제 등 지정학적 상황 때문에 주변 강대국들의 언어인 영어, 일본어, 중국어, 러시아어를 잘 활용해야 한다. 그럼에도 이러한 언어들에 의존하지 않고서도 한반도 주변의 여러 나라 국민들과 자유롭게, 서로의 이해를 높이고, 친구가 될 수 있고, 세계평화에 이바지할 수 있는 언어가 바로 120년의 역사와 문화와 문학을 갖춘 국제어 에스페란토다. 이 언어는 다른 외국어보다 상대적으로 배우기 쉽고, 현존하는 민족어를 존중하면서도 국제적으로 에스페란토를 사용하자는 "한 민족 두 언어"주의를 바탕으로 정치나 종교나 사회적 정치 이념으로부터 중립적 토대를 갖추고 있다. 오늘날은 지구 전체가 컴퓨터와 인터넷이라는 정보체계를 갖추어 놓고 있어, 이러한 시대에는 더욱 에스페란토를 활용하기 쉽다.

에스페란토는 1910년대 후반에 벽초 홍명희, 안서 김억 선생을 비롯한 근대 지식인, 문학가, 독립운동가 등을 통해 우리나라에 들어오게 된다. 특히 안서 김억 선생은 근대 서구 문학을 도입하면서 어느 한 나라에 편중된 시각을 벗어나, 여러 나라의 문학을 에스페란토 번역을 통해 두루 소개하며, 에스페란토 교재를 발간하기도 했다. 가람 이병기 선생이 에스페란토를 배우던 때에 작가 홍명희가 강연을 하였다고 한다. 1920년대의 신문(조선일보, 동아일보)이나 잡지(개벽) 등은 에스페란토를 소개하거나, 자멘호프를 소개하거나, 에스페란토 원문을 싣거나 하였다. 1926년 2월 교토에서 시인 정지용은 자신의 작품 「이른 봄」을 지으면서 자신이 에스페란토를 배우고 있음을 밝히고 있다. 백남규 선생은 1931년 7월부터 11월까지 동아일보에 에스페란토 강좌를 100회 연재하였고, 신봉조 선생은 국내에서 최초로 에스페란토 대중강습서를 책으로 출판하였다. 회월 박영희가 소장한 책 중에는 에스페란토관련 서적도 있다고 한다. 홍형의 선생은 우리 문학을 에스페란토로 소개하는 잡지를 1937년에 발간하였으며, 국내외의 에스페란티스토들과 교류의 폭을 넓혔다. 자유시인 정사섭은 1938년 프랑스 유학시절에 한국인 최초로 에스페란토로 시집을 발간하였고, 안우생 선생은 중국 작가 루쉰의 작품을 에스페란토로 번역하는 등 활발한 작품 활동을 하였다. 조국독립을 위해 애쓰신 안우생(Elpin), 이재현(Hajpin) 같은 독립 운동가들은, "중국에서 항일 독립운동을 하면서 에스페란토를 통하여 우리나라와 중국의 피압박 상황을 전 세계인들에게 잘 알려주면서(안춘생 선생의 증언)," 당시의 중국 에스페란티스토들과 협력하여 국제어 에스페란토를 활용했다. 한편 김산, 박헌영, 유자명 등 공산주의, 사회주의, 아나키즘을 신봉한 이들도 에스페란토를 국내외에서 배우고 익혀, 국제적 의사소통의 도구로 에스페란토를 활용하기도 하였다.

이와 같은 활동에 대해, 또 해방이전의 문학가들의 삶과 그분들의 작품 속에서 에스페란토 활용을 유심히 관찰한 서울대학교의 문학평론가 김윤식 선생님은 해방이전의 에스페란토의 활동을 "그 만큼 그 당시 에스페란토는 국제어 성격을 지녔다. '붉은 깃발(좌익계열)', '흑기(아나키스트 계열)', '녹색 깃발(에스페란토 계열)'의 식별력이야말로 이 나라 근대문학사의 사상사적 현주소"(김윤식선집 7,『문학사와 비평』, 2005년, 솔출판사, 47쪽)라며 에스페란티스토들의 활약을 높이 평가하고 있다.

1945년 해방된 뒤 에스페란티스토들은 조선에스페란토학회를 결성하고, 1947년 9월 서울대학교 사범대학에서 에스페란토를 선택과목으로 채택하여 강의를 했으며, 그 후 국학대학(12월)에서 에스페란토를 선택과목으로 강의할 것을 결정하고, 석주명 선생이 강의하게 된다. 이에 따라 석주명 선생 등은 이를 위해 교재를 발간하기도 했다. 이 같은 흐름으로 1947년 12월 문교부에서 에스페란토를 제2외국어로 "세계어"라는 이름으로 채택하였다. 이는 "당시 학술단체로서 에스페란토학회가 대학에 정규과목 또는 선택과목으로 에스페란토를 설치하게 한 것은 ─ 당시 유억겸 선생의 큰 이해에 힘입은 바 크지만 ─ 오늘날까지도 이 나라에서의 에스페란토 운동의 명맥을 유지할 수 있었던 기본 방향이었다고 할 수 있다"고 김삼수 교수는 자신의 저서 『한국에스페란토운동사』(261쪽)에 적고 있다. 이 운동사에는 1975년까지의 한국에스페란토운동이 기록되어 있고, 그 뒤 이종영 박사는 자신의 저서 『한국에스페란토80년사』에서 2000년까지 우리 운동을 기록해 놓고 있다. 개인들의 활동은 이 도서들을 참고해 주길 바란다.

1975년 8월 15일에 여러 단체로 되어 있던 국내 에스페란토계가 한국에스페란토협회(Korea Esperanto-Asocio)라는 이름으로 통합된다. 협회는 오늘날 에스페란토 운동의 중심이다.

1990년대에는 세계에스페란토대회(1994년)가 서울에서 개최되고, 한국인 최초로 세계에스페란토협회 회장(이종영 박사)이 선출되기도 하고, 2004년에는 마영태 교수는 한국인 최초로 에스페란토어 작가협회 회원이 되고, 올해 4월에는 한국인 최초로 에스페란토학술원 회원이 되는 등 국제 사회에서 한국 에스페란티스토들의 활약도 눈부시다.

오늘날에도 단국대학교, 한국외국어대학교, 원광대학교에서는 에스페란토를 교과목으로 도입하여, 마영태 학술원회원, 이중기 서울에스페란토문화원 원장 두 분의 지도로 에스페란토가 가르쳐지고 있다. 2007년 9월 2학기에는 334명의 대학생이 수강 신청해, 일주일에 두 시간씩 16주간 학습하여 에스페란토어와 에스페란토문화에 대하여 배우고 있다.

에스페란토를 어디서 어떻게 배울 것인가에 대해 소개하자면, 한국에스페란토협회(www.esperanto.or.kr)나 서울에스페란토문화원(www.esperanto.co.kr), 갈무리출판사(galmuri.co.kr) 에 문의하면 되고, 인터넷을 통해 에스페란토를 배우려면 무료공개 강좌 프로그램인 레르누(www.lernu.net)에 들어가서 오른편 상단의 언어선택에서 '한국어'를 선택하고 회원가입하면 된다.

그렇게 해서 중국 칭다오(靑島)에서 개최된 제5회 태평양에스페란토대회에 참석한 나는 중국의 여러 도시에서 참석한 중국 사람들과 또 다른 나라에서 참석한 사람들을 만남은 물론 에스페란토 번역에 더욱 관심을 가질 수 있었다. 중국에서는 1950년 창간된 *EL Popola Ĉinio* (『중국보도』)가 월간으로 정기적으로 발간되었고, "중국국제방송(Ĉina Radio Internacia, 1941년 설립)"에서는 매일 저녁 30분씩 에스페란토방송을 국제적으로 하였다. 이 칭다오에서 무역과 문화교류에 관심이 많고, 그 이전에도 한국을 방문한 적이 있는 안휘성의 왕시건(王希庚) 씨와 중국 칭다오에서 다시 만날 수도 있었고, 나중에 중국 장쑤성 진장시의 초등학교에 에스페란토 교사가 된 스슈에친(史雪芹) 씨를 만나게 되었다. 그들의 안내로 수차례 중국을 방문하게 되고, 중국문화와 중국 에스페란토계를 둘러보고, 에스페란토로 발간된 서적들을 국어로 번역해 내는 작업을 하면서, 여러 작가들을 만날 기회가 생겼다.

작가 예천찬(葉君健, Ye Chun-Chan(1914~1999), 필명 Cicio Mar) 선생은 그 후 중국을 방문해 만난 작가들 중 한 분인데, 자신의 작품『산촌(*Montara Vilaĝo*)』은 먼저 영국에서 영어로 발간되어, 서방 세계에 1920년대 이후 중국이 사회주의를 선택하는 과정이 당시 민중의 눈에 어떻게 비쳤으며, 그리고 그 혁명의 와중에서 민중의 삶이 얼마나 고단했는지를 알게 한 작품이 되었고, 나중에 세계에스페란토협회의 동서양문고의 시리즈 중 하나로 번역 출간되었다. 이『산촌』은 잘 보여주고 있다. 나는 이 책을 에스페란토에서 한국어로 옮기는 번역작업을 하면서, 그 작가의 자택을 방문해, 작가와 대화를 나누기도 했다.

 그런데, 이 작가에 대한 이야기는 또 하나 있다. 우리나라 에스페란토 운동의 자취나 자료를 찾아 가다가 흥미로운 부분을 발견하게 되었다. 그래서 여기에 소개해 두고자 한다. 1932년 소설가 장혁주(張赫宙)가 일본어로 쓴 소설『쫓겨 가는 사람들』이 일본잡지『개조(改造)』(10월)의 당선문학작품으로 소개된다. 이 작품은 200자 원고지 110쪽 정도의 분량으로, "당시 한국 농촌경제의 일제 침탈과정에서 고향을 쫓겨나 유랑민으로 북으로, 북으로 표류해 가는 궁핍화"(김삼수, 1930년대 초기 문학작품 <쫓겨 가는 사람들>에 반영된 농촌경제의 궁핍화와 그의 에스페란토 문학작품 "La Forpelataj"에 의한 세계에의 고발, 숙명여대 논문집 제8집, 1978년 12월, 63쪽)과정을 보여주고 있다. 그 작품은 당시 일본 에스페란티스토 타카기 히로시(Tagagi Hirosi(高木弘); Oosima Yosio(大島義夫)의 필명)가 1933년 에스페란토로 번역, 자비로 1,000부를 출판해, 일본제국주의를 세계에 고발하게 되었다. 그가 번역한 이 소설은 중국어와 폴란드어로 나중에 번역되기도 했다. 그런데『산촌』의 작가 예천찬 선생이 한국인 에스페란티스토 안우생(Elpin) 선생과 함께 에스페란토운동과 문학운동을 함께 한 분이라는 것을 최근에 알게 되었다. 그런데 에스페란토로 번역된 장혁주의 소설은 예천찬 선생에게 알려져, 그가 중국어로 번역해『신보(申報)』에 소개했다고 한다. 그로부터 반세기가 지난 뒤 예천찬 선생의 작품을 본 역자가 한국어로 옮긴 것은 그런 인연이 있었음을 이 후기를 쓰면서 알게 되었다. 장혁주의 그 문학작품은 이종영 박사가 최근 한국어로 옮겼다.

스슈에친 씨는 바진 선생이 지은『봄 속의 가을』을 에스페란토로 번역한 리스쥔(李士俊)선생을 소개해 주었다. 그런데 앞서 이야기한 칭다오에서 열린 대회에서 나는 바진이 지은『봄 속의 가을』을 에스페란토로 번역한 리스쥔 선생의 강연을 우연히 들을 기회가 있었다. 당시 무슨 제목으로 강연하였는지 기억하고 있지 않지만, 중국의 어느 문학가의 삶을 소개한 자리였는데, 나는 그 강연의 연사가 나중에 만나게 될 리스쥔 선생이라고는 모르고 있었다. 리스쥔 선생(1923~)은 1937년 에스페란토를 학습해, 1950년 베이징으로 와, 중국에스페란토연맹(1951년 3월)을 창립하는 주요 역할을 하였고, 그 이후로 중국에스페란토연맹이 발간하는『중국보도(El Popola Ĉinio)』를 편집하였다. 끊임없이 에스페란토의 번역과 창작 활동, 후학 양성을 위해 애써온 그분은 1983년 세계에스페란토협회 학술원 회원으로 선출되었으며, 올해 85세의 나이에도 불구하고 하루에 6시간씩 번역이나 창작 작업에 정력을 쏟고 있다고 한다. 최근 그는 중국의 고전문학작품『수호지』,『삼국지』를 에스페란토로 번역하였고, 최근에는『서유기』를 번역하는 중이라는 소식을 들었다.

그분의 번역 작품 중 중국 윈난(雲南)성 민담을 소재로 한『아스마(阿詩瑪)』를 나는 한국어로 번역해 두었다. 기회가 되면, 에스페란토 번역본과 함께 출간할 계획이다. 나중에 들은 바로는, 중국 윈난성에서는『아스마』를 소재로 한 "아스마 국제학술 연토회"(2004년 8월)라는 학술행사를 가졌다고 한다. 한국, 중국, 미국, 일본에서 약 200명이 참석했으며, 중국 측 참석자는 주로 학자나 관료들이 대부분이었다고 한다. 이정진 교수는 이 행사에 참관하고 귀국해 고구려건국신화『동명왕편』을 국제화하자고 제안한 적이 있다 (조선일보, 2004년 8월 27일자).

바진의 작품『봄 속의 가을』은 율리오 바기의 작품『가을 속의 봄』을 번역한 뒤 1932년 당시 청년세대의 삶을 보면서, 자유연애와 자유결혼을 부르짖고, 불합리한 사회제도를 고발하고 있다. 당시 이 작품을 지을 때 바진의 나이는 당년 28세이지만, 이미 프랑스 문물을 체험하고 온 개화된 국제인이었다. 18살의 나이에 에스페란토를 학습하여, 이와 관련된 활동을 넓혀 가며, 중국 문학계에 상당한 영향력을 행사하고 있었다.

이 작품『봄 속의 가을』을 혼사장애(Matrimony-hindrance; Ehehindernis; Malhelpo de geedzeco)구조에서 분석해 보는 것도 흥미로울 것 같다. 혼사장애 구조는 부부관계의 획득에 있어서 발생하는 장애로서 획득의 혼사장애와 부부관계의 유지에서 발생하는 회복의 혼사장애를 포함하는 개념으로, 그 혼사장애의 구조는 크게 ①획득(회복)되어야 할 부부관계의 설정, ②반대자에 의해 신랑(신부)에게 과업 부여, ③신랑(신부)이 신부(신랑)의 소속집단으로부터 분리, ④원조자의 도움으로 신랑(신부)의 과업 해결, ⑤신랑(신부)이 신부(신랑)의 소속집단으로 복귀.⑥획득(회복)된 부부관계의 완성(이는 "고전소설의 혼사장애구조와 유형에 관한 연구"(이창헌, 국문학연구 제81집, 서울대학교 대학원 국문학연구회,1987년)를 읽으면서 얻은 생각임)으로 구성된다.

바진의 소설에서는 ①린(남성, 다른 성(省) 출신의 교사)와 정페이룽(여성, 첫 만남에서는 고등학생)이 사제지간으로 만나 장래를 약속함, ②그러는 사이 여성의 부모가 이미 딸을 어느 다른 집안의 남성과 결혼하도록 종용하자 이를 피해 여성은 남자 주인공이 사는 도시로 도피, ③그러나 아직 결혼 전이라 함께 생활하지 못하고, 친구의 도움으로 도시에 살지만, 여성은 곧 부모의 병환을 이유로 다시 고향으로 돌아 감, ④원조자의 도움 없이 여성은 자신의 과업을 해결하지 못하고, 가족이 사랑하는 사람을 죽이겠다는 것을 막고, 또 원치 않는 이와 성혼을 피하기 위해 자살을 택함, ⑤여성은 남성이 사는 도시로 귀환하지 못한 채 여성의 서신과 머리카락만 남성에게 우송됨, ⑥그러니 획득되거나 회복된 부부관계가 완성되지 못한 채, 있게 됨. 그래서 작가는 서문에서 사회에 대한 고발을 한다고 적고 있다.

당시 중국사회의 지배적 원리였던 고착화된 유교적 이념은 서양으로부터 새로운 근대 자유연애 사조가 유입됨으로써 갈등을 빚게 된다. 그런 사회 속에서 자유로운 연애와 결혼 당사자들의 자기결정에 따른 결혼을 주장하는 청년들의 요구가 이 작품 속에 나타나게 되고, 이런 상황을 자주 접하게 되는 중국사회나 당시 한국사회는 이 작품을 통해 많은 점을 생각하게 할 것이다. 나중에 바진은 자신의 장편 작품에서는 더욱더 세밀하고 서사적으로, 중국사회와 중국 가정의 삶을 보여주고 있다. 그런 점에서 이 작품은 읽을 만한 가치가 있고, 약 70여 년이 지난 오늘날 또 훗날에도 20세기 초반의 중국사회를 이해하려는 우리 독자들이 읽는 것도 흥미로운 일일 것이다. 지금은 연애나 결혼에 있어, 중국과 한국에서 자유연애, 자유결혼이 대세를 이루지만, 지금으로부터 약 70여 년 전의 중국이나 한국은 그러하지 못했다. 당시의 사회는 젊은 세대의 자유로운 사교, 연애, 결혼, 자유로운 의사결정과 이에 따른 책임, 근대적 연애관에 따르기보다는 그 당시 중심세대이자 그 앞 세대의 전통적 유교적 가치관인 가부장적 전통과 관습에 의존하고 있었다. 그 때문에 젊은 세대는 수없이 눈물 흘리고, 불행하게 살아가기도 하였고, 그로 인해 자살을 택하는 경우도 많았다.

『봄 속의 가을(春天里的秋天)』은 당시 중국의 사정과 관습, 이를 타파하려는 신세대의 의지와 신문물을 접하는 중국인들의 삶을 다양하게 보여주고, 그리 무겁지 않으나, 오늘날의 중국이 어떻게 해서 여기까지 왔는지를 볼 수 있는 중요한 소설이라 할 수 있다. 중국에서 이 책은 1932년 10월 상하이 카이밍서점(開明書店)에서 초판이 발행된 뒤, 1948년 12월까지 18판이 발행되었고, 1958년 9월 홍콩 금대도서공사(今代圖書公司)에서 초판이 발행되었다고 한다.

그러나 중국이 사인방(四人幫)이 주도하는 1965년부터 시작된 문화대혁명의 역사적 회오리에 휩싸여 이 책의 작가도 "반동권위(反動權威)" 등의 죄명을 뒤집어쓰고, 반혁명분자로 비판받아 실각했을 때, 열네 권의 『바진문집(巴金文集)』은 작가의 "불온서적(邪書)"으로 낙인찍혔다. 이 문집 안에 이 중편소설 『봄 속의 가을』도 들어 있었다.

『봄 속의 가을』은 1972년 스웨덴어로 번역되었고, 1979년 영어, 불어로 번역되었고, 리스쥔 선생에 의해 1980년 에스페란토로 번역되었으며, 1982년 재판이 발행되었고, 이번에 한국어로 번역 소개된다.

박난영(朴蘭英)이 쓴 논문 「파금(巴金)과 한국인 아나키스트」(고려대학교 중국어문연구회 중국어문논총)에서는 바진과 한국인과의 만남을 상세히 적어두고 있다. 작가 바진은 1921년경 고향 청두(成都)에서 한인 유림(柳林)을 고등학교 시절에 만나게 되어 그를 통해 에스페란토를 알게 되었다. 1925년경 북경에서 아나키즘의 중국운동과 서방운동과의 국제적 교류에 공헌이 큰, 함경도 원적의 에스페란티스토 심여추(沈茹秋, 容海; 1904~1929)를 만나게 되었고, 1926년 3월 중국어로 된 주간신문 『고려청년』을 창간한 이론과 실천에 강한 유서(柳絮)를 만나게 된다. 바진은 이 신문에 찬동하는 공개서신을 썼다.

바진은 1929년 1월 상하이세계어학회에 가입하였고, 1933년경 친교하게 된 아나키스트이자 농촌교육에 헌신한 한인 유자명(柳子明)과의 친교를 통해, 그의 청춘백발을 소재로 『머리카락 이야기(髮的故事)』(1936)를 썼다. 유자명은 자신의 회고록 『나의 회억(回憶)』(심양 요령인민출판사,1983, 158쪽)에서 바진과의 교류를 언급하기도 했다.

해방이전 우리 문학잡지에서 바진에 대한 관심은 1936년 『신인문학(新人文學)』(제3권 제2호, 1936년 3월 청조사 간행)에서 이달(李達)이 쓴 「중국작가 파금의 창작 태도의 고찰」이 처음인 것 같다. 해방이후 바진 선생의 작품은 1955년 소설 『대지의 비극』(원제 : 『인생』, 홍영의 박정봉 공역, 범조사 발행)이 국내에 처음 소개되었다.

『조선문학』(1957년 6월(118)호), 조선작가동맹 출판사)에 윤두헌이 쓴 「중국작가들과의 담화」라는 수필에 따르면, 자신의 중국 방문 중 그 이전에 북한을 방문한 바 있는 바진의 자택을 찾아간 것을 기록한 부분이 있는데, 그 속에서 바진은 한설야를 비롯한 당시의 북한 작가에 대한 관심, 중국문학과 북한문학에 대한 관심을 나타내면서 작가에겐 제 나라 조상들의 우수한 전통과 외국문학의 우수한 경험, 문학정신 등을 가질 필요가 있다고 하였다. 그 수필에서 윤두헌과 바진은 루쉰, 『삼국지』, 『수호지』, 톨스토이, 연암 박지원, 다산 정약용, 파제예브, 솔로호프를 비롯한 서구 고대 작가들까지 언급했다고 전하고 있다. 우리나라에서는 냉전으로 인해 중국이 공산국가, 미수교국이라는 이유로 인해 미뤄지다가 1985년에야 장편 소설 『가(家)』가 '세계'와 '청람문화사' 두 곳에서 발간되었다. 1986년에는 『애정삼부곡』(박수인 옮김, 일월서각)이 발간되었다. 그러나 곧 1987년 국내에서는 작품 『가(家)』는 판매금지도서목록에 올랐다. 그 후 1992년 국교 정상화 이후 바진의 작품은 장편 소설을 중심으로 본격적으로 소개된다. 『가』는 서울대인문학연구소가 선성한 동서양 고전 200편중 하나로 선정되기도 하였다. 『봄(春)』은 1995년 백양출판사에서 발행되기도 하였다.

한국소설과 생명의 소중함

　번역자인 본인이 우리 문학에 대해 문외한이긴 하지만, 소설을 즐겨 읽는 독자의 한 사람으로서 보면, 이런 생각이 들었다. 내가 읽은 작품 중에 박경리 선생님의 『토지』, 고 최명희 선생님의 『혼불』과 신경숙 님의 조선일보 연재소설 『푸른 눈물』 등의 줄거리가 생각났다. 그 작품들에도 청춘남녀의 사랑이 온갖 어려움에도 불구하고 신분 차이나, 경직된 사회제도나 관습의 그물을 뚫고, 온갖 어려움을 극복하고 용기와 지혜로써 결실을 맺기도 하였다. 반면에 신분이나 계급의 차이나, 이해의 부족으로 자신들의 사랑을 가꾸어 나가기도 전에 자살이라는 극단의 수단을 사용하여 생을 마감하는 경우도 있고, 때로는 정치적 탄압이나, 다른 억압으로 인해 가문에 의해 멍석말이를 당하거나, 주인공에게 연정을 품고 있는 악공의 가장 중요한 손가락이 강제로 잘리는 비운도 보게 된다.

　또 부산에서 활동하는 소설가 이하천 님의 작품 『내가 증오한 사랑』에는 등장인물이 아직도 유교적 관습이나 인습에 묻혀 자신의 여성성이나 인간성을 활발하게 전개하며 생활하기 보다는 자폐적인 상황에 빠지는 경우를 보면, 지난 세기에 작가 바진 선생이 쓴 70여 년 전의 중국사회의 모습에서나, 오늘날 우리 사회의 모습에서도 여전히 인생의 봄을 맞으려는 청춘남녀에게 지뢰밭처럼 불합리한 전근대성이 잔존하고 있음을 다시 한 번 느끼게 된다. 부디 봄을 맞이하는 청춘이여, 제발 사회에 잔존해 있는 유교적 인습의 지뢰를 피해가기를 바란다. 또한 우리 사회는 어서 무의식적 사고 속에 여전히 상존하는 지뢰들을 교육으로, 문학으로, 대화로 제거하기를, 문제 제기를 해 주기를 바라고 싶다. 독자에게도 적어도 이와 같은 사회 인식을 갖고 삶을 살아갈 필요성은 오늘날에도 절실하지 않을까. 개인적으로 보면 이런 불합리한, 비이성적인 점을 극복할 수 있는 방법 중 하나가 끊임없는 문학작품을 통해 감성을 유지하려는 소설 읽기, 시 읽기, 책 읽기가 아닌가 한다. 책을 읽지 않으면, 우리의 사고방식도 더욱 경직될 뿐이다. 열린 사고를 가져야만, 책을 읽음으로 해서 현시대를 이해할 수 있다. 독자에게 드리고 싶은 말씀이 아닌가 한다.

이 책을 읽는 젊은 독자여, 자유와 평화, 민주 사회, 인권과 언어권(言語權, lingva rajto)을 지향하는 청년이여, 이 소설 책 한 권은 그런 점에서 당시 시대를 고발하는 작가가 시사하는 바를 많이 읽어 낼 수 있으리라 기대한다. 그럼에도 자살이라는 극단의 방법을 선택하기보다는 사회에 불합리한 점이 있다면 이를 점차 개선하려고 하면서, 자신이 뭘 할 것인가를, '나'의 지식을, 지혜를 찾는 한 단서로서 이 책이 독자에게 다가가기를 바란다. 그 방편의 하나로 에스페란토를 배우면 국제 사회를 보는 우리들의 시야를 한 단계 성숙하게 해 줄 것이며, 상호 이해와 언어의 평등과 평화를 생각하고 실천하는 대열에 합류하는 기회와 계기가 될 것이라 믿어 의심치 않는다.

율리오 바기와 『가을 속의 봄』

율리오 바기의 『가을 속의 봄』은 중국에스페란토보도사(El Popola Ĉinio)에서 1981년 발행한 것으로 역자는 이를 1985년 여름에 구입했다. 여기에는 한쪽엔 에스페란토 원문, 한 쪽엔 중국어 번역(바진 선생의 번역)이 실려 있다. 이 책자를 번역해 보고 싶은 마음을 실천에 옮긴 때는 1988년 10월이다. 그 뒤 바진 선생이 쓴 중국어로 된 번역후기를 왕총팡 선생이 에스페란토로 옮긴 것을 1994년 2월에 국어로 옮겼다.

율리오 바기는 헝가리의 유명한 극작가이자 소설가이자, 에스페란티스토이다. 이 작가가 지은 에스페란토 원작들은 세계의 여러 에스페란티스토 독자들의 심금을 울려, 에스페란티스토 독자들은 "Paĉjo(아빠)"라는 애칭으로 작가를 대하였다고 한다.

그의 작품에는 저자가 서양인이면서도 동양인이 가지는 마음이나 사고방식이 잘 묻어 나 있다. 이 『가을 속의 봄』은 바진의 작품 『봄 속의 가을』이 나온 계기가 되었다. 바진은 1932년 율리오 바기의 작품을 번역한 것이 계기가 되어, 중국의 현실을 보며, 『봄 속의 가을』을 지어, 청년들에게 용기를 북돋아 주었다.

헝가리 문학작품이 우리나라에 최초로 번역 소개된 것은 1926년 2월에 발간된 잡지 『시종(時鐘)』(제2호)에 실린, 게오르기 보네브의 산문시 「임종(臨終)」이고, 이 시를 번역한 이는 한국에스페란토 운동의 선구자이자, 외국 문학작품을 최초로 번역한 안서 김억 선생이다. 이 번역시의 매개어는 에스페란토라고 역자 안서는 적고 있다.

또한, 안서 김억 선생은 1932년 『삼천리』(제4호)에 율리오 바기의 작품 중 소설 『세 친고(親故)』를 처음으로 우리나라에 소개한 바 있다.

율리오 바기의 『가을 속의 봄』은 70여 년이 지나 오늘날 다시 우리 문학계와 만남의 자리를 가지는 역사성이 있다.

1897년 한 대학 교수가 에스페란티스토가 되면서 시작된 헝가리 에스페란토 운동은 율리오 바기를 비롯한 수많은 에스페란토 문학가를 배출하였다.

율리오 바기는 1911년에 에스페란토에 입문하여, 이 언어가 가진 "내적 사상"에 매료된다. 1920년 1월 그는 시베리아에서의 긴 전쟁포로생활을 마치고 조국인 헝가리 부다페스트로 귀환하여, 에스페란토 강습의 강사가 되고, 문학잡지를 발간하고, 자신의 작품을 에스페란토로 발표하는 등 왕성한 활동을 하게 된다. 율리오 바기의 활동으로 국제어 에스페란토 운동을 한 단계 성숙된 모습을 보이게 된다. 예를 들면 에스페란토 창안자 자멘호프 박사의 탄신일인 12월 15일을 '에스페란토 책의 날'로 제안하기도 했다.

그의 창작 정신을 상징하는 그의 말을 들어 보자.

"Amo kreas pacon, Paco konservas homecon, Homeco estas plej alta idealismo."
(사랑은 평화를 만들어내고, 평화는 인간성을 유지하게 하며, 인간성이야말로 가장 고귀한 이상주의다.)

언젠가 기회가 되면 『초록의 마음(*La Verda Koro*)』(1937년)을 우리 독자들에게 소개하고 싶다. 그는 이 작품 속에서 전쟁의 참상을 고발하고, 민족을 초월한 인류애의 관점을 선보이고 있다. 그래서 에스페란토 독자들로부터 가장 사랑받는 작가 중의 한 사람이 되었다.

그가 활동하던 1920년대의 헝가리 부다페스트는 당시 에스페란토문학의 중심지라고 할 만큼, 에스페란토 문학 활동이 활발한 곳이었다. 칼로차이를 비롯한 유명한 작가들이 제1차 세계대전이 끝난 뒤 제2차 세계대전이 발생하기 전까지 에스페란토문학을 살찌워, 그들을 가리켜 부다페스트 문학파라고 불릴 정도였다. 그런데, 2차 세계대전이 끝나고 헝가리가 소련의 압박아래 놓이자, 헝가리 에스페란토 운동도 어려움에 처했다. 그래서 1949년 10월에 부다페스트 라디오의 에스페란토 방송이 중단되고, 1950년 4월에는 헝가리에스페란토협회가 강제해산을 당하게 된다. 당연히 에스페란토 활동은 위축되었다가, 1956년 7월에 가서야 헝가리 교육부 당국은 1955년 9월 설립된 헝가리에스페란토평의회를 공식기구로 인정하게 된다. 이러한 에스페란토운동이 다시 활성화된 것은 당시 발카뉴이, 율리오 바기 등 유명한 에스페란티스토들의 상당한 노력의 결과이다. 그 후 1960년에는 헝가리에스페란토협회가 재창립되고, 1961년에는 그 협회가 『헝가리의 생활』이라는 기관지를 발간하게 된다. 헝가리는 이후 1966년과 1983년에 세계에스페란토대회를 개최하기도 하였다. 오늘날 헝가리 교육부에서는 각급 학교에 에스페란토를 전공과목으로 인정해, 이 언어와 문학을 가르치도록 하고 있다.

『가을 속의 봄』은 1931년 발표된 이래로, 독일어(1931년 쾰른), 중국어(1932년 중국, 1958년 홍콩), 프랑스어(1961년)로 번역 또는 발간되었다.

바진이 중국어로 번역한 『가을 속의 봄(秋天里的春天)』은 1932년 10월 상하이 카이밍서점(開明書店)에서 초판이 발행된 뒤, 1948년 3월까지 13판이 발행되었다. 또 1953년 5월 상하이 핑밍출판사(平明出版社)에서 초판이 발행되기도 했고, 1958년 6월 홍콩 중류출판사(中流出版社)에서 초판이 발행되었다고 한다. 작가가 이 작품에 나오는 두 주인공인 소녀와 소년을 특별히 좋아해, 이 소년소녀의 이제 피어나는 사랑을 섬세한 파스텔 색으로 그리고 있다고 비평가들은 말한다.

고마운 분들을 생각하면서

이 작품들을 번역하면서 혹시라도 잘못된 표현이 발견된다면, 이는 전적으로 역자인 본인의 책임이다. 혹시 이 책을 읽고난 뒤 의견을 보내고자 하는 독자는 역자의 이메일(suflora@hanmail.net)을 이용하면 된다.

율리오 바기의 작품은 이미 더 일찍 번역되어 있었으나, 바진 선생의 작품은 1993년경 스슈에친 씨를 통해 번역의사를 작가에게 알리면서 나는 번역에 착수하였다. 그 친구는 에스페란토 스승인 리스쥔 선생에게, 리 선생은 바진 선생에게 이를 알렸고, 바진 선생은 직접 역자에게 한국어 번역을 허락한다는 편지를 리스쥔 선생에게 보냈다. 리스쥔 선생은 나중에 이를 알려주었고, 스슈에친 씨는 1998년경 바진 선생의 이 작품이 한국어로 번역이 다 되었는지, 출판 여부를 물어오는 등 관심을 가져 주었고, 역자는 그동안 번역 자료를 교정하며 출간의 기회를 보고 있었다.

그런데 부산일보에서 2007년 4월 7일(토)자에 러시아인 시각장애인이자 에스페란티스토인 에로센코(Eroŝenko)의 삶에 대한 자료를 수집한 일본인 에스페란티스토 미네 요시타카(MINE Yositaka) 선생을 인터뷰할 때, 역자는 에스페란토 번역을 도왔다. 그러면서 에로센코의 작품과 삶을 연구하는 러시아인, 중국인, 일본인 등과 교류할 수 있게 되었고, 그 가운데 홍콩에 있는 도날드 가스퍼(DONALD Gasper) 씨가 이 작품을 도서출판 갈무리 정현수 부장에게 소개함으로써, 나의 번역본을 편집해 줄 유능한 편집자를 만나게 되었다. 지난 6개월간 이 작품의 출간을 위해 관심과 배려를 많이 해준 도서출판 갈무리 조정환 대표님 이하 편집부 여러분의 손길을 거쳐 바진 선생의 작품과 율리오 바기 선생의 작품을 소개하는 기회를 갖게 되었다.

한편 번역관련 자료를 열람하게 해 주신 부산대학교 도서관, 부산교육대학교 도서관, 부산광역시립 시민도서관, 부산광역시립 부전도서관 등 관계 기관에 고마움을 나타내고 싶다.

이 번역본에는 여러 글이 추가로 들어 있다. 이 또한 작가와 시대와 작품을 이해하는 중요한 자료인데, 이 자료들은 여러 선생님들의 호의에 의해 여기에 싣게 되었다. 먼저, 바진 선생에게서 한국어 번역허락을 받아주신, 이 작품의 에스페란토 역자이신 리스쥔 선생님의 "한국어판에 드리는 몇 가지 말씀"과 "바진과 20세기", 중국어로 번역한 『가을 속의 봄』에서 바진이 중국어로 쓴 "역자 후기"(왕총팡 선생이 에스페란토로 옮김, *Penseo* (제12호, 1991년 6월호), 『라 란테르노 아지아(*La Lanterno Azia*)』(2005년 12월)지에 실린 "바진과 한국인"(한국에스페란토협회 이영구 회장의 글), 또 "우리의 바진, 우리의 언어"(츠언 유안 선생의 글) 등 글을 쓰신 분들께 깊이 고마움을 전하고 싶다.

또 한국어 번역판 『가을 속의 봄』 속에 율리오 바기와의 만남을 통해 에스페란토 작가가 되는 계기를 만들었다며 축하메시지를 보내주신 헝가리 국민작가 이슈트반 네메레(István Nemere) 선생님의 글도 읽어볼 만하다.

비록 많지 않은 양의 번역이나 한 권의 책을 펴냄에 있어서도 여러분들의 격려와 사랑과 관심으로 만들어짐을 다시 한 번 느끼게 되고, 특히 에스페란토를 배워 익히며, 에스페란토 번역의 길을 걷는 역자에게 그동안 베풀어주신 격려와 사랑과 가르침에 그분들의 성함을 여기에 적어 두어 고마움을 전하고 싶다.

에스페란토 사상과 우리말과 글의 사랑을 실천적으로 보여주셨던 이종하 선생님과 박지홍 선생님, 에스페란토 학습의 첫 걸음을 내디디게 해주신 박기완 교수님, 번역가이자 미술가인 허성 선생님, 한국문화를 에스페란토로 국제적으로 널리 알린 잡지 *La Espero el Koreujo*의 발행인이자 한국에스페란토협회 회장을 역임하신 한무협 선생님, 끊임없이 새로운 주제로 젊은이들에게 에스페란토 세계를 알리고 함께 이끌어주시는 세계에스페란토협회 회장을 역임하신 이종영 박사님, 늘 유머로 좌중을 격려하시는 대구 김영명 박사님, 한국에스페란토협회 회장이신 이영구 교수님, 사전편찬과 에스페란토 교육에 헌신하신 에스페란토학술원 회원이자 에스페란토어작가협회 회원이신 마영태 선생님, 한국문학을 에스페란토로 번역하는 일에 많은 역할을 하신 조성호 교수님과 김우선 여사님, 중국의 중요 인사를 소개하여 주신 중국에스페란토연맹의 탄슈쥬(潭秀珠) 회장님, 리스쥔 학술원 회원님, 왕충팡 선생님, 교사 스슈에친 님, 부산에스페란토문화원 활동과 에스페란토 강좌를 학사일정으로 도입한 부산 지산간호보건학원 이종현 이사장님, 번역 활동을 격려해 주신, 부산문화방송 [어린이문예] 주간을 역임하신 시인 선용 선생님, 1980년대 초에 여름강좌의 한 형태로 이루어진 설악산의 맑은 하늘, 그 반짝이던 별빛을 보며 일주일간의 언어학습을 지도해 주신 서길수 교수님, 서진수 교수님, 한국에스페란토운동의 각종 자료를 수집, 정리하고 계시는 곽종훈 선생님, 2007년 9월 현재 189회(매월 한 차례씩) 에스페란토 초급강좌를 이끌어 오신 서울 에스페란토 문화원 이중기 원장님, 늘 에스페란토 문학 활동을 격려하시는 안태봉 법사님, 에스페란토 정보를 부산시민에게 소개하시는 부산일보사 정상섭 정치부장님, 백현충 기자님에게 진심으로 고마움의 인사를 전한다.

아울러 이 번역서의 출간과 관련해 도움을 주신 분들께는 에스페란토로 인사를 해야겠다.

"Al Korea Esperanto-Asocio, al Ĉina Esperanto-Ligo, al Hungaria Esperanto-Asocio, kaj al estimataj verkisto s-ro LI Shijun, verkisto s-ro ISTVAN Nemere, tradukisto s-ro WANG Chongfang, s-rino TAN Xiuzhu, s-rino SHI Xueqin, s-ro DONALD Gasper, s-ro MINE Yositaka, kaj s-ro Wang Xigen, mi esprimas miajn elkorajn dankojn, okaze de la eldono de miaj tradukaĵoj."

이제 끝내기에 앞서 우리 에스페란토협회의 선후배, 나와 함께 에스페란토 독서에 열심인 동료들에게 고마움을 전하고자 한다.

한국에스페란토협회 현 임원진, 김우선 부회장님을 비롯한 협회 기관지 편집진, 또 협회 내 부산경남지부의 최상범 지부장, 이소영 부지부장, 백순조 총무 등 현 임원진의 격려에 고마움을 전한다. 한편 1980년 에스페란토에 함께 입문한 김정미 씨, 김석기 씨, 의사 이현우 씨, 의사 정찬종교수, 교사 안현아 씨, 교사 정숙희 씨, 교사 김경미 씨 등과, 또 부산대학교 에스페란토동아리 활동을 할 때 기꺼이 동참한 교사 구혜점 씨, 교사 박미숙 씨, 조일록 씨, 교사 김덕자 씨, 교사 이계영 씨 등의 따뜻한 우정에 진심으로 감사한다.

역자가 사는 부산에서 활발한 에스페란토활동을 하고 있는 이홍진 이사, 정현주 이사, 수필가 이선애 씨, 아동문학가 배혜경 씨, 꽃꽂이연구자 김정순 씨, 채식과 명상 연구가 고용석 씨, 소방설비 기술사 제경호 씨, 내외장 인테리어 전문가 강상보 씨, 기술사 최성대 씨, 교사 박준호 씨, 교사 이동

후 씨, 국제통상 분야의 공길윤 씨, 국제통상 연구자 박연수 씨, 비정부단체 자원봉사자 배종태 씨, 아동보육 이옥자 씨, 새마을금고 박청은 씨, 전임 총무 최향숙 씨, 전임총무 오기숙 씨, 김정택 교수, 한영성 씨, 에스페란토어의 교육에 다양한 창조적 아이디어를 내놓는 박용승 씨를 비롯한 여러 동료들의 격려에 감사한다.

특히 교사 박미숙 씨와 수필가 이선애 씨는 역자의 번역 작품을 읽고서 바쁜 일상에도 불구하고 일일이 교정할 부분들을 지적하며 많은 시간을 내어 관심을 가져 준 것에 정말 고마운 마음을 전하고 싶다. 이러한 에스페란토 문학을 사랑하는 문학애호가들의 관심이 있었기에 이 번역 작품은 책으로 출간되는 기쁨을 누릴 수 있다.

끝으로 역자의 번역활동을 묵묵히 지켜 봐 주신 부모님과 빙모님께 특별한 고마움의 말씀을 드리고 싶고, 역자의 이상과 현실을 적절히 잘 조정해 주는 아내에게, 또 세 누이, 두 처남 가족에게 각별한 고마움을 전하고 싶다.

2007년 9월 한가위를 맞아
바닷물과 강물이 드나드는 부산 수영강 온천천에
피고 지고 또 피는 끈질긴 생명력을 지닌 들꽃들을 바라보면서

역자 장정렬 씀

피닉스 문예

1. 시지프의 신화일기
석제연 지음

오늘날의 한 여성이 역사와 성 차별의 상처로부터 새살을 틔우는 미래적 '신화에세이'!

2. 숭어의 꿈
김하경 지음

미끼를 물지 않는 숭어의 눈, 노동자의 눈으로 바라본 세상! 민주노조운동의 주역들과 87년 세대, 그리고 우리 시대에 사랑과 희망의 꿈을 찾는 모든 이들에게 보내는 인간 존엄의 초대장!

3. 볼프
이 헌 지음

신예 작가 이헌이 1년여에 걸친 자료 수집과 하루 12시간씩 6개월간의 집필기간, 그리고 3개월간의 퇴고 기간을 거쳐 탈고한 '내 안의 히틀러와의 투쟁'을 긴장감 있게 써내려간 첫 장편소설!

4. 길 밖의 길
백무산 지음

1980년대의 '불꽃의 시간'에서 1990년대에 '대지의 시간'으로 나아갔던 백무산 시인이 '바람의 시간'을 통해 그의 시적 발전의 제3기를 보여주는 신작 시집.

Krome…

1. 내 사랑 마창노련 상, 하
김하경 지음

마창노련은 전노협의 선봉으로서 87년 노동자 대투쟁 이후 민주노총이 건설되기까지 지난 10년 동안 민주노동운동의 발전을 이끌어 왔으며 공장의 벽을 뛰어넘은 대중투쟁과 연대투쟁을 가장 모범적으로 펼쳤던 조직이다. 이 기록은 한국 민주노동사 연구의 소중한 모범이자 치열한 보고문학이다.

2. 그대들을 희망의 이름으로 기억하리라

   철도노조 KTX열차승무지부 지음 / 노동만화네트워크 그림 / 민족문학작가회의 자유실천위원회 엮음

   KTX 승무원 노동자들이 직접 쓴 진솔하고 감동적인 글과 KTX 투쟁에 연대하는 16인의 노동시인·문인들의 글을 한 자리에 모으고, 〈노동만화네트워크〉 만화가들이 그린 수십 컷의 삽화가 승무원들의 글과 조화된 살아있는 감동 에세이!

3. 47, 그들이 온다

   철도해고자원직복직투쟁위원회 지음 / 권오석, 최정희, 최정규, 도단이 그림 / 전국철도노동조합 엮음

   2003년 6월 28일 정부의 철도 구조조정에 맞서 총파업을 하고 완강히 저항하다 해고된 철도노동자 47명, 그들이 부산에서 서울까지 순회·도보행군에 앞서 펴낸 희망의 에세이!

이 책의 의미

『봄 속의 가을』은 노벨문학상 후보에 여러 번 올랐던 중국의 대문호 바진(巴金)의 「봄 속의 가을」과 바진에게 영감을 준 헝가리 작가 율리오 바기(Julio Baghy)의 에스페란토 원작소설 「가을 속의 봄」을 동시에 수록하고 있다.

『봄 속의 가을』은 시대의 아픔을 딛고 꿋꿋이 일어서는 청춘의 자화상을 담백한 시선으로 보여준다. 또한 바진의 작품에 큰 영향을 끼친 율리오 바기의 「가을 속의 봄」을 국내 최초로 에스페란토 원작으로 번역해 내었다는 점에서 우리에게 한층 의미있게 다가온다.

독자들은 이 책을 통해 에스페란토 문학과 문화의 향기를 더욱 깊게 느낄 수 있으며, 청춘의 성장기와 연애에 있어 봉건적 속박과 사회적 차별을 벗어던지고자 했던 대작가의 사상을 엿볼 수 있을 것이다.

역자 장정렬 (Jang Jeong-Ryeol (Ombro), 1961~)

1961년 창원에서 태어나 부산대학교 공과대학 기계공학과를 졸업하고, 1988년 한국외국어대학교 경영대학원 통상학과를 졸업했다. 현재 국제어 에스페란토 전문 번역가와 강사로 활동하며, 한국에스페란토협회 교육이사, 에스페란토어 작가협회 회원으로 활동하고 있다. 1980년 에스페란토를 학습하기 시작했으며, 에스페란토 잡지 *La Espero el Koreujo*, *TERanO*, *TERanidO* 편집위원, 한국에스페란토청년회 회장을 역임했다. 현재 한국에스페란토협회 기관지 *La Lanterno Azia* 편집위원이다.

— 한국어로 번역한 도서
『초급에스페란토』(티보르 세켈리 등 공저, 한국에스페란토청년회),
『정글의 아들 쿠메와와』(티보르 세켈리 지음, 부산에스페란토문화원),
『국제어 에스페란토』(D-ro Esperanto 지음, 예인들)(공역)
『사랑이 흐르는 곳, 그곳이 나의 조국』(정사섭 지음, 문민)(공역)
『바벨탑에 도전한 사나이』(르네 쌍타씨, 앙리 마쏭 지음, 한국외국어대학교 출판부)(공역)

— 에스페란토로 번역한 도서
『비밀의 화원』(고은주 지음, 한국에스페란토협회 기관지)
『님의 침묵』(한용운 지음, 한국에스페란토협회 기관지)
『언니의 폐경』(김훈 지음, 한국에스페란토협회 기관지)
『미래를 여는 역사』(한중일 공동 역사교과서, 한중일 에스페란토협회 공동발간)(공역)

— 인터넷 자료의 한국어 번역
www.lernu.net의 한국어 공역
www.cursodeesperanto.com.br의 한국어 번역
Pasporto al la Tuta Mondo (학습교재 CD 번역)

에스페란토에 대한 문의는 suflora@hanmail.net으로